El prodigio

El prodigio

EMMA DONOGHUE

Traducción de Paula Vicens

GRUPO ZETA

Barcelona • Madrid • Bogotá • Buenos Aires • Caracas • México D.F. • Miami • Montevideo • Santiago de Chile

Título original: *The Wonder*
Traducción: Paula Vicens
1.ª edición: mayo de 2017

© 2016 by Emma Donoghue Ltd.
© Ediciones B, S. A., 2017
   Consejo de Ciento 425-427, 08009 Barcelona (España)
   www.edicionesb.com

Printed in Spain
ISBN: 978-84-666-6103-4
DL B 8081-2017

Impreso por QP Print

Para nuestra hija Una, una antigua bendición irlandesa:

Nár mille an sioc do chuid prátaí,
Go raibh duilleoga do chabáiste slán ó chnuimheanna.

Que no haya escarcha en tus patatas
ni gusanos en tu col.

1

Enfermera

Enfermera
  para lactar a un bebé,
  para criar a un niño,
  para cuidar de los enfermos.

El viaje no fue peor de lo que esperaba. En tren de Londres a Liverpool; en paquebote nocturno hasta Dublín; en un tren lento de domingo hacia el oeste, hasta un pueblo llamado Athlone.

Allí la esperaba un conductor.

—¿La señora Wright?

Lib había conocido a muchos irlandeses, soldados, aunque eso había sido varios años antes, así que tuvo que esforzarse para entender lo que le decía aquel hombre.

Llevó su maleta a lo que él llamaba el coche de paseo. Un término irlandés poco apropiado, porque aquella simple carreta no tenía nada que invitara a pasear en ella. Lib se acomodó en el único banco, con las botas colgando más cerca de la rueda derecha de lo que hubiese querido. Abrió la sombrilla para protegerse de la llovizna. Al menos aquello era mejor que el sofocante tren.

Al otro lado del banco, tan encorvado que con la espalda casi tocaba la suya, el conductor hizo restallar la fusta.

—¡Arre!

El peludo poni se puso en marcha.

La poca gente que había en la carretera de macadán de las afueras de Athlone tenía un aspecto demacrado que Lib atribuyó a la infame dieta de patatas y poca cosa más. Quizás al conductor le faltaban dientes por lo mismo.

El hombre hizo un comentario acerca del muerto.

—Perdón, ¿cómo dice?

—El punto muerto, 'ñora.

Lib esperó, agarrándose para contrarrestar las sacudidas de la carreta.

Él señaló hacia el suelo.

—Estamos justo en el centro exacto del país.

Campos llanos con bandas de follaje oscuro. Capas de turba de color marrón rojizo; ¿no albergaban los pantanos la enfermedad? Las ocasionales ruinas grises de una casa de campo, prácticamente cubiertas de verdín. Nada que Lib encontrara pintoresco. Evidentemente, las Midlands, las Tierras Medias irlandesas, eran una depresión donde la humedad se acumulaba, el circulito de un platillo.

El coche de paseo se desvió de la carretera siguiendo un camino de grava más estrecho. El golpeteo en la lona de la sombrilla se convirtió en un tamborileo incesante. Cabañas sin ventanas; Lib imaginó a una familia con sus animales en cada una, apiñados a cubierto de la lluvia.

De vez en cuando un sendero llevaba hacia un conjunto desordenado de tejados, probablemente un pueblo. Sin embargo, nunca era el pueblo al que iban, evidentemente.

Lib podría haber preguntado al conductor cuánto tiempo duraba el viaje, pero no lo hizo por si la respuesta era que todavía faltaba un buen rato.

Lo único que la enfermera jefe del hospital le había dicho era que necesitaban una enfermera experta durante dos semanas a título personal. Tendría los gastos de manutención y del viaje de ida y vuelta a Irlanda cubiertos, así como una retribución diaria. Lib no sabía nada de los O'Donnell aparte de que tenían que ser una familia adinerada si eran lo bastante cosmopolitas para mandar traer de Inglaterra una enfermera mejor. Solo entonces se le ocurrió preguntarse cómo podían saber que el paciente iba a necesitar sus cuidados durante una quincena, ni más ni menos. Tal vez ella fuera la sustituta temporal de otra enfermera.

En cualquier caso, iban a pagarle muy bien por las molestias y la novedad tenía cierto interés. En el hospital, la formación de Lib era tan apreciada como molesta y solo le pedían que hiciera lo más básico: dar de comer, cambiar vendajes, hacer las camas.

Reprimió el impulso de sacar el reloj que llevaba debajo de la capa; no conseguiría que el tiempo pasara más rápido y la lluvia podría mojar el mecanismo.

Otra cabaña, esta sin tejado, apartada del camino, con los muros a dos aguas apuntando hacia el cielo de un modo acusador. Las malas hierbas no habían conseguido todavía invadir aquella ruina. Lib vislumbró por el hueco en forma de puerta unos restos negros; un incendio reciente, entonces. (¿Cómo podía prenderse fuego en aquel país anegado?) Nadie se había tomado la molestia de retirar las vigas carbonizadas y mucho menos de reponerlas y techar de nuevo la cabaña con paja. ¿Sería cierto que los irlandeses eran reacios a las mejoras?

Una mujer que llevaba una sucia cofia de volantes estaba parada al borde del camino, con varios niños apelotonados en el seto que tenía detrás. El traqueteo de la carreta los hizo salir con las manos ahuecadas, como para atrapar la lluvia. Lib miró hacia otra parte, incómoda.

—La temporada de hambre —murmuró el conductor.

Pero si estaban en pleno verano. ¿Cómo podía escasear la comida precisamente ahora?

Llevaba las botas manchadas de barro y grava que escupía la rueda. Varias veces el coche de paseo se metió en un charco marrón tan hondo que Lib tuvo que agarrarse al banco para no salir despedida con la sacudida.

Más cabañas, algunas con tres o cuatro ventanas. Graneros, establos. Una granja de dos pisos, luego otra. Dos hombres que cargaban un carro se volvieron y uno le dijo algo al otro. Lib se miró. ¿Qué tenía de extraño su traje de viaje? A lo mejor los lugareños eran tan perezosos que dejaban de trabajar para mirar a cualquier forastero.

Más adelante, un edificio encalado de tejado puntiagudo rematado por una cruz, lo que indicaba que era una capilla católica.

Solo cuando el conductor frenó se dio cuenta Lib de que habían llegado al pueblo, aunque en Inglaterra aquello no

14

habría sido más que un racimo de edificios de aspecto lamentable.

Consultó la hora. Eran casi las nueve y el sol aún no se había puesto. El poni bajó la cabeza y se puso a masticar unos hierbajos. Por lo visto no había más calle que aquella.

—Se alojará en la tienda de los espíritus.

—Perdón, ¿cómo dice?

—En Ryan's. —El conductor volvió la cabeza a la izquierda, asintiendo, hacia un edificio sin ningún rótulo.

Tenía que ser una equivocación. Agarrotada por el viaje, Lib le dio la mano al hombre para que la ayudara a bajar. Sacudió la sombrilla con el brazo tan estirado como pudo, plegó la lona encerada y la abrochó bien. Se secó la mano en el forro de la capa antes de entrar en la tienda de vigas bajas.

El olor de la turba quemándose la asaltó. Aparte del fuego que ardía en la enorme chimenea, solo un par de lámparas iluminaban la sala donde una niña empujaba un bote para alinearlo con otros de un estante alto.

—Buenas noches —saludó Lib—. Creo que me han traído al lugar equivocado.

—Usted debe de ser la inglesa —dijo la niña, gritando un poco, como si Lib fuera sorda—. ¿Le importaría pasar al fondo para cenar algo?

Lib reprimió su mal humor. Si no había una posada decente y la familia O'Donnell no podía o no quería alojar a la enfermera que había contratado, no le serviría de nada quejarse.

Cruzó la puerta que había junto a la chimenea y se encontró en una habitación pequeña sin ventanas en la que había dos mesas, una de ellas ocupada por una monja cuya cara apenas se veía detrás de las capas almidonadas de su tocado. Si Lib se sobresaltó un poco fue porque no veía nada parecido desde hacía años; en Inglaterra, las religiosas no iban por ahí vestidas así por temor a alentar el sentimiento anticatólico.

—Buenas noches —saludó educadamente.

La monja respondió con una profunda reverencia. ¿Desaconsejaban a las monjas de su orden que hablaran con quienes no pertenecían a su fe o tal vez habría hecho voto de silencio?

Lib se sentó a la otra mesa, de espaldas a la monja, y esperó.

Le protestaba el estómago, esperaba que no tanto como para que se oyeran las protestas.

Escuchó un leve tintineo que no podía proceder más que de debajo del hábito de la monja: las famosas cuentas del rosario.

Cuando por fin la niña apareció con la bandeja, la monja inclinó la cabeza y susurró algo; daba las gracias antes de comer. Tendría entre cuarenta y cincuenta años, supuso Lib, los ojos un poco saltones y manos carnosas de campesina.

La mezcla de platos era curiosa: pan de centeno, col y algún tipo de pescado.

—Me esperaba más bien un plato de patatas —le dijo Lib a la niña.

—Las estará esperando otro mes.

Ah, ahora Lib entendía por qué aquella era la temporada de hambre en Irlanda: las patatas no se recolectaban hasta otoño.

Todo sabía a turba, pero dejó el plato limpio. Desde Scutari, donde las raciones de las enfermeras eran tan escasas como las de los hombres, Lib era incapaz de desperdiciar ni una miga.

Ruido en la tienda y luego cuatro personas entraron en el comedor.

—Dios salve a todos —dijo el primero en hacerlo, un hombre.

Lib desconocía la respuesta adecuada, así que asintió.

—Y a ustedes también —murmuró la monja. Se llevó la mano a la frente, al pecho, al hombro izquierdo y, por último, al derecho, santiguándose, y salió de la habitación, aunque Lib no supo si lo hacía porque ya tenía bastante con lo que había comido de su escasa ración o para dejarles la mesa a los recién llegados.

Aquellos granjeros y sus esposas formaban un grupo ruidoso. ¿Habrían estado bebiendo en alguna otra parte toda la tarde del domingo?

La tienda de los espíritus. Por fin Lib entendió lo que le había dicho el conductor. No se refería a una tienda encantada, poblada por espíritus, sino a una en la que servían bebidas espirituosas, licores.

Escuchando su conversación, acerca de una maravilla tan extraordinaria que les parecía increíble a pesar de que la habían visto con sus propios ojos, Lib dedujo que habían estado en una feria.

—Y digo yo que detrás está la otra gente —dijo un hombre barbudo. Su mujer le propinó un codazo, pero él insistió—: ¡Moviéndole las manos y los pies!

—¿Señora Wright?

Lib volvió la cabeza.

El desconocido de la puerta se dio unas palmaditas en el chaleco.

—Soy el doctor McBrearty.

El médico de los O'Donnell se llamaba así, recordó Lib.

Se levantó para estrecharle la mano. Patillas blancas desaliñadas, muy poco pelo, chaqueta raída, hombros nevados de caspa y bastón con pomo. ¿Setenta años, quizá?

Los granjeros y sus esposas los miraban con interés.

—Qué bien que haya viajado hasta aquí —comentó el médico, como si Lib estuviera de visita en lugar de aceptando un empleo—. ¿Ha sido espantosa la travesía? ¿Ha terminado ya de comer? —prosiguió, sin darle tiempo para responder.

Pasó con él a la tienda. La niña cogió una lámpara y les indicó por señas que subieran la angosta escalera.

La habitación era diminuta. El baúl de Lib ocupaba casi todo el espacio libre.

¿Esperaban que mantuviera una entrevista allí con el doctor McBrearty? ¿No había otra habitación libre en el establecimiento o la niña era demasiado ordinaria para disponer las cosas con más cortesía?

—Muy bien Maggie —le dijo el médico a la muchacha—. ¿Cómo va la tos de tu padre?

—Un poco mejor.

—Bueno, señora Wright —dijo en cuanto la niña se hubo ido, indicándole la única silla que había para que tomara asiento.

Lib habría dado cualquier cosa por diez minutos de intimidad para usar el orinal y el lavabo. Los irlandeses eran famosos por hacer caso omiso de los detalles.

El médico se apoyó en el bastón.

—¿Puedo preguntarle qué edad tiene?

Así que tendría que someterse a una entrevista allí mismo, aunque le habían dado a entender que el trabajo ya era suyo.

—Todavía no he cumplido los treinta, doctor.

—Es viuda, ¿cierto? ¿Empezó a ejercer como enfermera cuando tuvo que, eh..., valerse por sí misma?

¿Estaba McBrearty comprobando lo que la enfermera jefe le había contado de ella? Asintió.

—Menos de un año después de casarme.

Se le había ocurrido leyendo un artículo acerca de los miles de soldados heridos de bala o enfermos de cólera que no tenían a nadie que los atendiera. El *Times* decía que se habían recaudado siete mil libras para mandar un grupo de mujeres inglesas a Crimea que trabajarían como enfermeras. «Creo que yo puedo hacer eso», había pensado Lib, con miedo pero también con audacia. Había perdido tanto ya que era temeraria.

—Tenía veinticinco años —fue lo único que le respondió al médico.

—¡Una Nightingale! —exclamó el hombre, asombrado.

¡Ah! Así que la matrona le había contado eso. A Lib le daba vergüenza sacar a colación el nombre de la gran dama y detestaba el título caprichoso asociado a todas las chicas que la señorita N. había preparado, como si fueran muñecas fabricadas en su molde de heroicidad.

—Sí. Tuve el honor de servir a sus órdenes en Scutari.

—Una labor noble.

Parecía perverso responder que no y arrogante decir que sí. De repente cayó en la cuenta de que por ese apellido, Nightingale, la familia O'Donnell se había tomado la molestia de traer una enfermera hasta allí cruzando el mar de Irlanda. Estaba segura de que al viejo irlandés le habría gustado oír más acerca de la belleza, la severidad, la justificada indignación de su maestra.

—Era una dama enfermera —fue lo que dijo, sin embargo.

—¿Una voluntaria?

Lib había querido hacer una aclaración, pero él la había entendido mal. Se ruborizó. «¿Por qué me avergüenzo?», pensó. La señorita N. les recordaba constantemente que no por el hecho de cobrar un sueldo eran menos altruistas.

—No, me refiero a que era una enfermera con formación, no una enfermera común y corriente. Mi padre era un caballero —añadió un poco atolondradamente. No un caballero rico, pero...

—¡Ah, muy bien! ¿Cuánto tiempo lleva trabajando en el hospital?

—En septiembre hará tres años.

Eso era ya en sí un hecho notable, porque la mayoría de las enfermeras no se quedaban más que unos cuantos meses; limpiadoras irresponsables, señoras Gamp, lloriqueando por sus raciones de celador. Lib no era particularmente apreciada allí. Había oído comentar a la enfermera jefe que las veteranas de la campaña de Crimea de la señorita N. eran unas engreídas.

—Después de Scutari trabajé para varias familias —añadió—, y cuidé de mis padres enfermos hasta que murieron.

—¿Alguna vez se ha ocupado de un niño, señora Wright?

Lib se quedó desconcertada, pero solo momentáneamente.

—Diría que los principios son los mismos. ¿Es un niño mi paciente?

—La señorita Anna O'Donnell.

—No me han dicho qué enfermedad padece.

El médico suspiró.

Una enfermedad mortal, entonces, dedujo Lib. Lo suficientemente lenta como para no haber acabado ya con la criatura. Tisis, seguramente, en aquel clima húmedo.

—No está exactamente enferma. Su único deber será custodiarla.

Curioso verbo. Como aquella espantosa enfermera de *Jane Eyre*, encargada de la lunática escondida en el ático...

—¿Me han traído hasta aquí para... vigilarla?

—No, no, solo para observarla.

La observación, sin embargo, solo era la primera pieza del rompecabezas. La señorita N. había enseñado a sus enfermeras a observar atentamente para entender lo que necesitaba el enfermo y proporcionárselo. Medicamentos no, porque eso correspondía a los médicos, pero sí las cosas que ella afirmaba que eran igualmente cruciales para la recuperación: luz, aire, calor, limpieza, descanso, comodidad, alimentación y conversación.

—Si le he entendido bien...

—Dudo que lo haya hecho y por mi culpa. —McBrearty se apoyó en el borde del lavabo como si le faltaran las fuerzas.

A Lib le habría gustado ofrecerle la silla al anciano si no hubiese sido insultante hacerlo.

—No quiero de ningún modo predisponerla en contra —prosiguió el médico—, pero debo decirle que se trata de un caso de lo más inusual. Anna O'Donnell asegura, o, más bien, sus padres aseguran, que no ha comido desde que cumplió once años.

Lib frunció el ceño.

—Entonces tiene que estar enferma.

—No padece ninguna enfermedad conocida. Ninguna que yo conozca, al menos —se corrigió McBrearty—. Simplemente no come.

—¿Se refiere usted a que no ingiere alimentos sólidos? —Lib había oído hablar de señoritas modernas y refinadas que pretendían vivir días y días de arrurruz hervido o de consomé de carne.

—No toma ninguna clase de alimento —la sacó el médico de su error—. No puede ingerir nada más que agua pura.

Querer es poder, como reza el dicho. A menos que...

—¿Tiene la pobre criatura una obstrucción intestinal?

—Yo no se la he encontrado.

Lib estaba perdida.

—¿Fuertes náuseas? —Había visto embarazadas demasiado mareadas para retener la comida en el estómago.

El médico negó con la cabeza.

—¿Es depresiva?

—Diría que no. Es una niña tranquila y devota.

¡Ah! Entonces no se trataba en absoluto de una afección médica sino de exaltación religiosa, tal vez.

—¿Es católica?

¿Qué otra cosa iba a ser?, decía el gesto que hizo el médico con la mano.

Lib supuso que prácticamente todos debían de ser católicos, tan lejos de Dublín. El médico quizá también.

—Estoy segura de que le ha subrayado los peligros del ayuno —comentó.

—Lo he hecho, por supuesto. También lo hicieron sus padres, al principio. Pero Anna es inflexible.

¿Habían obligado a Lib a cruzar el mar por eso, por un capricho infantil? A los O'Donnell seguramente les había entrado el pánico el primer día que su hija había fruncido la nariz ante el desayuno y habían enviado un telegrama a Londres pidiendo no solo una enfermera sino una de las nuevas, de las intachables: «¡Manden una Nightingale!»

—¿Cuánto tiempo ha pasado desde su cumpleaños? —preguntó.

McBrearty se tiró del bigote.

—Fue en abril. ¡Hoy hace cuatro meses!

Lib se habría echado a reír de no ser por su formación.

—Doctor, a estas alturas la niña ya habría muerto. —Esperó alguna señal de que el médico estaba de acuerdo con lo absurdo que era aquello: un guiño de complicidad o que se diera un golpecito en la nariz.

Se limitó a asentir.

—Es un gran misterio.

No era el calificativo que Lib habría escogido.

—Al menos estará postrada en cama...

El médico negó con la cabeza.

—Anna va por ahí como cualquier otra niña.

—¿Está esquelética?

—Siempre ha sido poquita cosa, pero no, apenas ha cambiado desde abril.

Hablaba con franqueza, pero aquello era ridículo. ¿Tenía los ojos legañosos medio ciegos?

—Y está en plena posesión de sus facultades —añadió McBrearty—. De hecho, la vitalidad de Anna es tanta que los O'Donnell se han convencido de que puede vivir sin comida.

—Increíble. —Le salió en un tono demasiado cáustico.

—No me sorprende su escepticismo, señora Wright. Yo también lo era.

¿Lo era?

—¿Está diciéndome en serio que...?

El médico la interrumpió, alzando las manos apergaminadas.

—La explicación evidente es que esto es un fraude.

—Sí —convino Lib aliviada.

—Pero esa niña... no es como las demás.

Lib esperó a que prosiguiera.

—No puedo decirle nada, señora Wright. Solo tengo preguntas. Llevo cuatro meses ardiendo de curiosidad, como estoy seguro que hace usted ahora.

No, Lib ardía en deseos de terminar con la entrevista y que aquel hombre se marchara de su habitación.

—Doctor, la ciencia nos dice que vivir sin comida es imposible.

—Pero ¿no parecían al principio la mayoría de los descubrimientos de la historia de la civilización asombrosos, casi mágicos? —La voz le temblaba un poco de emoción—. De Arquímedes a Newton, todos los grandes hombres han hecho descubrimientos examinando sin prejuicios los indicios que les aportaban sus sentidos. Por eso lo único que le pido es que no se cierre mañana cuando conozca a Anna O'Donnell.

Lib bajó la vista, apenada por McBrearty. ¿Cómo podía un médico dejarse enredar en el juego de una niña y fantasear con ser un gran hombre por ello?

—Si puedo preguntárselo, ¿está la niña exclusivamente a su cuidado? —Lo expresó con cortesía, pero lo que quería decir era si no habían llamado a alguien más capaz.

—Lo está —respondió McBrearty para tranquilizarla—. De hecho, fui yo quien tuvo la idea de elaborar un relato del caso y mandarlo al *Irish Times*.

Lib nunca había oído hablar de aquella publicación.

—¿Es un periódico nacional?

—Mmm. El último que se ha fundado. Por eso esperaba que sus propietarios estuvieran un poco menos cegados por los prejuicios sectarios —añadió, nostálgico—. Más abiertos a lo nuevo y extraordinario, dondequiera que surja. Quise compartir los hechos con un público más amplio, ¿sabe?, con la esperanza de que alguien fuera capaz de encontrar una explicación.

—¿Y alguien lo ha hecho?

Un suspiro entrecortado.

—Han llegado varias cartas fervientes proclamando que el caso de Anna es un completo milagro. También unas cuantas sugerencias interesantes acerca de que podría estar aprovechando propiedades nutritivas todavía desconocidas de, digamos, el magnetismo o los olores.

¿Los olores? Lib se chupó las mejillas para no sonreír.

—Un remitente propone que tal vez esté convirtiendo el sol en energía, como los vegetales. O que vive del aire, como hacen ciertas plantas —añadió. Se le había iluminado la cara arrugada—. ¿Recuerda a la tripulación de un naufragio que subsistió varios meses a base de tabaco?

26

Lib miró al suelo para esconder su mirada burlona.

McBrearty siguió con su discurso.

—La mayor parte de las respuestas, sin embargo, han sido vejatorias.

—¿Con la niña?

—Con la niña, con la familia y conmigo. Ha habido comentarios no solo en el *Irish Times* sino también en varias publicaciones británicas que por lo visto publicaron el caso con finalidad únicamente satírica.

Lib lo entendió de pronto. Había hecho un largo viaje para emplearse como niñera-carcelera, y todo por el orgullo herido de un médico de provincias. ¿Por qué no le habría pedido a la matrona más detalles sobre aquel trabajo antes de aceptarlo?

—La mayoría de los periodistas suponen que los O'Donnell son unos embusteros que alimentan a su hija a escondidas y toman el pelo a todo el mundo —dijo McBrearty con estridencia—. El nombre de nuestro pueblo se ha convertido en sinónimo de credulidad y atraso. A varios hombres importantes de por aquí les parece que el honor del condado, tal vez el de toda la nación irlandesa, está en juego.

¿Se habría extendido como una epidemia la credulidad del médico entre aquellos hombres importantes?

—Así que se creó un comité que tomó la decisión de montar guardia.

¡Ah! Entonces no habían sido los O'Donnell quienes habían mandado llamar a Lib.

27

—¿Con el fin de demostrar que la niña subsiste por medios extraordinarios? —Trataba de no parecer irónica en absoluto.

—No, no —le aseguró McBrearty—, solo para sacar la verdad a la luz, sea cual sea. Dos ayudantes escrupulosos permanecerán con Anna día y noche durante quince días.

Entonces no era por la experiencia quirúrgica ni con pacientes infecciosos por lo que habían llamado a Lib, sino solo por el rigor de su preparación. Evidentemente, el comité esperaba, importando a una de las escrupulosas enfermeras de la nueva generación, dar credibilidad a la descabellada historia de los O'Donnell. Para convertir aquella zona estancada y primitiva en una maravilla del mundo. La ira le latía en la mandíbula. Sentía compañerismo, también, por la otra mujer atraída a aquel pantano.

—A la segunda enfermera supongo que no la conozco.

El médico frunció el ceño.

—¿No ha conocido a la hermana Michael durante la cena?

La monja que apenas hablaba; Lib tendría que haberlo adivinado. Era raro que adoptaran nombres de santos, como si renunciaran a su condición de mujer. Pero ¿por qué no se había presentado la monja como era debido? ¿Con aquella profunda reverencia había querido decirle que ella y la inglesa estaban juntas en aquel fregado?

—¿También se formó en Crimea?

—No, no. Acaban de enviarla de la Casa de la Misericordia de Tullamore —dijo McBrearty.

Una monja caminante. Lib había servido con otras hermanas de aquella orden en Scutari. Eran unas trabajadoras responsables, al menos, se dijo.

—Los padres pidieron que al menos una de las dos fuera de su propia, eh...

Así que los O'Donnell habían pedido una católica.

—Confesión —terminó por él la frase.

—Y nacionalidad —añadió el médico, para quitar hierro al asunto.

—Soy bastante consciente de que los ingleses no son apreciados en este país —dijo Lib, esforzándose por sonreír.

—Exagera un poco —objetó McBrearty.

¿Y qué había de las caras que se volvían hacia el coche de paseo cuando Lib recorría la calle del pueblo? Luego cayó en la cuenta de que aquellos hombres hablaban de ella porque la esperaban. No era solo una inglesa; era una inglesa enviada para velar por la hija de su señor.

—La hermana Michael proporcionará cierta sensación de familiaridad a la niña, eso es todo —dijo McBrearty.

¡Que la familiaridad fuera un requisito necesario e incluso útil para un observador, menuda idea! La otra enfermera, sin embargo, habían querido que fuera de la famosa brigada de la señorita N., se dijo, para dar viso de escrupulosidad a la vigilancia, sobre todo de cara a la prensa británica.

Lib pensó en decirle con mucha frialdad al médico: «Doctor, veo que me han traído aquí con la esperanza de que mi relación con una gran dama dé una pátina de respetabilidad a un fraude intolerable. No participaré en esto.»

Si se marchaba por la mañana, podría estar de vuelta en el hospital al cabo de dos días.

La perspectiva la llenó de tristeza. Se imaginó tratando de explicar que el trabajo de Irlanda había resultado inaceptable por razones morales; cómo resoplaría la enfermera jefe.

Así que Lib reprimió de momento lo que sentía y se concentró en las cuestiones prácticas. «Simplemente observe», le había dicho McBrearty.

—Si en algún momento la niña expresara el más leve deseo, aunque fuese veladamente, de comer algo... —empezó.

—Entonces déselo. —El médico parecía asombrado—. No nos dedicamos a matar a los niños de hambre.

Lib asintió.

—Nosotras, las enfermeras, ¿debemos presentarle un informe a usted dentro de dos semanas, pues?

El médico negó con la cabeza.

—Como médico de Anna, y puesto que me han dado este disgusto los periódicos, se me puede considerar parte interesada. Por tanto, declarará bajo juramento en la reunión del comité.

Lib lo miró ansiosa.

—Usted y la hermana Michael, por separado —añadió él, alzando un dedo nudoso—, sin ninguna deliberación. Queremos oír el punto de vista de cada una, con completa independencia de la otra.

—Muy bien. ¿Puedo preguntar por qué no se lleva a cabo esta observación en el hospital local?

A no ser que no hubiera ninguno en el centro de la isla, ese «punto demasiado muerto».

—¡Oh! Los O'Donnell se oponen a la sola idea de que se lleven a su pequeña al hospital del condado.

Aquello le encajó; el amo y su mujer querían tener a su hija en casa para poder darle de comer a escondidas. No le harían falta dos semanas de supervisión para pillarlos.

Escogió las palabras con cuidado porque evidentemente el médico le tenía cariño a la joven farsante.

—Si antes de acabar la quincena encuentro pruebas que indiquen que Anna ha estado comiendo a escondidas... ¿debo presentar mi informe inmediatamente ante el comité?

Contrajo las patilludas mejillas.

—Supongo que, en tal caso, sería una pérdida de tiempo y de dinero para todos continuar con la vigilancia por más tiempo.

Lib podría estar en el barco de vuelta a Inglaterra en cuestión de días, entonces, habiendo dado carpetazo satisfactoriamente a aquel episodio excéntrico. Más todavía, si los periódicos del reino atribuían el mérito a la enfermera Elizabeth Wright de haber destapado la farsa, todo el personal del hospital tendría que tomar buena nota. ¿Quién la llamaría engreída, entonces? A lo mejor sacaría algo bueno de aquello; un puesto más acorde con sus capacidades, más interesante. Una vida menos limitada. Se llevó la mano a la boca para disimular un bostezo.

—Será mejor que me vaya —dijo McBrearty—. Deben de ser casi las diez.

Lib tiró de la cadena y consultó el reloj.

—Marca las diez y dieciocho.

—Ah, es que aquí llevamos veinticinco minutos de retraso. Sigue con la hora inglesa.

Lib durmió bien, teniendo en cuenta las circunstancias. El sol salió poco antes de las seis. A esa hora ya se había puesto el uniforme del hospital: vestido gris de *tweed*, chaqueta de estambre y cofia blanca. (Al menos le quedaba bien. Una de las muchas humillaciones en Scutari había sido el uniforme; las enfermeras bajas nadaban en él, mientras que Lib parecía una indigente porque las mangas le quedaban cortas.)

Desayunó sola en la habitación del fondo de la tienda. Los huevos eran frescos, las yemas, amarillas como el sol. La niña de Ryan —¿Mary?, ¿Meg?—, llevaba el mismo delantal manchado que la noche anterior. Cuando volvió para recoger la mesa le dijo que don Thaddeus la estaba esperando. Se había marchado antes de que Lib pudiera decirle que no conocía a nadie que se llamara así.

Pasó a la tienda.

—¿Quería usted hablar conmigo? —le preguntó al hombre que estaba allí de pie. No estaba demasiado segura de si añadir «señor».

—Buenos días, señora Wright. Espero que haya dormido bien.

Don Thaddeus hablaba mejor de lo que esperaba por el aspecto desteñido de su abrigo.

Una cara rosada de nariz chata no demasiado juvenil; una mata de pelo negro que saltó cuando se quitó el sombrero.

—He venido a llevarla con los O'Donnell, si está lista.

—Completamente lista.

—El buen doctor ha pensado que, a lo mejor —añadió, seguramente porque había notado su tono inquisitivo—, un buen amigo de la familia podría hacer las presentaciones.

Lib estaba desconcertada.

—Tenía la impresión de que ese amigo era el doctor Mc-Brearty.

—Y lo es —repuso don Thaddeus—, pero supongo que los O'Donnell confían especialmente en su párroco.

¿Un párroco? Aquel hombre iba vestido de paisano.

—Le ruego que me perdone, pero ¿no deberían llamarlo padre Thaddeus?

—Bueno... —Se encogió de hombros—. Ahora se estila eso, pero por aquí no nos complicamos demasiado la vida.

Costaba imaginar a aquel amigable sujeto como confesor del pueblo, el poseedor de los secretos.

—No lleva usted alzacuellos, o... —Lib señaló el pecho del hombre, porque desconocía el nombre de la túnica negra abotonada.

—Llevo todo el equipo en el maletero para domingos y fiestas de guardar, claro —dijo sonriente don Thaddeus.

La chica entró corriendo en la tienda secándose las manos.

—Aquí tiene su tabaco —le dijo, retorciendo los extremos de un paquete y deslizándolo hacia él sobre el mostrador.

—Que Dios te bendiga, Maggie, y una caja de cerillas también. ¿Bien, hermana? —Miraba detrás de Lib.

Ella se volvió y se encontró con la monja; ¿cuándo había entrado?

La hermana Michael le hizo un gesto de asentimiento al cura y otro a ella contrayendo los labios en una pretendida sonrisa. Paralizada por la timidez, supuso Lib.

¿Por qué McBrearty no había mandado buscar a dos Nightingale, ya puestos? Se le ocurrió entonces que tal vez ninguna de las otras cincuenta y tantas, laicas o religiosas, estaba disponible a tan corto plazo. ¿Era ella la única enfermera de Crimea que no había encontrado su lugar en media década? ¿La única lo bastante desocupada como para morder el cebo envenenado de aquel trabajo?

Los tres doblaron hacia la izquierda por la calle bajo un sol aguado. Incómoda entre el cura y la monja, Lib agarraba el bolso de cuero.

Los edificios estaban orientados hacia diferentes puntos, dándose mutuamente la espalda. Tras una ventana había una anciana sentada a una mesa llena de montones de cestas, producto de algún tipo de venta en su habitación delantera, tal vez. No había nada del ajetreo de una mañana de lunes que Lib habría esperado en Inglaterra. Pasaron junto a un hombre cargado con un saco que intercambió bendiciones con don Thaddeus y la hermana Michael.

—La señora Wright trabajó con la señorita Nightingale —le comentó el cura a la monja.

—Eso he oído. —Al cabo de un momento, la hermana Michael le dijo a Lib—: Debe de tener mucha experiencia en casos quirúrgicos.

Lib asintió con tanta modestia como puedo.

—También tratábamos muchos casos de cólera, disentería, malaria; de congelación en invierno, por supuesto.

De hecho, las enfermeras inglesas pasaban mucho tiempo ahuecando colchones, removiendo gachas y con las palanganas, pero Lib no quería que la monja la tomara por una sirvienta ignorante.

Era algo que nadie entendía: salvar vidas a menudo se conseguía desatascando una tubería de las letrinas.

Ni rastro de plaza de mercado ni de ningún jardín, como tenía cualquier pueblo inglés. La llamativa capilla blanca era el único edificio con aspecto de ser nuevo. Don Thaddeus dobló a la derecha justo antes por un camino fangoso que bordeaba un cementerio. Las lápidas torcidas cubiertas de musgo no habían sido dispuestas en hileras sino al buen tuntún, por lo visto.

—¿Viven los O'Donnell fuera del pueblo? —preguntó Lib. Sentía curiosidad acerca de por qué la familia no había tenido la cortesía de mandar un coche y ya no digamos de dar alojamiento a las enfermeras.

—A cierta distancia —susurró la monja.

—Malachy guarda reses *shorthorn* —añadió el cura.

El débil sol calentaba más de lo que Lib había pensado; sudaba con la capa.

—¿Cuántos de sus hijos viven en casa?

—Ahora solo la niña, desde que Pat se fue, Dios lo bendiga —repuso don Thaddeus.

¿Se fue? ¿Adónde? Lo más probable era que se hubiera ido a América, pensó Lib, o a Inglaterra, o a las colonias. Irlanda, una madre poco previsora, mandaba a la mitad de su flaca prole al extranjero. Los O'Donnell solo tenían dos hijos, pues; eso a Lib le parecía una completa miseria.

Pasaron por una cabaña destartalada cuya chimenea humeaba. Un sendero empinado salía del camino hacia otra casa de campo. Los ojos de Lib recorrieron la ciénaga de más adelante buscando alguna señal de la finca de los O'Donnell. ¿Le estaba permitido preguntarle al cura algo aparte de los hechos escuetos? Cada enfermera había sido contratada para formarse una impresión personal. A Lib se le ocurrió de pronto que aquella tal vez fuera la única oportunidad que tendría de hablar con aquel amigo de confianza de la familia.

—Don Thaddeus, si puedo preguntárselo, ¿avala usted la honestidad de los O'Donnell?

El cura tardó un momento en contestar.

—Por supuesto, no tengo ningún motivo para ponerla en duda.

Como Lib nunca había mantenido una conversación con un cura católico, no supo interpretar su tono diplomático.

La monja miraba fijamente el verde horizonte.

—Malachy es un hombre de pocas palabras —prosiguió don Thaddeus—, abstemio.

Aquello sorprendió a Lib.

—No ha bebido ni una gota desde que dio su palabra de no hacerlo, antes de que nacieran los niños. Su mujer es una luz para la parroquia, muy activa en la Compañía de Nuestra Señora.

Aquellos detalles no eran para Lib muy significativos, pero le siguió la corriente.

—¿Y Anna O'Donnell?

—Es una pequeña maravillosa.

¿En qué sentido? ¿Virtuosa? ¿Excepcional? Era evidente que la mocosa los tenía a todos encandilados. Lib se fijó atentamente en el perfil curvilíneo del cura.

—¿Alguna vez le aconsejó que rechazara la comida, quizá como algún tipo de ejercicio espiritual?

El cura hizo un gesto de protesta.

—Señora Wright. Usted no profesa nuestra fe, ¿cierto?

—Fui bautizada en la Iglesia de Inglaterra —repuso Lib, escogiendo con cuidado las palabras.

La monja miraba un cuervo que pasaba. Evitaba contaminarse manteniéndose al margen de la conversación, tal vez.

—Bien —dijo don Thaddeus—. Le aseguro que los católicos estamos obligados a ayunar unas horas como mucho, por ejemplo, desde medianoche hasta la toma de la Santa Comunión a la mañana siguiente. También nos abstenemos de comer carne los miércoles y los viernes, así como durante la Cuaresma. El ayuno moderado mortifica los deseos carnales, ¿sabe? —añadió con la misma tranquilidad que si estuviera hablando del clima.

—¿Se refiere al apetito por la comida?

—Entre otros.

Lib miró el suelo lodoso que iba pisando con las botas.

—También expresamos nuestro pesar por las agonías de Nuestro Señor compartiéndolas, aunque sea mínimamente —prosiguió él—, así que el ayuno resulta una penitencia útil.

—Lo que significa que, si uno se castiga, le serán perdonados los pecados... —dijo Lib.

—O los de los demás —susurró la monja.

—Tal como dice la hermana —respondió el cura—, si ofrecemos nuestro sufrimiento con espíritu generoso a cuenta de otra persona.

Lib se imaginó un gigantesco libro de contabilidad manchado de tinta lleno de debes y haberes.

—La clave está en que el ayuno jamás debe llevarse hasta el extremo o hasta el punto de perjudicar la salud.

Ese era un pez muy resbaladizo.

—Entonces, ¿por qué cree que Anna O'Donnell ha ido contra las normas de su propia Iglesia?

El sacerdote encogió los anchos hombros.

—He tratado de hacerla razonar muchas veces durante los últimos meses, rogándole que tomara algún bocado de lo que fuera. Sin embargo, ha hecho oídos sordos.

¿Cómo conseguía aquella niña malcriada involucrar a todos los adultos con los que se relacionaba en aquella farsa?

—Hemos llegado —murmuró la hermana Michael, indicando el final de un sendero apenas visible.

Seguro que aquel no podía ser su destino. La cabaña estaba pidiendo a gritos que la encalaran; el techado de paja embreada protegía tres cuadraditos de vidrio. En el otro extremo, un establo de vacas se encorvaba bajo el mismo tejado.

Lib comprendió de inmediato lo errado de sus suposiciones. Si el comité había contratado a las enfermeras, entonces Malachy O'Donnell no podía ser de ninguna manera un hombre próspero. Por lo visto lo único que distinguía a la familia de los otros campesinos que malvivían por los alrededores era esa afirmación de que su hijita vivía del aire.

Observó atentamente el tejado de los O'Donnell. Si el doctor McBrearty no hubiera sido tan imprudente como para escribir al *Irish Times*, comprendió entonces, no se habría difundido ni una palabra más allá de aquellos campos empapados. ¿Cuántos amigos suyos importantes estaban invirtiendo su dinero y su buen nombre en aquella extraña empresa? ¿Apostaban a que, pasados los quince días, ambas enfermeras jurarían obedientemente que aquello era un milagro y convertirían aquel caserío insignificante en una maravilla de la cristiandad? ¿Pensaban comprar el respaldo y la reputación de una hermana de la caridad y una Nightingale?

Los tres enfilaron el sendero pasando junto a un montón de estiércol, notó Lib con un estremecimiento de desaprobación. La parte inferior de los gruesos muros de la cabaña estaba inclinada hacia fuera. Habían tapado con un trapo el cristal roto de la ventana más cercana. La puerta cerraba solo la parte inferior del umbral, dejando un hueco arriba, como la de una cuadra. Don Thaddeus la abrió con un leve chirrido y le indicó a Lib que lo precediera.

Ella entró en la oscuridad. Una mujer se dirigió a ellos en un idioma que Lib desconocía. Los ojos se le fueron acostumbrando a la penumbra. Vio el suelo de tierra apisonada que pisaba. Dos mujeres con las cofias de volantes que las irlandesas llevaban siempre, por lo visto, estaban apartando una rejilla de secado del fuego. Después de amontonar la ropa en los brazos de la más joven y delgada, la mayor se apresuró a estrecharle la mano al sacerdote.

Él le respondió en la misma lengua.

Tenía que ser gaélico. Luego se puso a hablar en inglés.

—Rosaleen O'Donnell, ya conoció a la hermana Michael ayer.

—Hermana, buenos días también para usted. —La mujer le apretó las manos a la monja.

—Y esta es la señora Wright, una de las famosas enfermeras de Crimea.

—¡Dios mío! —exclamó la señora O'Donnell. Tenía los hombros anchos y huesudos, los ojos grises como el granito y la sonrisa mellada—. Que el cielo la bendiga por venir de tan lejos, 'ñora.

¿Era de verdad tan ignorante que creía que la guerra seguía en esa península y que acababa de llegar, cubierta de sangre, del frente?

—Está en la única habitación buena que tendría de no ser por las visitas. —Rosaleen O'Donnell hizo un gesto hacia una puerta situada a la derecha del fuego.

Cuando Lib aguzó el oído oyó que alguien cantaba.

—Aquí estamos estupendamente —le aseguró don Thaddeus.

—Siéntense mientras les preparo una taza de té, al menos —insistió la señora O'Donnell—. Las sillas están todas dentro, así que no tengo para ustedes más que escabeles. Mi marido está extrayendo turba para Séamus O'Lalor.

Los escabeles eran los troncos a modo de taburete que la mujer estaba empujando prácticamente dentro del fuego para sus invitados. Lib escogió uno e intentó alejarlo un poco de la chimenea, pero la mujer pareció ofendida; evidentemente, el sitio de honor era pegado al fuego. Así que Lib se sentó y dejó la bolsa en el lado donde se mantendría más fría, para que los ungüentos no se le licuaran.

Rosaleen O'Donnell se santiguó al sentarse y lo mismo hicieron el cura y la monja. Lib pensó si seguir su ejemplo, pero no; era estúpido ponerse a imitar a los lugareños.

En la «habitación buena», el canto subió de volumen. La chimenea estaba abierta hacia ambos lados de la cabaña, de manera que el sonido se colaba por ella.

Mientras la chica apartaba la sibilante pava del fuego, la señora O'Donnell y el párroco charlaron acerca de la lluvia del día anterior y de lo inusualmente cálido que el verano estaba siendo en general. La monja escuchaba y, de vez en cuando, murmuraba su asentimiento. Ni una palabra de la hija.

A Lib se le estaba pegando el uniforme a los costados. Una enfermera observadora, se recordó, nunca perdía el tiempo. Se fijó en una mesa adosada a la pared sin ventanas del fondo. Un aparador pintado con la parte de abajo con barrotes, como una jaula. Unas puertecitas en las paredes; armarios empotrados, tal vez. Una cortina confeccionada con viejos sacos de harina. Todo bastante rudimentario pero limpio, al menos no demasiado sucio. La campana ennegrecida de la chimenea era de zarzo. Tenía un hueco cuadrado a cada lado del fuego y lo que Lib supuso que era una caja de sal clavada en la parte superior. En un estante, encima del fuego, había un par de candelabros de latón, un crucifijo y lo que parecía un pequeño daguerrotipo en un portarretratos negro lacado.

—¿Cómo está hoy Anna? —preguntó por fin don Thaddeus cuando estuvieron todos, incluso la muchacha, tomando el fuerte té.

—Bastante bien, gracias a Dios. —La señora O'Donnell miró ansiosa hacia la habitación buena.

¿Estaba la chica ahí dentro cantando himnos con las visitas?

—Quizá podría contar la historia de Anna a las enfermeras —le sugirió don Thaddeus.

La mujer parecía perpleja.

Lib miró a los ojos a la hermana Michael y tomó la iniciativa.

—Hasta este año, señora O'Donnell, ¿cómo habría descrito la salud de su hija?

Un parpadeo.

—Bueno, siempre ha sido una flor delicada, pero no

quejica ni enojadiza. Si se hacía un rasguño o tenía un or-
zuelo, lo consideraba una pequeña ofrenda al cielo.

—¿Qué me dice de su apetito? —le preguntó Lib.

—¡Oh! Nunca ha estado ávida de golosinas ni las ha pedido. Más buena que el pan.

—¿Y qué tal de ánimo? —preguntó la monja.

—No hay motivo de queja —repuso la señora O'Donnell.

Aquellas respuestas ambiguas no satisfacían a Lib.

—¿Anna va a la escuela?

—¡Oh, el señor O'Flaherty la adoraba!

—¿No ganó la medalla, acaso? —La sirvienta señaló hacia la repisa de la chimenea con tanto ímpetu que derramó
la taza de té.

—Es verdad, Kitty —dijo la madre, asintiendo como una
gallina.

Lib buscó la medalla con la mirada y la encontró: un disco pequeño de bronce dentro de un estuche de presentación
al lado de la fotografía.

—Pero desde que pilló la tos ferina el curso pasado
—prosiguió la señora O'Donnell—, decidimos tener a nuestra irlandesita en casa, dada la suciedad que hay en la escuela y que tiene esas ventanas que se rompen cada dos por tres
y dejan entrar las corrientes de aire.

Irlandesita; por lo visto así llamaban los irlandeses a todas las jóvenes.

—¿No estudia con el mismo empeño en casa, de todos
modos, rodeada de todos sus libros? Al pájaro, su nido; a la
araña, su tela; al hombre, su casa, como reza el dicho.

Lib desconocía aquel refrán. Siguió en sus trece, porque se le ocurrió que aquella absurda mentira de Anna podía tener su origen en algo cierto.

—Desde que estuvo enferma, ¿ha padecido molestias estomacales?

Se preguntaba si un violento acceso de tos podría haber roto a la niña por dentro. Sin embargo, la señora O'Donnell negó con la cabeza, sin dejar de sonreír.

—¿Vómitos, obstrucciones, heces blandas?

—Solo de vez en cuando, como es lo normal cuando se está creciendo.

—Entonces, hasta que cumplió los once años, usted habría descrito a su hija como delicada y nada más que eso.

La mujer apretó los finos labios.

—Desde el siete de abril, ayer hizo cuatro meses, de la noche a la mañana, Anna no ha vuelto a probar bocado ni a tomar sopa; nada más que el agua de Dios.

Lib sintió un ramalazo de desagrado. Si aquello hubiera sido cierto, ¿qué clase de madre lo habría contado con tanta emoción?

Aunque, por supuesto, no lo era, se recordó. Tanto si Rosaleen O'Donnell estaba implicada en la farsa como si la hija se las había arreglado para engatusar a la madre, en cualquier caso, cínica o crédula, la mujer no tenía motivos para temer por su hija.

—Antes de su cumpleaños, ¿se había atragantado? ¿Había comido algo rancio?

La señora O'Donnell se enfureció.

—¡En esta cocina no hay nada rancio!

—¿Le ha rogado que coma? —le preguntó Lib.

—Podría haberme ahorrado la saliva.

—¿Y Anna no explica por qué motivo se niega a comer?

La mujer se inclinó un poco hacia ella, como para compartir un secreto.

—No le hace falta.

—¿No le hace falta decir por qué no come? —se extrañó Lib.

—No le hace falta —repitió sonriente Rosaleen O'Donnell, enseñando la dentadura mellada.

—¿Se refiere a la comida? —le preguntó la monja, en un susurro apenas audible.

—Ni una sola migaja. Es una maravilla viviente.

Era una interpretación bien ensayada, sin duda. Solo que el brillo de los ojos de aquella mujer, en opinión de Lib, se parecía mucho al de la convicción.

—¿Y asegura usted que durante los últimos cuatro meses su hija ha seguido teniendo buena salud?

Rosaleen O'Donnell se irguió y batió las escasas pestañas.

—En esta casa, señora Wright, no encontrará falsas afirmaciones ni imposturas. Es una casa honrada, como lo era el establo.

Lib se quedó pasmada, pensando en caballos, hasta que se dio cuenta de a qué establo se refería la mujer: al de Belén.

—Somos gente sencilla, él y yo —dijo Rosaleen—. No podemos explicarlo, pero nuestra pequeña goza de la especial providencia del Todopoderoso. ¿Acaso no es Él capaz de todo? —le preguntó a la monja.

La hermana Michael asintió, imperceptiblemente.

—Él obra de modos misteriosos.

Por eso los O'Donnell habían pedido una monja, Lib estaba casi segura. Y por eso el médico había satisfecho su demanda. Todos asumían que una solterona consagrada a Cristo estaría más dispuesta a creer en milagros que la mayoría de la gente. Cegada por la superstición, habría dicho Lib más bien.

Don Thaddeus los observaba con atención.

—Pero usted y Malachy están dispuestos a permitir que estas buenas enfermeras se sienten con Anna toda una quincena, ¿verdad, Rosaleen?, para que puedan testificar ante el comité.

La señora O'Donnell abrió tanto los flacos brazos que casi se le cayó el mantón a cuadros.

—Más que dispuestos, para defendernos, porque somos tan buenos como cualquiera desde Cork hasta Belfast.

A Lib no se le escapó la risa de milagro. ¡Que estuvieran tan preocupados por su reputación en aquella triste cabaña como si fuera una mansión...!

—¿Qué tenemos que esconder? —prosiguió la mujer—. ¿No hemos abierto ya la puerta a las personas de buen corazón procedentes de los cuatro puntos cardinales?

Aquella grandilocuencia respaldaba la opinión de Lib.

—Hablando de lo cual —dijo el cura—, creo que sus visitas se marchan.

El canto había cesado sin que Lib se diera cuenta. La

puerta interior estaba ligeramente abierta y entraba corriente. Se acercó y miró por la rendija.

La habitación buena se diferenciaba de la cocina sobre todo por su desnudez. Aparte de una alacena con unos cuantos platos y jarras detrás de los cristales y unas cuantas sillas de enea, estaba completamente vacía.

Había una docena de personas vueltas hacia un rincón de la habitación que Lib no veía, con los ojos muy abiertos y la mirada luminosa, como si estuvieran observando una escena asombrosa. Aguzó el oído para entender lo que murmuraban.

—Gracias, señorita.

—Un par de estampitas para su colección.

—Permita que le deje este frasco de aceite de nuestro primo bendecido por Su Santidad en Roma.

—Solo unas flores de mi jardín, cortadas esta mañana.

—Mil gracias, y ¿besaría al niño antes de irnos? —La mujer corrió hacia el rincón con su bebé.

Lib encontraba fascinante no poder vislumbrar la extraordinaria maravilla, ¿no era esa la frase que los granjeros habían usado en la tienda espirituosa la noche anterior? Sí, de eso habían estado hablando con tanto entusiasmo, sin duda: no de algún ternero de dos cabezas, sino de Anna O'Donnell, la maravilla viviente. Evidentemente, dejaban entrar a una multitud de gente a diario para humillarse a los pies de la niña; ¡qué vulgaridad!

Uno de los granjeros había hecho un comentario malicioso acerca de la otra gente, sobre cómo estaba a sus pies.

Seguro que se refería a los visitantes que tan ansiosos estaban de acariciar a la cría.

¿Qué creían estar haciendo, dando por santa a una pequeña porque creían que había superado las necesidades humanas comunes y corrientes? Aquello le recordaba a Lib las procesiones del continente, paseando estatuas con túnicas sofisticadas por callejones apestosos.

Aunque de hecho las voces de los visitantes le parecían irlandesas; la señora O'Donnell tenía que estar exagerando con eso de los cuatro puntos cardinales. La puerta se abrió del todo, así que Lib retrocedió.

Los visitantes salieron.

—Señora, por las molestias. —Un hombre con sombrero hongo le ofreció una moneda a Rosaleen O'Donnell.

Ajá. La raíz de todo mal. Al igual que esos turistas adinerados que pagaban a un campesino para que posara con un violín al que le faltaban la mitad de las cuerdas en la puerta de su cabaña de barro, los O'Donnell tenían que formar parte de aquel fraude, decidió Lib, y por el más predecible de los motivos: dinero contante y sonante.

Sin embargo, la madre se llevó las manos a la espalda.

—La hospitalidad no es ninguna molestia.

—Para la dulce niñita —insistió el visitante.

Rosaleen O'Donnell siguió negando con la cabeza.

—Insisto —dijo él.

—Déjelo en el cepillo para los pobres, señor, si se siente obligado. —Indicó una caja de hierro que había encima de un taburete, junto a la puerta.

Lib se reprochó no haberse fijado antes en ella.

Todas las visitas metían los dedos en la ranura cuando salían.

Algunas monedas eran grandes, por el ruido que hacían, le pareció a Lib. Evidentemente, la picaruela era una atracción que había que pagar, como una cruz tallada o una piedra plantada en vertical. Lib dudaba mucho que los O'Donnell entregaran un solo penique a los menos afortunados incluso que ellos.

Mientras esperaba a que la gente se marchara, Lib se acercó lo bastante a la repisa de la chimenea para estudiar el daguerrotipo. Oscuro y tomado antes de que el hijo emigrara. Rosaleen O'Donnell, como un tótem imponente. El flaco adolescente sentado en su regazo de un modo incongruente. Una pequeña sentada muy tiesa sobre su padre. Lib se esforzó para ver a pesar del brillo del cristal. Anna O'Donnell tenía el pelo casi tan oscuro como el de la propia Lib, largo hasta más abajo de los hombros. Nada la distinguía de cualquier otra niña.

—Entre en su habitación ahora, hasta que vaya a buscarla —le estaba diciendo Rosaleen a la hermana Michael.

Lib se envaró. ¿Cómo planeaba preparar a su hija para el escrutinio?

De repente la combustión de la turba se le hizo insoportable. Murmuró que necesitaba un poco de aire y salió al patio de la granja.

Adelantó el pecho, inspiró y olió el estiércol.

Si se quedaba, tendría que aceptar el reto: destapar aquel

patético fraude. La cabaña no podía tener más de cuatro habitaciones; dudaba que tuviera que pasar más de una noche allí para pillar a Anna comiendo a escondidas, lo hiciera por su cuenta o con ayuda de alguien. (¿De la señora O'Donnell? ¿De su marido? ¿De la sirvienta, que parecía ser la única que tenían? O de todos ellos, por supuesto.) Por lo tanto, el viaje entero le aportaría a Lib un solo día de paga. Desde luego, una enfermera menos honrada no diría nada hasta pasada la quincena, para asegurarse de cobrar los catorce restantes, mientras que la recompensa de Lib sería destaparlo todo, asegurarse de que el buen juicio se imponía a la insensatez.

—Será mejor que vaya a ver a algunas otras ovejas de mi rebaño —dijo el cura de mejillas rosadas a su espalda—. La hermana Michael se ha ofrecido a hacer la primera guardia, puesto que usted debe de notar los efectos del viaje.

—No —repuso Lib—. Estoy dispuesta a empezar. —Se moría por conocer a la niña, de hecho.

—Como prefiera, señora Wright —dijo la monja con aquella voz suya susurrante.

—Entonces, hermana, ¿volverá dentro de ocho horas? —le preguntó don Thaddeus.

—De doce —lo sacó de su error Lib.

—Creo que McBrearty propuso turnos de ocho horas, porque son menos cansados —dijo él.

—En ese caso, la hermana y yo tendríamos que levantarnos y acostarnos a horas intempestivas —le explicó Lib—. Sé por mi experiencia como enfermera de guardia que dos turnos permiten dormir más que tres.

—Pero para cumplir con los términos de la vigilancia, estará obligada a no separarse de Anna ni un solo minuto de ese tiempo —dijo don Thaddeus—. Ocho horas ya me parecen muchas.

Solo entonces Lib se dio cuenta de otra cosa: si hacían turnos de doce horas y ella se ocupaba del primero, la hermana Michael estaría siempre de guardia durante la noche, cuando la niña tendría más posibilidades de robar comida. ¿Hasta qué punto podía confiar en que una monja que se había pasado casi toda la vida en un convento de provincias estuviera tan atenta como ella?

—Muy bien, de ocho horas, entonces. —Calculó mentalmente—. ¿Nos turnaremos digamos que a... las nueve de la noche, las cinco de la mañana y la una de la tarde, hermana? A esas horas molestaremos menos a la familia.

—Hasta la una de la tarde, pues —repuso la monja.

—¡Oh! Como empezamos ahora, a media mañana, no tengo inconveniente en quedarme con la niña hasta las nueve de la noche —le dijo Lib. Una primera jornada prolongada le permitiría disponer la habitación y establecer la rutina de observación a su gusto.

La hermana Michael asintió y se deslizó fluyendo por el sendero de vuelta al pueblo. ¿Cómo aprendían a caminar así las monjas?, se preguntó Lib. A lo mejor era solo el efecto que creaba el hábito negro peinando la hierba.

—Buena suerte, señora Wright —se despidió don Thaddeus, llevándose la mano al sombrero.

¿Suerte? Como si hubiera ido a las carreras.

Lib hizo acopio de fuerzas y entró de nuevo en la casa, donde la señora O'Donnell y la criada estaban colgando una especie de enorme gnomo gris de un gancho. Lib desentrañó lo que veía: una marmita de hierro.

La madre hizo girar la olla sobre el fuego y alzó la barbilla hacia una puerta medio abierta situada a la izquierda de Lib.

—Le he contado a Anna todo acerca de usted.

¿Le había contado qué? ¿Que la señora Wright era una espía de allende los mares? ¿Había enseñado a la mocosa el mejor modo de engatusar a la inglesa como había hecho con tantos otros adultos?

La habitación era un cuadrado sin adornos. Una niña diminuta vestida de gris estaba sentada en una silla de respaldo recto, entre la ventana y la cama, como si escuchara una música que solo ella oía. Tenía el cabello pelirrojo oscuro, de un tono que no se apreciaba en la fotografía. Cuando la puerta crujió, alzó la cabeza y una sonrisa le iluminó la cara.

Un engaño, se recordó Lib.

La niña se levantó y le tendió la mano.

Lib se la estrechó. Dedos regordetes fríos al tacto.

—¿Cómo te encuentras hoy, Anna?

—Muy bien, doña —repuso la niña con una vocecita clara.

—Enfermera —la corrigió Lib—, o señora Wright, o señora, si lo prefieres. —No se le ocurría nada más que decir. Sacó de la bolsa el diminuto cuaderno y una cinta métrica.

Se puso a tomar notas, para sistematizar un poco aquella situación incongruente.

Lunes 8 de agosto de 1859, 10.07 de la mañana.
Longitud del cuerpo: 116,80 cm.
Longitud de los brazos extendidos: 119,38 cm.
Diámetro del cráneo medido por encima de las cejas: 55,88 cm.
Cabeza, de la coronilla a la barbilla: 20,32 cm.

Anna O'Donnell era muy servicial. De pie, muy erguida con su sencillo vestido y unas botas curiosamente grandes, adoptaba las sucesivas posturas para que Lib la midiera, como si estuviera aprendiendo los pasos de un extraño baile. Su cara podía ser descrita casi como rechoncha, lo que daba al traste inmediatamente con la historia del ayuno. Grandes ojos color avellana un poco saltones bajo unas pestañas rizadas. Las escleróticas de porcelana, las pupilas un poco dilatadas, aunque la escasa luz que entraba podía explicar eso. (Por lo menos la ventanita estaba abierta al aire veraniego. En el hospital, sin hacer caso de Lib, la enfermera jefe se aferraba a la idea anticuada de que había que mantener las ventanas cerradas para evitar los efluvios nocivos.)

La niña estaba muy pálida, pero el cutis de los irlandeses solía serlo, sobre todo el de los pelirrojos, hasta que el clima se lo curtía. Ahora bien, había una cosa rara: una pelusa fina e incolora en las mejillas. Al fin y al cabo, la mentira de la niña acerca de que no comía no impedía que tuviera un trastorno real. Lib tomó buena nota.

La señorita N. opinaba que ciertas enfermeras confiaban demasiado en tomar notas, debilitando su capacidad para recordar. Sin embargo, ella nunca había llegado al extremo de prohibir una libreta de notas.

Lib no desconfiaba de su memoria, pero en aquella ocasión la habían contratado más bien como testigo, lo que exigía que tomara notas del caso de manera impecable.

Otra cosa: Anna tenía en los lóbulos de las orejas y los labios un tinte azulado, al igual que las uñas. Estaba fría al tacto, como si acabara de volver de caminar bajo una tormenta de nieve.

—¿Tienes frío? —le preguntó Lib.

—No.

Anchura del pecho a la altura de los pezones: 25,40 cm.
Contorno de las costillas: 60,96 cm.

La niña seguía sus movimientos con la mirada.

—¿Cómo se llama?

—Como ya te he dicho, soy la señora Wright, pero puedes llamarme enfermera.

—Quiero decir cuál es su nombre de pila.

Lib ignoró aquella leve insolencia y siguió escribiendo.

Contorno de las caderas: 63,50 cm.
Contorno de la cintura: 53,34 cm.
Contorno del brazo: 12,70 cm.

—¿Para qué son esos números?

—Son... para asegurarnos de que tienes buena salud —dijo Lib.

Una respuesta absurda, pero la pregunta la había puesto nerviosa. ¿Era contravenir el protocolo hablar de la naturaleza de la vigilancia con el objeto de la misma?

De momento, como Lib esperaba, los datos de la libreta indicaban que Anna O'Donnell era una pequeña harpía y una falsa. Sí, en algunas zonas estaba flaca, los omóplatos le sobresalían como tocones de unas alas perdidas, pero no estaba como una criatura habría estado tras un mes sin comer, y mucho menos tras cuatro. Lib sabía el aspecto que tenía el hambre; en Scutari, habían traído a refugiados esqueléticos a los cuales se les marcaban los huesos bajo la piel como los palos de una tienda de campaña en la lona. No. Aquella niña tenía la tripa redonda como poco. Las bellezas que estaban de moda se apretaban la cintura para tenerla de cuarenta centímetros y la de Anna medía trece centímetros más. Lo que a Lib le habría gustado saber en realidad era el peso de la niña, porque si aumentaba aunque fuesen treinta gramos durante aquella quincena, sería la prueba de que se alimentaba a escondidas. Dio dos pasos hacia la cocina para coger una balanza, pero luego se acordó de que no podía perder de vista a la niña ni un instante hasta las nueve de la noche.

Tuvo una extraña sensación de reclusión. Pensó en llamar a la señora O'Donnell desde el dormitorio, pero no quería parecer despótica, sobre todo casi al principio de su primer turno.

—Cuidado con las imitaciones espurias —murmuró.

—¿Perdón? —dijo Lib.

Un dedo gordito resiguió las palabras estampadas en la portada de cuero de la libreta de notas.

Lib escrutó con la mirada a la niña. Imitaciones espurias, ciertamente.

—Los fabricantes aseguran que no hay otro como su papel satinado.

—¿Qué es el papel satinado?

—Tiene un recubrimiento para que el lápiz metálico deje su marca.

La niña acarició la pequeña página.

—Cualquier cosa escrita en ese papel es indeleble, como la tinta —dijo Lib—. ¿Sabes lo que significa indeleble?

—Una mancha que no sale.

—Exacto. —Lib cogió la libreta y trató de pensar en qué otra información necesitaba sobre la pequeña.

—¿Te duele algo, Anna?

—No.

—¿Mareos?

—De vez en cuando, quizás —admitió Anna.

—¿Se te detiene o se te acelera el pulso?

—Algunos días tengo palpitaciones.

—¿Estás nerviosa?

—Nerviosa, ¿por qué?

«Porque temes que te pillen, estafadora.»

—Por la hermana Michael y por mí, quizá. Somos extrañas en tu casa —le respondió, sin embargo.

Anna negó con la cabeza.

—Pareces amable. No creo que me hagas ningún daño.

—Por supuesto que no —dijo Lib, pero se sentía incómoda, como si le hubiese prometido más de lo debido.

No estaba allí para ser amable.

En aquel momento la niña susurraba algo con los ojos cerrados. Al cabo de un momento, Lib se dio cuenta de que tenía que ser una oración. ¿Una demostración de piedad, para que el ayuno de Anna fuera más plausible?

La pequeña terminó y alzó los ojos hacia ella, con la misma expresión de placidez que siempre.

—Abre la boca, por favor —le dijo Lib.

Tenía casi todos los dientes de leche; uno o dos definitivos, y varios huecos allí donde todavía no le habían salido estos. Una boca como la de cualquier niñita.

¿Alguna caries? El aliento era un poco agrio.

La lengua limpia, bastante roja y lisa.

Las amígdalas un poco engrosadas.

Anna no llevaba cofia para cubrirse el pelo castaño rojizo, con la raya en medio y recogido en un moñito. Lib se lo deshizo y la peinó con los dedos; le notó el pelo seco y encrespado. Le palpó el cuero cabelludo buscando algo que no se viera, pero no encontró nada aparte de una zona escamosa detrás de una oreja.

—Puedes volver a recogértelo.

Anna empezó a sujetárselo con las horquillas.

Lib iba a ayudarla pero se contuvo. No estaba allí para cuidar de la niña ni para ser su criada. Le pagaban únicamente para observar.

Un poco torpe.
Reflejos normales, pero un poco lentos.
Las uñas bastante acanaladas, con manchitas blancas.
Las palmas y los dedos inequívocamente hinchados.

—Quítate las botas para que te vea los pies, por favor.

—Eran de mi hermano —dijo Anna, obediente.

Los pies, los tobillos y las piernas muy hinchados, apuntó Lib; no era de extrañar que Anna hubiera recurrido a las botas que había dejado el emigrante. Posible hidropesía; retención de líquido en los tejidos, sí, tal vez.

—¿Desde cuándo tienes así las piernas?

La niña se encogió de hombros.

Las medias le habían dejado una marca cóncava bajo las rodillas y en los talones. Lib había visto esa clase de hinchazón en mujeres embarazadas y en algún que otro soldado viejo. Le apretó con un dedo la pantorrilla, como un escultor modelando una muñeca de barro. La depresión se mantuvo cuando lo apartó.

—¿No te duele?

Anna sacudió la cabeza, negando.

Lib le miró atentamente la pierna. Tal vez no fuera demasiado grave, pero a aquella niña le pasaba algo.

Prosiguió el reconocimiento quitando prenda tras prenda. Aunque Anna fuera un fraude, no había necesidad de avergonzarla. La pequeña temblaba, pero no de vergüenza, sino como si fuera enero en vez de agosto. «Escasos signos de madurez», anotó Lib; Anna parecía más una niña de ocho o nueve años que de once. La vacuna de la viruela en la parte superior del brazo. La piel, blanca como la leche, se notaba seca al tacto, amarronada y áspera en algunas zonas. Hematomas en las rodillas, típicos de los niños. Pero aquel fino vello azulado en las espinillas... Lid no lo había visto nunca. Descubrió que lo tenía también en los antebrazos, la espalda, la tripa, las piernas; como una cría de mono.

¿Era posible que los irlandeses fuesen comúnmente tan peludos? Lib recordaba viñetas de la prensa popular en que los representaban como monos pigmeos.

No olvidó volver a comprobar la pantorrilla izquierda. Volvía a estar tan lisa como la otra.

Repasó las anotaciones. Unas cuantas anomalías inquietantes, sí, pero nada que apoyara la grandiosa afirmación de los O'Donnell acerca de los cuatro meses de ayuno.

Y bien, ¿dónde podía estar escondiendo comida la niña? Lib repasó todas las costuras del vestido y la enagua de Anna buscando bolsillos. Habían zurcido las prendas a menudo pero bien; una pobreza decente.

Revisó cada parte del cuerpo de la niña donde pudiera guardar aunque fuera una migaja, desde las axilas hasta los huecos (algunos agrietados) entre los dedos hinchados de los pies. Nada de nada.

Anna no protestaba. Volvía a murmurar para sí, con las

pestañas apoyadas en los mofletes. Lib no entendía nada de lo que decía, excepto una palabra que repetía una y otra vez y que sonaba como... ¿Teodoro, tal vez? Los católicos siempre rogaban a diversos intermediarios para que abogaran por su causa ante Dios. ¿Existía un santo Teodoro?

—¿Qué estás recitando? —le preguntó Lib cuando pareció que la niña había terminado.

La pequeña negó con la cabeza.

—Vamos, Anna, ¿no vamos a ser amigas?

Inmediatamente Lib se arrepintió de haber escogido aquel término, porque la carita redonda se iluminó.

—Me gustaría.

—Entonces dime qué es esa oración que te oigo murmurar a ratos.

—Esa... De esa no puedo hablar —dijo Anna.

—¡Ah! Es una oración secreta.

—Privada —corrigió a Lib.

Las niñas pequeñas, incluso las que no tienen malas intenciones, adoran los secretos. Lib se acordó de que su hermana escondía su diario debajo del colchón. (Con eso no le impedía a ella leer hasta la última de sus anodinas palabras, desde luego.)

Montó el estetoscopio. Presionó la base plana en el lado izquierdo del pecho de la niña, entre la quinta y la sexta costilla, y se llevó el otro extremo al oído derecho.

Bubum, bubum; escuchó buscando la más mínima variación de los sonidos del corazón. Luego, durante un minuto entero, cuyo avance siguió con el reloj que llevaba a la cintura, contó. Pulso perceptible, escribió, 89 pulsaciones por minuto. Estaba dentro del rango previsible. Lib aplicó el estetoscopio en diferentes puntos de la espalda de Anna. Pulmones sanos, 17 respiraciones por minuto, anotó. Ni silbidos ni crepitaciones; a pesar de los extraños síntomas, Anna parecía más sana que la mitad de sus compatriotas.

Sentada en la silla, porque la señorita N. siempre empezaba quitándoles a sus pupilas el hábito de inclinarse sobre la cama de los pacientes, Lib aplicó el artilugio al vientre de la niña. Trató de oír el mínimo gorgoteo que pudiera revelar la presencia de comida. Probó lo mismo en otra zona. Silencio. Cavidad digestiva firme, timpánica, como un tambor, escribió. Le palpó la tripa ligeramente.

—¿Cómo la notas?

—Llena.

Lib la miró fijamente. ¿La tripa sonaba tan vacía y decía que llena? ¿La estaba desafiando?

—¿Incómodamente llena?

—No.

—Ya puedes vestirte.

Anna lo hizo, despacio y con cierta torpeza.

Dice que duerme bien por la noche, de siete a nueve horas.
Las facultades intelectuales no parecen mermadas.

—¿Echas de menos ir a la escuela, pequeña?

Negó con la cabeza.

Aparentemente, los O'Donnell no esperaban que la niña ayudara en las labores del hogar.

—¿Es que prefieres no hacer nada?

—Leo y coso y canto y rezo —repuso la pequeña.

La confrontación no entraba dentro de las obligaciones de Lib, pero decidió que al menos podía ser sincera. La señorita N. recomendaba serlo siempre, porque nada carcomía más la salud del paciente que la incertidumbre. Podía hacerle a aquella pequeña farsante un gran bien dándole ejemplo de sinceridad, sosteniéndole en alto un farol para que lo siguiera y saliera de la jungla en la que se había perdido.

Cerró de golpe la libreta de notas.

—¿Sabes por qué estoy aquí? —le preguntó a Anna.

—Para asegurarse de que no coma.

No había un modo más tendencioso de expresarlo.

—De ninguna manera, Anna. Mi trabajo es enterarme de si es cierto que no comes, pero sería un gran alivio para mí si comieras como los demás niños... Como hace todo el mundo.

Un asentimiento.

—¿No hay nada que te apetezca? ¿Caldo, budín de sagú, algo dulce?

Lib se dijo que le estaba haciendo una pregunta inocua a la niña, no obligándola a comer para influir en el resultado de la observación.

—No, gracias.

—¿Por qué no, supones tú?

La sombra de una sonrisa.

—No puedo decirlo, doña... señora —se corrigió Anna.

—¿Por qué? ¿También es algo privado?

La niña le devolvió la mirada con suavidad. Aguda como un alfiler, decidió Lib.

Seguramente Anna se había dado cuenta de que, diera la explicación que diera, se metería en un aprieto. Si aseguraba que su Hacedor le había ordenado que no comiera, se estaría comparando con una santa, pero si se jactaba de vivir por algún medio natural, entonces estaría obligada a probarlo a satisfacción de la ciencia.

«Voy a cascarte como a una nuez, señorita.»

Lib echó un vistazo a su alrededor. Hasta aquel día tenía que haber sido un juego de niños para Anna pillar de noche comida de la cocina, que estaba pegada a su habitación, o para algún adulto llevársela sin que los demás se enteraran de nada.

—Vuestra sirvienta...

—¿Kitty? Es nuestra prima. —Anna sacó un mantón a cuadros de la cómoda; los rojos intensos y los marrones le aportaron un poco de color a la cara.

Una esclava y además pariente pobre, entonces; difícil para un subordinado de esa clase negarse a participar en el complot.

—¿Dónde duerme?

—En el banco de la cocina. —Anna se lo indicó con la cabeza.

Claro; las clases bajas solían tener más familia que camas, por eso había que improvisar.

—¿Y tus padres?

—Ellos duermen en la hornacina.

Lib desconocía aquel término.

—En la cama de la pared de la cabaña, detrás de la cortina —le explicó la pequeña.

Lib se había fijado en la cortina de sacos de harina de la cocina, pero había supuesto que cubría algún tipo de despensa. Era absurdo que los O'Donnell dejaran libre la habitación buena y se acostaran en otra improvisada. Eran lo bastante respetables para aspirar a algo más, ¿no?

Lo primero era someter aquel estrecho dormitorio a la prueba antisubterfugios. Lib tocó la pared y se descascarilló. Era de yeso de algún tipo, húmedo; no de madera, de ladrillo ni de piedra, como una casa de campo inglesa. Bueno, al menos eso quería decir que le sería fácil descubrir cualquier hueco donde pudieran esconder comida.

Además, tenía que asegurarse de que no hubiera ningún lugar donde la niña pudiera esconderse de la mirada de Lib.

Aquel viejo biombo de madera desvencijado tenía que desaparecer, para empezar; Lib lo plegó y lo llevó hacia la puerta.

Se asomó al umbral sin salir del dormitorio. La señora O'Donnell removía el contenido de una olla de tres patas puesta al fuego, y la criada machacaba algo sentada a la mesa larga. Dejó el biombo en la cocina.

—No vamos a necesitar esto —dijo—. Además, querría una palangana de agua caliente y una toalla, por favor.

—Kitty —le dijo la señora O'Donnell a la sirvienta, con un movimiento brusco de cabeza.

Con el rabillo del ojo Lib observaba a la niña, que volvía a murmurar sus oraciones.

Volvió junto a la estrecha cama adosada a la pared y se puso a desvestirla. El armazón era de madera y el colchón, de paja, forrado de lona desteñida. Bien, por lo menos no era de plumas; la señorita N. reprobaba las plumas. Un colchón nuevo de crin de caballo habría sido más higiénico, pero no podía exigir a los O'Donnell que invirtieran dinero en comprarlo. (Pensó en aquella caja llena de monedas, en principio destinadas a los pobres.)

Aparte de que ella no estaba allí para conseguir que la salud de la niña mejorara, se recordó, sino únicamente para estudiar su caso. Palpó el colchón buscando cualquier agujero o bulto en el relleno que pudiera revelar escondrijos.

Un inesperado tintineo en la cocina. ¿Una campana? Sonó una, dos, tres veces. A lo mejor la llamada para que la familia se sentara a la mesa a comer. Desde luego, Lib tendría que esperar a que le sirvieran el almuerzo en aquel cuartito.

Anna O'Donnell se había puesto de pie y rondaba por la habitación.

—¿Puedo ir a rezar el ángelus?

—Tienes que quedarte donde yo pueda verte —le recordó Lib, palpando el relleno de lana de la almohada.

Se oyó una voz en la cocina. ¿De la madre?

La niña se arrodilló, aguzando el oído.

—Y concibió por obra del Espíritu Santo —respondió—. Santa María, llena eres de gracia, el Señor es contigo...

A Lib le pareció reconocer aquello. No era una oración privada, desde luego; Anna entonaba las palabras de modo que llegaran a la habitación contigua.

Al otro lado de la pared, las voces amortiguadas de las mujeres se unieron a la de la pequeña. Luego un momento de calma. La voz de Rosaleen O'Donnell otra vez.

—He aquí la esclava del Señor.

—Hágase en mí según tu palabra —entonó Anna.

Lib tiró del bastidor de la cama, apartándolo de la pared, de modo que a partir de aquel momento pudiera acercarse por ambos lados a la cabecera. Aireó el colchón y lo mismo hizo con la almohada.

El ritual proseguía, con sus interpelaciones, respuestas, coros y, de vez en cuando, el tintineo de la campanita.

—Y habitó entre nosotros —recitó la niña.

Se agachó junto a cada esquina de la cama y pasó la mano por debajo de todas las barras, palpando los nudos de la madera y los ángulos buscando sobras. Palmeó el suelo para encontrar cualquier zona de tierra batida que hubieran podido remover para enterrar algo.

Por fin terminaron los rezos y Anna se levantó.

—¿Usted no reza el ángelus, señora Wright? —le preguntó, respirando con cierta agitación.

—¿Así se llama eso que acabáis de rezar? —le preguntó Lib en lugar de responderle.

Un asentimiento, como si todo el mundo supiera eso.

Lib se sacudió el polvo de la falda lo mejor que pudo y se limpió las manos con el delantal. ¿Dónde estaba el agua caliente? ¿Era Kitty vaga, simplemente, o estaba desafiando a la enfermera inglesa?

Anna sacó una gran pieza blanca de la bolsa de trabajo y se puso a coser el dobladillo, de pie en un rincón, cerca de la ventana.

—Siéntate, niña —le dijo Lib, indicándole la silla.

—Aquí estoy muy bien, señora.

Menuda paradoja: Anna O'Donnell era una embustera de la peor especie, pero tenía buenos modales. Lib no se veía capaz de tratarla con la dureza que merecía.

—Kitty —llamó a la criada—, ¿podrías traerme otra silla además del agua caliente?

Desde la cocina nadie respondió.

—De momento usa esta —le insistió a la pequeña—. Yo no la quiero.

Anna se santiguó, se sentó en la silla y siguió cosiendo.

Lib separó un poco la cómoda de la pared para comprobar que no hubiera nada detrás. Fue abriendo los cajones de uno en uno. La madera estaba combada por la humedad. Repasó la poca ropa de la niña, resiguiendo con los dedos las costuras y los dobladillos. Encima de la cómoda había un diente de león mustio en un jarrón. La señorita N. aprobaba que hubiera flores en las habitaciones de los enfermos y tildaba de cuento de viejas eso de que envenenaban el aire; decía que los colores vivos y la variedad de formas estimulaba no solo la mente sino también el cuerpo. (Durante la primera semana de Lib en el hospital había tratado de explicárselo a la enfermera jefe, que la había llamado cursi.)

A Lib se le ocurrió que la flor podía ser una fuente de alimento oculta a plena vista. ¿Y el líquido? ¿Era agua o algún tipo de jarabe o de caldo ligero? Olió el jarrón, pero no percibió más que el conocido aroma de diente de león. Sumergió un dedo en el líquido y se lo llevó a los labios. No tenía sabor ni color, pero ¿podía ser alguna clase de producto de propiedades nutritivas?

No le hacía falta mirarla para saber que la niña la observaba.

¡Oh, vamos, estaba cayendo en la trampa de los delirios del anciano médico! Aquello no era más que agua. Se secó la mano con el delantal.

Al lado del jarrón no había más que un cofre pequeño de madera, ni siquiera un espejo. Aquello le chocó. ¿Anna no quería verse?

Abrió la caja.

—Son mis tesoros —dijo la niña, brincando de la silla.

—Estupendo. ¿Puedo verlos? —Lib ya había metido las manos en el cofre para tocar el contenido, por si Anna le salía con que aquello también era privado.

—Claro.

Baratijas piadosas: un rosario con las cuentas de... ¿eran semillas?, con una cruz de remate y un candelabro pintado en forma de la Virgen con el Niño.

—¿Verdad que es bonito? —Anna quiso coger el candelabro—. Mami y papi me lo regalaron por mi confirmación.

—Un día importante —murmuró Lib. La estatuilla era demasiado relamida para su gusto. La repasó de arriba abajo para asegurarse de que fuera realmente de porcelana, no de algo comestible, antes de permitir que la niña la cogiera.

Anna se lo llevó al pecho.

—El de la confirmación es el día más importante.

—¿Y eso, por qué?

—Dejas de ser una niña.

Era tristemente cómico, pensó Lib, que aquella cosita se considerara una mujer adulta. Luego se fijó en la inscripción de un pequeño óvalo plateado, no más grande que la punta de su dedo.

—Es mi medalla milagrosa —dijo Anna, quitándosela de la mano a Lib.

—¿Qué milagros ha hecho?

Lo había dicho demasiado a la ligera, pero la niña no se lo tomó como una ofensa.

—Muchos —le aseguró, acariciándola—. Quiero decir, no esta, sino todas las medallas milagrosas de la cristiandad juntas.

Lib no hizo ningún comentario. En el fondo de la caja, en una funda de cristal, encontró un pequeño disco. Este no era de metal sino blanco, con un cordero que llevaba una bandera y un escudo de armas en relieve. No podía ser el pan de la sagrada comunión, ¿no? ¿No era sacrilegio guardar la hostia en una caja de juguetes?

—¿Qué es esto, Anna?

—Mi Agnus Dei.

El Cordero de Dios; el latín de Lib llegaba hasta ahí. Destapó el estuche y rascó el disco con una uña.

—¡No lo rompas!

—No lo romperé. —Vio que no era de pan sino de cera. Dejó el estuche en la mano ahuecada de Anna.

—Todos han sido bendecidos por Su Santidad —le aseguró la niña, cerrando la tapa—. Los Agnus Dei hacen bajar las inundaciones y apagan los incendios.

Lib estaba perpleja. ¿Cuál sería el origen de aquella leyenda? Teniendo en cuenta lo deprisa que la cera se funde, ¿quién iba a imaginar que tuviera alguna utilidad para combatir el fuego?

En el cofre no quedaban más que unos libros. Leyó los títulos: todos ellos religiosos. *Un misal para laicos; Imitación de Cristo.* Sacó un rectángulo decorado del tamaño aproximado de un naipe de un volumen negro del Libro de los Salmos.

—Devuélvelo a su lugar —le pidió Anna, agitada.

¡Ah! ¿Era posible que hubiera comida escondida en el libro?

—Un momentito.

—Lib hojeó las páginas. Nada más que rectangulitos.

—Son mis estampitas. Cada una tiene su sitio.

La que tenía Lib en la mano contenía una oración impresa con una orla troquelada, como si fuera encaje, con otra de aquellas medallitas atada con una cinta. En el reverso, en tonos empalagosos, una mujer abrazaba una oveja. «La Divina Pastora», ponía en la parte superior.

70

—Mire, esta corresponde al Salmo 119: «Yo anduve errante como oveja extraviada», recitó Anna, dando golpecitos en la página con el índice, sin necesidad de comprobarlo.

Al estilo de *María tenía un corderito*, pensó Lib. Entonces se fijó en que todos los libros del cofre estaban llenos de aquellos rectángulos.

—¿Quién te da las estampas?

—Algunas las gané como premio en la escuela o en la misión, otras son regalos de los que me visitan.

—¿Dónde está esa misión?

—Ya no está. Mi hermano me dejó algunas de las más bonitas —dijo Anna, besando la de la oveja antes de devolverla a su lugar y cerrar el libro.

«¡Qué criatura más rara!»

—¿Tienes algún santo preferido?

Ana sacudió la cabeza.

—Todos tienen algo distinto que enseñarnos. Algunos nacieron siendo buenos, pero otros eran muy malos hasta que Dios les limpió el corazón.

—¿Ah, sí?

—Él puede escoger a cualquiera para ser santo —le aseguró Anna.

La puerta se abrió de repente y Lib dio un respingo.

Era Kitty, con la jofaina de agua caliente.

—Siento la espera. Antes le he llevado a él la comida —dijo la muchacha, jadeando.

A Malachy O'Donnell, seguramente. Estaba extrayendo turba para el vecino, ¿no? ¿Le estaba haciendo un favor, tal vez, o era un trabajo para complementar la miseria que daba la granja? Se le ocurrió que tal vez en aquella casa solo el hombre comía a mediodía.

—¿Qué tengo que fregar? —preguntó la sirvienta.

—Yo lo haré —le dijo Lib, cogiendo la jofaina. No iba a permitir el acceso de nadie de la familia a la habitación. Kitty podía llevar comida para la niña escondida en el delantal en aquel preciso momento.

La criada frunció el ceño. ¿Por confusión o por resentimiento?

—Debes tener mucho trabajo —le dijo Lib—. Ah, y ¿puedo pedirte otra silla, si no es molestia, y ropa de cama limpia?

—¿Una sábana?

—Un par, y una manta limpia.

—No tenemos nada de eso —dijo la criada, sacudiendo la cabeza.

Viendo la expresión estúpida de su cara, Lib se preguntó si Kitty no sería un poco retrasada.

—Todavía no hay sábanas limpias, quiere decir —terció Anna—. El día de colada será el lunes que viene, a no ser que sea demasiado lluvioso.

—Entiendo —dijo Lib, reprimiendo la irritación que sentía—. Bueno, pues solo la silla, Kitty.

Añadió cloro de una botella que llevaba en la bolsa al agua de la jofaina y lo limpió todo; era un olor fuerte, pero a limpio. Rehízo la cama de la niña con las mismas sábanas usadas y la manta gris.

Se enderezó, preguntándose dónde más era posible esconder un bocado de comida.

Aquella habitación no estaba abarrotada como las de los enfermos de clase alta. Aparte de la cama, la cómoda y la silla, solo había una estera en el suelo, con un diseño de franjas más oscuras. Lib la levantó; nada debajo. La habitación sería muy deprimente si quitara la estera, y el suelo, más frío. Además, el lugar más probable donde ocultar una corteza de pan o una manzana era la cama. No creía que el comité pretendiera obligar a la pequeña a dormir sobre las tablas del suelo como una prisionera. No, solo tenía que inspeccionar la habitación con frecuencia y a intervalos impredecibles para asegurarse de que no habían colado dentro nada de comida.

Por fin Kitty trajo la silla y la dejó en el suelo sin ningún miramiento.

—Deberías llevarte esta estera y sacudir el polvo cuando tengas un momento —le dijo Lib—. Dime, ¿dónde puedo conseguir una báscula para pesar a Anna?

Kitty sacudió la cabeza.

—¿En el pueblo, tal vez?

—Usamos puñados —dijo Kitty.

Lib frunció el ceño.

—Puñados de harina y eso, y pizcas de sal. —La sirvienta lo ilustró con la mano.

—No me refiero a una balanza doméstica —le explicó Lib—, sino a una lo bastante grande para pesar a una persona o a un animal. ¿Quizás en alguna de las granjas vecinas?

Kitty se encogió de hombros, cansada.

Anna, mirando el diente de león mustio, no daba muestra alguna de oír nada de lo que decían, como si fuera el peso de otra niña lo que estaba en tela de juicio.

Lib suspiró.

—Una jarra de agua fresca, por favor, pues, y una cucharilla.

—¿Quiere un poco de algo? —le preguntó Kitty, saliendo ya.

La pregunta desconcertó a Lib.

—¿O puede esperar hasta la hora de la cena?

—Puedo esperar.

Lamentó haberlo dicho en cuanto la criada se fue, porque tenía hambre. Sin embargo, delante de Anna, no podía decir que estaba desesperada por comer algo; lo cual era absurdo, se recordó, porque la niña no era más que una sinvergüenza.

Anna volvía a susurrar su oración a Teodoro. Lib trató de ignorarla. Se las había visto con costumbres mucho más irritantes.

La de aquel niño al que había atendido mientras tenía la escarlatina, que no dejaba de repasar el suelo, y aquella anciana loca que estaba convencida de que la medicina que tomaba era veneno y la rechazaba de un manotazo, derramándosela por encima a Lib.

En aquel momento, la niña canturreaba, con las manos juntas sobre la labor ya terminada. El himno no era secreto; la oración a Teodoro era el único secreto que tenía Anna, por lo visto. Las notas altas se le quebraban un poco, pero con dulzura.

¡Escuchad el himno celestial!
se alzan coros de ángeles,
querubines y serafines,
en alabanzas incesantes.

—¿Puedo preguntar qué es esto? —dijo Lib cuando Kitty le llevó la jarra de agua, palmeando la pared desconchada.

—Una pared —repuso la chica.

A la niña se le escapó una risita.

—Me refiero a de qué está hecha —aclaró Lib.

La comprensión alcanzó a la sirvienta.

—De barro.

—¿Solo de barro? ¿En serio?

—La base es de piedra, eso sí, para que las ratas no entren.

Cuando Kitty se fue, Lib usó la cucharilla para probar el agua de la jarra. No tenía el más mínimo sabor.

—¿Tienes sed, pequeña?

Anna negó con la cabeza.

—¿No sería mejor que bebieras un sorbo?

Se estaba pasando de la raya. Las costumbres de una enfermera eran difíciles de erradicar. Lib se recordó que no era asunto suyo si la pequeña embustera bebía o no.

Sin embargo, Anna abrió la boca y se tomó la cucharadita sin ningún problema.

—Perdóname, para que pueda refrescarme —murmuró.

No hablaba con Lib, por supuesto, sino con Dios.

—¿Otra?

—No, gracias, señora Wright.

Lib lo anotó: 1.13 de la tarde, 1 cucharadita de agua. Claro que la cantidad daba igual, supuso, pero quería poder dar un informe completo acerca de todo cuanto ingiriese la niña mientras la estuviera vigilando.

Ya no le quedaba nada más que hacer, de hecho. Lib se sentó en la otra silla. Estaba tan cerca de la de Anna que sus faldas casi se tocaban, pero no había otro lugar donde ponerla. Pensó en las largas horas que tenía por delante con una sensación de vergüenza. Se había pasado meses y meses con otros pacientes privados, pero aquel caso era diferente, porque estaba vigilando a aquella niña como un ave de presa, y Anna lo sabía.

Unos golpecitos en la puerta la sobresaltaron.

—Soy Malachy O'Donnell, señora. —El granjero se palmeó la abotonadura del chaleco desteñido.

—Señor O'Donnell —lo saludó Lib, estrechando la mano curtida del hombre. Le habría dado las gracias por su hospitalidad, solo que estaba allí como una especie de espía en sus dominios particulares, así que no resultaba demasiado apropiado.

Era bajo y nervudo, tan flaco como su mujer, pero de complexión mucho más esbelta.

Anna se parecía más a su padre. Ninguno de la familia era entrado en carnes, sin embargo; una *troupe* de marionetas.

Se inclinó para besar a su hija cerca de la oreja.

—¿Cómo estás, niña?

—Muy bien, papi. —Le dedicó una sonrisa radiante.

Malachy O'Donnell se quedó de pie, asintiendo.

Para Lib fue una amarga decepción. Esperaba que el padre fuera algo más: el gran artista detrás del escenario o al menos copartícipe en la conspiración, tan a la defensiva como su mujer. Pero aquel paleto...

—¿Usted cría *shorthorn*, señor O'Donnell?

—Bueno, unas cuantas, ahora —repuso él—. Tengo un par de praderas de inundación en alquiler para el pastoreo. Vendo el..., ya sabe, como fertilizante.

Lib comprendió que se refería al estiércol.

—El ganado, ahora, a veces... —Malachy dejó de hablar—. Con eso de que se pierden y se rompen las patas y se quedan atascadas cuando nacen mal, ¿entiende?; uno diría que no valen los problemas que dan.

¿Qué más había visto Lib fuera de la granja?

—También tiene aves de corral, ¿no?

—¡Ah! Ahora son de Rosaleen. De la señora O'Donnell. —El hombre asintió una última vez, como si hubiera dejado algo sentado y acarició el nacimiento del pelo de su hija. Fue hacia la puerta pero volvió—. Lo que quería decir: ese tipo del periódico está aquí.

—Perdón, ¿cómo dice?

Él hizo un gesto hacia la ventana. Por el cristal manchado, Lib vio un carricoche cerrado.

—Para sacar a Anna.

—¿Para sacarla dónde? —le espetó.

Pero ¿qué demonios creía el comité que estaba haciendo? ¿Primero disponían que observara a la niña en aquella cabaña estrecha y antihigiénica y luego cambiaban de idea y se la llevaban a otra parte?

—Solo le sacará la cara —dijo el padre—. Su aspecto.

«Reilly & Hijos, fotógrafos», ponía en un lado del carricoche, con una tipografía pomposa. Lib oyó la voz de un desconocido en la cocina.

¡Oh, aquello era demasiado! Dio unos cuantos pasos y luego recordó que no se le permitía alejarse de la pequeña, así que se volvió.

Rosaleen O'Donnell entró de golpe.

—El señor Reilly está preparado para sacarte el daguerrotipo, Anna.

—¿Es realmente necesario? —le preguntó Lib.

—Para imprimirlo y publicarlo en el periódico.

Publicar un retrato de la joven oportunista, como si fuera la reina, o más bien un ternero de dos cabezas.

—¿Queda muy lejos el estudio de fotografía?

—Se lo sacará aquí mismo, en el carricoche. —La señora O'Donnell señaló con el dedo hacia la ventana.

Lib dejó que la niña saliera y la siguió, pero la apartó de una cubeta sin tapa que olía fuertemente a productos químicos. Alcohol, dedujo, y... ¿era éter o cloroformo? Aquellos olores afrutados la devolvieron a Scutari, donde los sedantes siempre se acababan a mitad de una tanda de amputaciones.

Mientras ayudaba a Anna a subir los escalones plegables, Lib arrugó la nariz. Olía a algo menos fácil de identificar. A algo así como una mezcla de vinagre y clavos.

—El escritorzuelo ha venido y se ha ido, ¿no? —preguntó el hombre de pelo lacio que había dentro de la furgoneta.

Lib achicó los ojos.

—El periodista que está escribiendo acerca de la niña.

—No sé nada de ningún periodista, señor Reilly.

El hombre llevaba la levita llena de manchas.

—Ahora ponte junto a esas flores tan bonitas, ¿vale? —le pidió a Anna.

—¿No sería mejor que se sentara, si tiene que mantenerse en la misma posición mucho tiempo? —le preguntó Lib.

Una vez había posado para un daguerrotipo, cuando formaba parte del equipo de enfermeras de la señorita N., y le había resultado tedioso. Pasados unos minutos, una de las jóvenes más inquietas se había movido y la imagen había salido borrosa, de modo que habían tenido que volver a empezar.

Reilly rio entre dientes y movió unos centímetros el trípode con ruedas de la cámara.

—Está delante de un maestro del moderno proceso de revelado. Tres segundos, eso es todo. No pasan más de diez minutos desde que tomo la imagen hasta que tengo la copia en papel.

Anna se quedó donde la había colocado Reilly, junto a una mesa alargada, con la mano derecha apoyada al lado de un jarrón con un ramo de rosas de seda.

Inclinó un espejo de modo que un cuadrado de luz le diera en la cara y luego se metió debajo de un paño negro que cubría la cámara.

—Alza los ojos, nena. Mírame a mí, a mí.

La mirada de Anna vagaba por la habitación.

—Mira a tu público.

Eso tenía aún menos sentido para la pequeña. Miró a Lib y sonrió levemente, a pesar de que Lib no sonreía.

Reilly salió de debajo del trapo e introdujo un rectángulo de madera en la máquina.

—Ahora no te muevas. Quieta como si fueras de piedra. —Hizo girar el círculo de latón de las lentes—. Uno, dos, tres... —Disparó y se apartó el pelo grasiento de los ojos—. Salgan, señoras. —Abrió la puerta y saltó del vehículo. Luego volvió a subirse con su apestosa cubeta de productos químicos.

—¿Por qué la deja fuera? —le preguntó Lib, agarrando de la mano a Anna.

Reilly tiraba de unos cordeles para ir tapando con las cortinillas una ventanilla tras otra y que el interior del carricoche quedara a oscuras.

—Hay riesgo de explosión.

Lib tiró de Anna hacia la puerta.

Fuera del carricoche, la niña inspiró profundamente mirando los verdes campos. A la luz del sol, Anna O'Donnell era casi transparente; en la sien le latía una vena azul.

La tarde en el dormitorio fue larga. La niña susurró sus oraciones y leyó sus libros. Lib se dedicó a leer un artículo sin ningún interés acerca de los hongos publicado en *All the Year Round*. En un momento dado, Anna aceptó dos cucharadas más de agua. Estaban sentadas a escasa distancia y Lib echaba un vistazo a la niña de vez en cuando por encima del periódico. Resultaba extraño sentirse tan atada a otra persona.

Lib ni siquiera tenía la libertad de ir al excusado; tenía que conformarse con el orinal.

—¿No necesitas usarlo, Anna?

—No, gracias, señora.

Lib dejó el orinal junto a la puerta, cubierto con un trapo, y reprimió un bostezo.

—¿Te apetece dar un paseo?

A Anna se le iluminó la cara.

—¿Puedo? ¿En serio?

—Siempre y cuando yo te acompañe. —Quería comprobar la resistencia de la niña; ¿la hinchazón de las piernas le dificultaba el movimiento?

Además, no soportaba seguir encerrada en aquella habitación.

En la cocina, codo con codo, Rosaleen O'Donnell y Kitty estaban descremando el contenido de unos cazos con espumaderas en forma de platillo. La criada era la mitad de grande que la señora.

—¿Necesitas algo, pequeña? —preguntó Rosaleen.

—No, gracias, mami.

Cenar, se dijo Lib, eso es lo que cualquier criatura necesita. ¿No era la alimentación lo que definía a una madre desde el primer día? El peor dolor de una mujer era no tener nada que darle a su bebé o verlo apartar la boquita de lo que le ofrecía.

—Solo salimos a dar una vuelta —le dijo Lib.

Rosaleen O'Donnell espantó un moscón y siguió trabajando.

La serenidad de la irlandesa solo tenía dos posibles explicaciones, decidió Lib: o Rosaleen estaba tan convencida de la intervención divina que no estaba ansiosa por su hija, o, más bien, tenía razones para creer que la niña iba a comer de sobra a escondidas.

Anna arrastraba los pies y andaba pesadamente con aquellas botas de chico, balanceándose de un modo casi imperceptible cuando cambiaba el peso del cuerpo de una pierna a otra.

—Sustenta mis pasos en tus caminos —murmuraba—, para que mis pies no resbalen.

—¿Te duelen las rodillas? —le preguntó Lib mientras recorrían la senda junto a inquietas gallinas marrones.

—No especialmente —repuso Anna, inclinando hacia atrás la cabeza para que el sol le diera en la cara.

—¿Todos estos campos son de tu padre?

—Bueno, los alquila —dijo la niña—. No tenemos ninguno en propiedad.

Lib no había visto a ningún empleado.

—¿Hace él todo el trabajo?

—Pat lo ayudaba cuando todavía estaba con nosotros. Este es de avena —dijo Anna, señalando con el dedo.

Un espantapájaros zarrapastroso con pantalones marrones se inclinaba hacia un lado.

Lib se preguntó si la ropa que llevaba sería la vieja de Malachy O'Donnell.

—Y más allá hay heno. La lluvia suele arruinarlo, pero este año no, este año va bastante bien —explicó Anna.

Lib creyó reconocer un gran cuadrado verde: las ansiadas patatas.

Cuando llegaron a la angosta carretera, enfiló hacia donde no había estado todavía, alejándose del pueblo. Un hombre bronceado reparaba un muro de piedra sin demasiada pericia.

—Dios bendiga el trabajo —lo saludó Anna.

—Y a usted también —le respondió él.

—Es nuestro vecino, el señor Corcoran —le susurró Anna a Lib. Se inclinó y cortó un tallo amarronado con una flor de color amarillo vivo. Luego cortó una flor de tallo largo de color morado apagado.

—¿Te gustan las flores, Anna?

—¡Oh, mucho! Sobre todo los lirios, claro.

—¿Claro, por qué?

—Porque son las flores preferidas de Nuestra Señora.

Anna hablaba de la Sagrada Familia como si fuera la suya.

—¿Dónde has visto lirios? —le preguntó Lib.

—En los cuadros, muchas veces. O lirios acuáticos en el lago, nenúfares, pero no son lo mismo.

Anna se agachó y acarició una flor blanca diminuta.

—¿Qué es?

—Drosera —respondió la niña—. Mire.

Lib se fijó en las hojas redondeadas. Estaban cubiertas de lo que parecía una pelusa pegajosa, con una extraña manchita negra.

—Atrapa insectos y se los traga —explicó Anna en voz muy baja, como si temiera molestar a la planta.

¿Estaría en lo cierto? Qué interesante, a pesar de lo horripilante. Por lo visto la pequeña estaba dotada para la ciencia.

Al incorporarse, Anna se tambaleó e inspiró profundamente.

¿Mareada? Lib se preguntó si estaría poco acostumbrada a hacer ejercicio o débil a causa de la falta de alimentación. Solo porque el ayuno fuera algún tipo de engaño, eso no quería decir que la alimentación de Anna bastara para cubrir las necesidades de una niña en edad de crecimiento. Aquellos omóplatos huesudos sugerían que no.

—Quizá deberíamos volver.

Anna no se opuso. ¿Estaba cansada o simplemente era obediente?

Cuando llegaron a la cabaña, Kitty estaba en el dormitorio. Lib iba a regañarla, pero la sirvienta se inclinó a recoger el orinal, tal vez para tener una excusa para estar allí.

—¿Va a tomar ahora un revuelto, doña?

—Muy bien —repuso Lib.

Cuando Kitty se lo trajo, Lib vio que el «revuelto» era en realidad gachas de avena. Comprendió que seguramente era la cena. Las cuatro y cuarto; horario de campo.

—Póngale un poco de sal —le dijo Kitty.

Lib negó con la cabeza mirando el cuenco con su cucharilla.

—Vamos —insistió Kitty—. Mantiene alejadas a las pequeñas.

Lib miró de reojo a la criada. ¿Se refería a las moscas?

—Se refería a la gente pequeña —le susurró Anna en cuanto Kitty salió de la habitación.

Lib no la entendía.

Anna hizo bailar las manos regordetas.

—¿Las hadas? —preguntó incrédula Lib.

La niña hizo una mueca.

—No les gusta que las llamen así. —Después volvió a sonreír, como si tanto ella como Lib supieran que no había seres diminutos en las gachas de avena.

Las gachas no estaban del todo mal; no habían hervido la harina en agua sino en leche. A Lib le costaba tragar delante de la pequeña; se sentía como una campesina ordinaria atiborrándose en presencia de una dama elegante. No es más que la hija de un minifundista, se recordó Lib, y, además, embustera.

Anna se mantuvo ocupada zurciendo una enagua. No se comía con los ojos la cena de Lib ni evitaba mirarla como si luchara contra la tentación. Seguía dando pequeñas puntadas impecables. Aunque hubiera comido algo la noche anterior, debía de tener hambre ya, después de al menos siete horas sometida a la vigilancia de la enfermera durante las cuales no había tomado más que tres cucharaditas de agua.

¿Cómo soportaba estar sentada en una habitación perfumada por el aroma de las gachas de avena?

Lib rebañó el contenido del cuenco, en parte para que no quedaran restos, allí, entre ambas. Ya echaba de menos el pan de molde inglés.

Rosaleen O'Donnell entró al cabo de poco rato para enseñarles la foto nueva.

—El señor Reilly ha tenido la amabilidad de regalarnos esta copia.

La imagen era asombrosamente nítida, pero los colores no eran los correctos; el vestido gris era blanco como un camisón y el mantón muy negro. La niña tenía la cabeza vuelta de lado, mirando a la invisible enfermera, con una levísima sonrisa.

Anna miró la fotografía como si lo hiciera solo por educación.

—Y qué marco más estupendo —dijo la señora O'Donnell, acariciando el latón moldeado.

No era una mujer instruida, pensó Lib. ¿Podía alguien que obtenía un placer tan infantil de un marco barato ser responsable de una conspiración tan elaborada?

Tal vez... Lib echó un vistazo de reojo a Anna. Tal vez la estudiosa pequeña era la única culpable. Al fin y al cabo, hasta que había empezado la vigilancia esa misma mañana a la niña no tenía que haberle sido difícil conseguir toda la comida que hubiera querido sin que la familia lo supiera.

—La pondré en la repisa de la chimenea al lado del pobre Pat —añadió Rosaleen O'Donnell, estirando los brazos para admirar la fotografía con perspectiva.

¿Estaría el chico de los O'Donnell en apuros en el extranjero? O quizá sus padres no tuvieran ni idea de dónde estaba; a veces no volvía a saberse nada de los emigrantes.

Cuando la madre volvió a la cocina, Lib observó la hierba que las ruedas del carricoche de Reilly habían aplastado. Luego se volvió y se fijó en las espantosas botas de Anna. Se le ocurrió que Rosaleen O'Donnell podía haber dicho «pobre Pat» porque era un simple. Eso habría explicado la curiosa postura arrellanada del muchacho en la foto. En tal caso, sin embargo, ¿cómo podían los O'Donnell haber mandado al desgraciado al extranjero?

En cualquier caso, era un tema que valía más no tocar con su hermana pequeña.

Durante horas interminables Anna ordenó las estampitas. Jugaba con ellas, en realidad; los movimientos tiernos, el aire soñador y algún murmullo de vez en cuando recordaban a Lib a otras niñas jugando con sus muñecas.

Lib leyó lo que decía acerca de los efectos de la humedad el pequeño volumen que llevaba siempre en la bolsa. (*Notas sobre enfermería*, regalo de su autor.) A las ocho y media le sugirió a Anna que era hora de que se preparara para acostarse.

La niña se santiguó y se puso el camisón, con la mirada baja mientras se abotonaba la parte delantera y los puños. Dobló la ropa que había llevado y la dejó encima de la cómoda. No usó el orinal, así que Lib no tuvo que medir nada aún. Una niña de cera en vez de carne.

Cuando Anna se deshizo el moño y se peinó, una gran cantidad de pelo oscuro quedó entre los dientes del peine. Eso dejó a Lib preocupada. Que una niña perdiera el pelo como una mujer entrada en años... «Lo hace ella», se recordó Lib. Forma parte de la complicada farsa que representa ante el mundo.

Anna volvió a persignarse cuando se metió en la cama. Se sentó con la espalda apoyada en el cabezal, leyendo los Salmos.

Lib se quedó junto a la ventana, contemplando cómo los rayos de luz anaranjados iluminaban el cielo al oeste. ¿Habría pasado por alto algún pequeño alijo de sobras en aquella habitación? Aquella noche la niña aprovecharía la ocasión; esa noche, cuando la monja estuviera sustituyendo a Lib. ¿Tenía la hermana Michael, a su edad, la buena vista suficiente? ¿Tenía el buen juicio necesario?

Kitty trajo una candela en un candelabro de latón achaparrado.

—La hermana Michael no tendrá bastante con eso —le dijo Lib.

—Pues traeré otra.

—Media docena de velas no bastarían.

La criada se quedó con la boca abierta.

Lib se dirigió a ella en un tono conciliador.

—Sé que es mucha molestia, pero ¿podrías conseguir unos cuantos candiles?

—Ahora el aceite de ballena tiene un precio prohibitivo.

—Entonces que sean de otra clase de aceite.

—Veré lo que encuentro mañana —repuso Kitty, bostezando.

Volvió al cabo de un momento con una colación para Lib: leche y tortas de avena.

Mientras untaba de mantequilla las tortas, posó los ojos en Anna, que seguía inmersa en la lectura de su libro. Menuda hazaña pasarse todo el día con el estómago vacío fingiendo no prestar atención a la comida ni darle ninguna importancia. Qué control para ser tan joven; compromiso y ambición en la misma medida. Si encauzaba aquellas cualidades para conseguir un buen propósito, ¿cuán lejos llegaría Anna O'Donnell?

Lib había ejercido su profesión con mujeres de toda clase y sabía que el autocontrol es más valioso que cualquier otro talento.

Mantuvo el oído atento a los tintineos y los murmullos de la mesa del otro lado de la puerta entreabierta. Incluso si la madre resultaba ser intachable en cuanto a la farsa, por lo menos disfrutaba del alboroto. Además, estaba la caja del dinero de la puerta delantera. ¿Cómo rezaba el antiguo proverbio? «Los niños son la riqueza de los pobres.» En sentido metafórico, pero a veces también literal.

Anna iba pasando las páginas, formando las palabras con la boca en silencio. Hubo movimiento en la cocina. Lib asomó la cabeza y vio a la hermana Michael, que se estaba quitando la capa negra. Saludó cortés a la monja con un asentimiento de cabeza.

—¿Rezará con nosotros, verdad, hermana? —le preguntó la señora O'Donnell.

La monja murmuró algo acerca de que no quería hacer esperar a la señora Wright.

—No importa —se sintió obligada a decir Lib. Se volvió hacia Anna. Estaba de pie, detrás de ella, en camisón, tan espectral que Lib dio un respingo. Llevaba en la mano la sarta de cuentas marrones.

La pequeña pasó junto a ella y después se arrodilló en el suelo de tierra, entre sus padres. La monja y la criada ya estaban de rodillas, tocando la crucecita que remataba las cuentas de sus respectivos rosarios.

—Creo en Dios padre, todopoderoso, creador del cielo y de la tierra —rezaron a coro las cinco voces.

Lib no podía marcharse, porque la hermana Michael tenía los ojos cerrados, el rostro enclaustrado dentro del tocado inclinado hacia las manos en actitud de oración y nadie vigilaba atentamente a Anna. Así que entró en la cocina y se sentó junto a la pared, desde donde veía perfectamente a la niña.

La cantinela cambió. El padrenuestro. Lib lo recordaba de su infancia. ¡Qué poco había retenido de todo aquello!

Quizá la fe nunca había hecho mella en ella; con los años la había descartado, como otras cosas de niños.

—Y perdona nuestras deudas... —Todos se golpearon el

pecho a la vez, sobresaltando a Lib—. Como nosotros perdonamos a nuestros deudores.

Pensó que tal vez se levantarían y se darían las buenas noches, pero no, el grupo empezó una avemaría, y otra, y otra. Aquello era absurdo; ¿iba a tener que quedarse allí toda la noche?

Parpadeó para humedecerse los ojos cansados, pero sin dejar de mirar a Anna y a sus padres, cuyos sólidos cuerpos flanqueaban el de su hija. Bastaba con que sus manos se tocaran brevemente para pasarle algo de comer. Lib forzó la vista para asegurarse de que Anna no se llevaba nada a los labios.

Había pasado un cuarto de hora largo cuando comprobó la hora en el reloj que pendía de su cintura. La niña no se había movido ni había flaqueado una sola vez durante todo aquel tedioso clamor. Lib desvió un momento la atención a la habitación, para descansar los ojos. Había una bolsa voluminosa de muselina entre dos sillas, cerrada, de la que algo goteaba en una palangana. ¿Qué podía ser?

La oración era otra.

—A ti llamamos los desterrados hijos de Eva...

Al fin la retahíla terminó. Los católicos levantaron y se frotaron las piernas para activar la circulación. Lib era libre de irse.

—Buenas noches, mamá —dijo Anna.

—Iré a darte las buenas noches enseguida —le dijo Rosaleen.

Lib cogió la capa y la bolsa. Había dejado escapar la ocasión de mantener una conversación en privado con la monja. No soportaba decirle en voz alta delante de la niña que no le quitara los ojos de encima ni un segundo.

—Volveré por la mañana, Anna.

—Buenas noches, señora Wright. —La niña acompañó a la hermana Michael al dormitorio.

¡Qué criatura tan rara! No daba muestra alguna de estar molesta por la vigilancia a la que la sometían. Bajo aquella fachada de calma y tranquilidad, ¿estaría yendo su cabecita a la carrera como un ratón?

Lib tomó hacia la izquierda al final del sendero de los O'Donnell, cuando llegó a la carretera, para volver al pueblo. Todavía no había oscurecido del todo y a su espalda el horizonte estaba teñido de rojo. En el aire apacible flotaba el olor del ganado y del humo de las hogueras de turba. Le dolían las piernas de haber estado sentada tanto tiempo. Necesitaba hablar sin falta con el doctor McBrearty acerca de las insatisfactorias condiciones de la cabaña, pero era demasiado tarde para ir a buscarlo aquella noche.

Hasta el momento, ¿qué había aprendido? Poca cosa o nada.

Una silueta en la carretera, más adelante, con un arma larga al hombro.

Lib se puso rígida. No estaba acostumbrada a estar en medio del campo a la caída del sol.

El perro fue el primero en alcanzarla y le olisqueó la falda. Luego su dueño pasó a su lado y apenas la saludó con un gesto de cabeza.

Un gallo cantaba con insistencia. Salieron unas vacas de un establo, seguidas por el granjero. Lib creía que sacaban a los animales de día y los encerraban de noche para que estuvieran a salvo, no al revés. En aquel sitio no entendía nada.

2

Vigilar

Vigilar
para observar,
para proteger a alguien, como un guardián,
estar despierto como el centinela
nocturno de una división.

En su sueño los hombres pedían tabaco, como siempre. Desnutridos, sucios, desgreñados, con los muñones sobresaliendo de los cabestrillos apoyados en la almohada y lo único que pedían era algo con lo que llenar la pipa. Se estiraban hacia Lib mientras recorría la sala del hospital. En las ventanas rotas se amontonaba la nieve de Crimea y se oían los golpes repetidos de una puerta.

—¡Señora Wright!

—¿Sí...? —dijo Lib con la voz pastosa.

—Son las cuatro y cuarto. Pidió que la despertáramos.

Estaba en la habitación del piso de arriba de la tienda de licores, en el mismísimo centro de Irlanda. Así que la voz que entraba por la rendija de la puerta tenía que ser la de Maggie Ryan.

Se aclaró la garganta.

—Sí.

Después de vestirse sacó *Notas sobre enfermería,* abrió el

libro y escogió un párrafo al azar (como cuando jugaba al juego de adivinación con su hermana los domingos que se aburrían usando la Biblia).

«Las mujeres —leyó— suelen ser más exactas y cuidadosas que el sexo fuerte, lo que les permite no cometer errores por descuido.»

Sin embargo, pese al cuidado que Lib había puesto en su tarea el día anterior, no había conseguido descubrir aún la mecánica del fraude, ¿verdad que no? La hermana Michael había pasado toda la noche en la cabaña; ¿habría resuelto el rompecabezas? Hasta cierto punto, Lib dudaba de que así fuera. Seguramente la monja se había quedado allí sentada con los ojos entrecerrados, pasando las cuentas del rosario.

Bueno, Lib se negaba a que la engañara una niña de once años. Aquel día sería incluso más precisa y cuidadosa para ser merecedora de la dedicatoria de aquel libro. Volvió a leer la hermosa escritura de la señorita N.: «Para la señora Wright, que tiene verdadera vocación de enfermera.»

¡Cómo la había atemorizado aquella dama! Y no solo durante su primer encuentro. Cada palabra de la señorita N. sonaba como si la declamara sonoramente desde un púlpito. Nada de excusas, les había dicho a sus nuevas empleadas. Trabajen duro y no nieguen nada a Dios. Cumplan con su deber mientras el mundo gire. No se quejen, no desesperen. Mejor ahogarse en el oleaje que quedarse en la orilla sin hacer nada.

Durante una entrevista personal le había hecho un comentario peculiar.

—Tiene una gran ventaja sobre la mayoría de sus compañeras, señora Wright: No tiene a nadie. Carece de ataduras.

Lib se había mirado las manos. Sin ataduras. Vacía.

—Dígame, pues, ¿está dispuesta a esta noble lucha? ¿Es capaz de mantenerse en la brecha, en cuerpo y alma?

—Sí —había respondido ella—. Soy capaz.

Todavía estaba oscuro. Solo la luna en cuarto creciente iluminaba a Lib mientras recorría la única calle del pueblo y doblaba luego a la derecha por la carretera, pasando por delante de las lápidas torcidas y cubiertas de verdín. Menos mal que no tenía un pelo de supersticiosa. De no ser por la luz de la luna nunca habría tomado por el sendero que llevaba a la granja de los O'Donnell, porque todas las cabañas parecían iguales. A las cinco menos cuarto llamó con suavidad a la puerta.

Nadie le abrió.

Lib no quería aporrearla para no molestar a la familia.

Se filtraba luz por la puerta del establo, a su derecha. ¡Ah! Seguramente las mujeres estaban ordeñando. Oía apenas una melodía. ¿Alguna les cantaba a las vacas? No se trataba de un himno sino de una balada quejumbrosa de esas que a Lib nunca le habían gustado.

Pero la luz del cielo brillaba en sus ojos,
era demasiado buena para mí.
Un ángel la reclamó
y se la quitó a Lough Ree.

Lib empujó la puerta delantera de la cabaña y la parte superior cedió.

En la cocina desierta ardía la chimenea. Algo se movió en un rincón, ¿una rata? Durante el año que había pasado en las infames salas de hospital de Scutari, se había acostumbrado a las alimañas. Tanteó en busca del cerrojo para abrir la mitad inferior de la puerta. Entró y se inclinó a mirar entre los barrotes de la base del aparador. Vio los ojos pequeños, redondos y brillantes de un pollo. Una docena de aves, más o menos, detrás de la primera, iniciaron una suave queja. Lib supuso que las encerraban allí para protegerlas de los zorros.

Vio un huevo recién puesto y se le ocurrió una idea. A lo mejor Anna O'Donnell chupaba el contenido por la noche y se comía la cáscara para no dejar rastro.

Retrocedió y estuvo a punto de tropezar con algo blanco. Un platillo cuyo borde sobresalía de debajo del aparador. ¿Cómo podía ser tan descuidada la sirvienta? Cuando lo recogió, el líquido que contenía se derramó y le mojó el puño. Soltó un bufido, llevó el platillo hasta la mesa y miro lo que contenía. Se lamió la mano húmeda: sabía a leche. ¿Tan sencillo era el gran fraude? Ni siquiera hacía falta que la niña saliera a buscar huevos porque le dejaban un plato de leche para que la tomara a lametones como un perro en la oscuridad.

No tenía sensación de triunfo. Estaba más bien decepcionada. Para revelar aquello no habría hecho falta una enfermera. Por lo visto su trabajo había terminado y cuando amaneciera ya habría vuelto en el coche de paseo a la estación de tren.

La puerta se abrió de par en par y Lib se volvió sobresaltada, como si fuera ella la que tenía algo que esconder.

—Señora O'Donnell...

La irlandesa se tomó la acusación como un saludo.

—Buenos días también para usted, señora Wright. ¿Ha podido pegar ojo? Espero que sí.

Detrás de la mujer estaba Kitty, acarreando dos cubos sobre los hombros estrechos.

Lib les enseñó el platillo y se dio cuenta de que estaba mellado en dos puntos.

—Alguien de esta casa ha estado escondiendo leche debajo del aparador.

Rosaleen O'Donnell separó los labios agrietados, a punto de soltar una carcajada.

—No me queda otro remedio que suponer que su hija ha estado saliendo a hurtadillas para tomársela.

—Pues supone demasiado. ¿En qué granja de este país no dejan un platillo de leche por las noches?

—Para la gente pequeña —dijo Kitty, sonriendo a medias, asombrada de la ignorancia de la inglesa—. Si no se ofenden y causan jaleo.

—¿Esperan que crea que esta leche es para las hadas?

Rosaleen O'Donnell cruzó los brazos huesudos.

—Créaselo o no se lo crea, 'ñora. Sacar un poco de leche no hace daño a nadie, al menos.

Lib pensaba frenéticamente. Tanto la criada como la señora podían ser tan crédulas como para que aquella fuera la razón por la que la leche estaba debajo del aparador, pero eso no implicaba que Anna O'Donnell no hubiera estado tomando sorbos del contenido del plato de las hadas todas las noches desde hacía cuatro meses.

Kitty se inclinó para abrir el aparador.

—Ahora, salid al patio. La hierba húmeda está llena de babosas, ¿eh? —Dirigió a las gallinas hacia la puerta con las faldas.

La puerta del dormitorio se abrió y la monja se asomó fuera.

—¿Sucede algo? —preguntó con aquella voz suya susurrante.

—Nada —respondió Lib, reticente a poner de manifiesto sus sospechas—. ¿Qué tal la noche?

—Tranquila, gracias a Dios.

Eso probablemente significaba que la hermana Michael todavía no había pillado a la niña comiendo. Pero ¿hasta qué punto lo había intentado, dada su confianza en los inescrutables caminos de Dios? ¿Iba a servirle de alguna ayuda o sería más bien un impedimento?

La señora O'Donnell apartó la olla de hierro del fuego. Escoba en mano, Kitty limpió los excrementos verdosos de las gallinas del aparador.

La monja había vuelto a entrar en el dormitorio, dejando la puerta abierta de par en par.

Lib se estaba desabrochando la capa cuando Malachy O'Donnell entró del patio de la granja con una brazada de turba.

—Señora Wright —la saludó.

—Señor O'Donnell.

Dejó la turba en el suelo y se volvió para salir de nuevo.

—¿Es posible que haya una báscula por aquí para pesar a Anna? —se acordó Lib de preguntarle.

—Ah... Me temo que no.

—Entonces, ¿cómo pesa el ganado?

El hombre se rascó la nariz amoratada.

—A ojo, supongo.

Sonó una vocecita en el dormitorio.

—¿Ya está levantada? —preguntó el padre. Se le había iluminado la cara.

La señora O'Donnell se le adelantó para entrar en la habitación de su hija en el preciso momento en que la hermana Michael salía con su cartera.

Lib fue a seguir a la madre, pero el padre la agarró de la mano.

—Tiene usted, eh... Tiene más preguntas.

—¿Ah, sí? —Tendría que haber estado ya con la niña para que no hubiera ningún lapso entre el turno de una enfermera y el siguiente, pero le resultaba imposible marcharse en medio de una conversación.

—Sobre las paredes. Kitty dice que ha preguntado.

—Las paredes, sí.

—Hay un poco de estiércol con el barro, y brezo, y pelo, para mejorar la adherencia —le explicó Malachy.

—¿Pelo? ¿En serio?

¿Podía ser aquel hombre aparentemente ingenuo un cebo, una distracción? ¿Habría sacado su mujer de la olla algo con las manos antes de entrar corriendo a dar los buenos días a su hija?

—Y sangre, y una pizca de suero de leche —añadió.

Lib se lo quedó mirando.

Sangre y suero de leche..., como derramados sobre algún altar primitivo.

Cuando por fin entró en el cuarto, encontró a Rosaleen O'Donnell sentada en la camita con Anna de rodillas a su lado. Habían tenido tiempo suficiente para que la pequeña tomara un par de tortitas. Lib se maldijo por haber tenido la cortesía de no interrumpir la charla con el granjero. Y maldijo también a la monja por marcharse tan deprisa.

Teniendo en cuenta que Lib se había quedado sentada aguantando todo el rosario de la noche anterior, ¿no podría haberse quedado un minuto más la hermana Michael aquella mañana? Aunque no estaba previsto que compartieran la vigilancia de la niña, la monja podría haberle dado a ella, una enfermera más experta, un informe acerca de cualquier hecho pertinente del turno de noche.

Anna hablaba en voz baja pero clara, no como si acabara de engullir comida.

—Mi amado es mío y yo soy suya, en mí mora, en él vivo.

Parecía poesía, pero conociendo a aquella niña tenían que ser las Sagradas Escrituras.

La madre no rezaba, solo asentía, como una admiradora en la platea.

—Señora O'Donnell —dijo Lib.

Rosaleen se llevó el índice a los labios resecos.

—No debería estar aquí —insistió Lib.

La señora O'Donnell ladeó la cabeza.

—¿No puedo darle los buenos días a Anna?

Encerrada en sí misma como en un capullo, la niña no daba muestras de oír nada.

—Así no. —Lib se lo explicó detalladamente—. No sin que esté presente una de las enfermeras. No debe irrumpir corriendo en su dormitorio antes de que entremos nosotras ni acercarse a sus muebles.

La irlandesa se puso a la defensiva.

—¿No está cualquier madre ansiosa de rezar una breve oración con su hijita?

—Desde luego, puede darle las buenas noches y los buenos días. Esto es por su propio bien, por el suyo y el del señor O'Donnell —añadió Lib para quitar hierro al asunto—. Querrán demostrar que son inocentes, que esto no es ningún truco, ¿no?

Rosaleen O'Donnell le respondió con un resoplido.

—Desayunaremos a las nueve —le soltó por encima del hombro mientras se marchaba.

Faltaban para eso casi cuatro horas. Lib estaba hambrienta.

Las granjas tenían sus rutinas, supuso. Sin embargo, tendría que haberle pedido a la joven Ryan algo de comer aquella mañana en la tienda, ni que fuera un pedazo de pan.

En el colegio, Lib y su hermana siempre tenían hambre. (Era la época en que se habían llevado mejor las dos, recordó; el compañerismo de los prisioneros, supuso.) Una dieta frugal se consideraba beneficiosa para las niñas, en particular porque acortaba la digestión y forjaba el carácter. Ella no carecía de autocontrol, en su opinión, pero el hambre era una distracción inútil; no pensabas más que en la comida. Así que de adulta nunca se saltaba una comida si podía evitarlo.

Anna se persignó y se puso de pie.

—Buenos días, señora Wright.

Lib miró a la niña con respeto a su pesar.

—Buenos días, Anna.

Aunque la pequeña hubiera conseguido de algún modo tomar un sorbo o una pizca de algo durante el turno de la monja o hacía un momento, con su madre, no podía haber sido gran cosa; solo un bocado, como mucho, desde la mañana del día anterior.

—¿Cómo has pasado la noche?

Lib sacó su libreta de notas.

—He dormido y he descansado —dijo Anna, y volvió a santiguarse antes de quitarse el gorro de dormir—, y me he levantado, porque el Señor me ha protegido.

—Estupendo —repuso Lib, porque no se le ocurría qué otra cosa decir.

Notó que por dentro el gorro estaba lleno de pelo caído.

La niña se desabrochó el camisón, se lo bajó y se ató las mangas a la cintura. Una extraña desproporción entre los hombros huesudos y las muñecas y las manos gruesas, entre el pecho estrecho y la tripa hinchada. Se enjuagó con el agua de la jofaina.

—Haz que tu rostro resplandezca sobre tu sierva —dijo en un susurro antes de secarse con el trapo, temblando.

Lib sacó el orinal de debajo de la cama. Estaba limpio.

—¿Lo usas alguna vez, pequeña?

Anna asintió.

—La hermana se lo dio a Kitty para que lo vaciara.

¿Qué contenía? Tendría que habérselo preguntado, pero no podía.

Anna volvió a subirse el camisón hasta los hombros. Humedeció el trapo y luego, pudorosa, se inclinó para lavarse una pierna por debajo de la tela de lino, manteniendo el equilibrio sobre la otra y agarrada a la cómoda. Se puso las bragas, el vestido y las medias que había usado el día anterior. Por lo general, Lib insistía en que había que mudarse de ropa todos los días, pero a una familia tan pobre como aquella no podía pedírselo. Retiró las sábanas y la manta y las dejó colgando por encima del pie de la cama para que se airearan antes de examinar a la niña.

Martes 9 de agosto, 5.23 de la mañana.
Agua tomada: 1 cucharadita.
Pulso: 95 pulsaciones por minuto.
Pulmones: 16 respiraciones por minuto.
Temperatura: fría.

Aunque lo de la temperatura era una conjetura, en realidad; dependía de si los dedos de la enfermera estaban más calientes o más fríos que la axila de la paciente.

—Saca la lengua, por favor.

Lib siempre anotaba el estado de la lengua porque así le habían enseñado a hacerlo, aunque se habría visto en apuros para decir lo que eso indicaba acerca de la salud del paciente. La de Anna estaba roja y era extrañamente lisa en la parte posterior en lugar de tener los habituales bultitos.

Cuando le aplicó el estetoscopio en la tripa oyó un débil gorgoteo, aunque podía atribuirse a una combinación de agua y aire; aquello no demostraba la presencia de comida.

«Sonidos en la cavidad digestiva, de origen indeterminado», anotó.

Tenía que preguntarle aquel mismo día sin falta al doctor McBrearty por aquellas piernas y aquellas manos hinchadas. Suponía que cabía aducir que cualquier síntoma derivado de la supresión de la dieta sería bueno, puesto que más tarde o más temprano haría que la niña abandonara aquella farsa grotesca. Rehízo la cama y alisó las sábanas.

Enfermera y paciente instauraron una especie de ritmo durante aquel segundo día. Leyeron. A Lib la atraparon los hechos nefastos de *madame* Defarge en *All the Year Round*. Charlaron un poco. La niña era un encanto, a su manera poco mundana. Le costaba no olvidar que Anna era una embaucadora, una embustera en un país famoso por sus embusteros.

En una sola hora la niña susurró varias veces lo que a Lib le pareció la oración a Teodoro. ¿Sería para fortalecer su determinación cada vez que el vacío del hambre le atenazaba el vientre?

Más tarde, esa mañana, volvió a sacar a Anna a dar otro paseo, solo alrededor de la granja, porque el cielo amenazaba lluvia. Cuando Lib hizo notar su modo de andar vacilante, la niña dijo que ella andaba así siempre. Cantó himnos mientras caminaban, como un estoico soldado.

—¿Te gustan las adivinanzas? —le preguntó Lib durante una pausa musical.

—No sé ninguna.

—¡Vaya! —Se acordaba de las adivinanzas infantiles con más claridad que de todas las cosas que había tenido que memorizar en clase.

—¿Qué tal esta?: «Vuelo sin alas, silbo sin boca, azoto sin manos y tú ni me ves ni me tocas. ¿Qué soy?»

Anna estaba perpleja, así que Lib se la repitió.

—Y tú no me ves ni me tocas... —repitió la niña—. ¿Qué significa eso, que no existo o que no se me ve?

—Lo segundo.

—Alguien invisible... —dijo Anna, meditativa—, que silba y azota...

—O algo —puntualizó Lib.

La niña dejó de fruncir el ceño.

—¿El viento?

—Muy bien. Aprendes rápido.

—Otra, por favor.

—Mmm, veamos. «Suelo ir de mano en mano, hojas tengo y no soy flor, y aun teniendo muchas letras, no soy de nadie deudor.»

—¡El papel, escrito con tinta!

—Chica lista.

—Es porque iba a la escuela.

—Deberías volver a ir —le dijo Lib.

Anna dejó de mirarla y volvió la cabeza hacia una vaca que comía hierba.

—Estoy muy bien en casa.

—Eres una niña inteligente. —El cumplido sonó más bien a acusación.

Se estaban acumulando unas nubes bajas, así que Lib se apresuró a volver con la niña a la aburrida cabaña. Luego no llovió y deseó haber pasado fuera un rato más largo.

Por fin Kitty le trajo el desayuno: dos huevos y una taza de leche. Esta vez Lib comió con avidez, demasiado rápido, y se le quedaron entre los dientes unos trocitos de cáscara. Los huevos estaban crudos y olían a turba; seguro que los habían asado sobre la ceniza.

¿Cómo podía soportar la niña ya no solo el hambre sino el aburrimiento?

Lib cayó en la cuenta de que el resto de la humanidad se

servía de las comidas para dividir el día, las usaba como recompensa, como entretenimiento; el carillón de un reloj interno. Para Anna, durante aquella vigilancia, cada día tenía que transcurrir como un momento infinito.

La niña se tomó una cucharada de agua como si fuera de buen vino.

—¿Qué tiene el agua de especial?

Anna parecía no haberla entendido.

Lib alzó su taza.

—¿Cuál es la diferencia entre el agua y esta leche?

Anna dudó, como si aquello fuera otra adivinanza.

—En el agua no hay nada.

—En la leche no hay nada más que agua y la generosidad de la hierba que come la vaca.

La niña sacudió la cabeza, casi sonriendo.

Lib dejó el tema porque estaba entrando Kitty para recoger la bandeja.

Miró a la niña, que bordaba una flor en la esquina de un pañuelo. Con la cabeza inclinada sobre las puntadas, sacaba la punta de la lengua, como hacen las niñas pequeñas cuando se esfuerzan al máximo.

Llamaron a la puerta delantera poco después de las diez. Lib oyó una conversación amortiguada y luego Rosaleen O'Donnell dio unos golpecitos en la puerta del dormitorio.

—Más visitas para ti, niña —le dijo a su hija ignorando a Lib—. Media docena de personas; algunas vienen de América.

La enorme energía de la irlandesa la puso enferma; parecía la carabina de una debutante en su primer baile.

—Debería haberlo pensado. Es evidente que tales visitas deben cesar, señora O'Donnell.

—¿Y eso por qué? —La mujer volvió la cabeza hacia la habitación buena—. Parecen gente decente.

—La vigilancia exige regularidad y calma. Sin modo de comprobar lo que las visitas pueden traer...

La mujer la interrumpió.

—¿Como qué?

—Pues comida —repuso Lib.

—En esta casa ya tenemos comida sin necesidad de que nadie la traiga en barco cruzando el Atlántico. —Rosaleen soltó una carcajada—. Además, Anna no la quiere. ¿No tiene pruebas de ello a estas alturas?

—Mi trabajo es asegurarme no solo de que nadie le dé nada a la niña, sino de que no esconda algo que ella pueda encontrar más tarde.

—¿Por qué iba alguien a hacer eso si vienen de tan lejos para ver a la asombrosa pequeña que no come?

—Aun así.

La señora O'Donnell apretó los labios.

—Nuestros visitantes ya están en casa, así que es demasiado tarde para despacharlos sin ofenderlos gravemente.

En aquel momento a Lib se le ocurrió cerrar de un portazo y apoyar la espalda contra la puerta.

Los ojos de la mujer, duros como guijarros, le sostenían la mirada.

Lib decidió ceder hasta haber hablado con el doctor Mc-Brearty.

«Pierde una batalla, gana la guerra.» Llevó a Anna a la habitación buena y se situó justo detrás de la silla de la niña.

Los visitantes eran un caballero del puerto occidental de Limerick, su esposa y su familia política, así como una madre con su hija, que habían ido a verlos desde Estados Unidos. La dama americana de más edad dijo que tanto ella como su hija eran espiritistas.

Anna asintió, con sencillez.

—Tu caso, querida, nos parece la prueba más espectacular del poder de la mente. —La dama se inclinó a apretarle los dedos.

—No la toque, por favor —dijo Lib.

La visitante se apartó.

Rosaleen O'Donnell asomó la cabeza para ofrecerles una taza de té.

Lib estaba convencida de que la mujer quería provocarla. «Nada de comida», articuló en silencio, para que le leyera los labios.

Uno de los caballeros le estaba preguntando a Anna en qué fecha había comido por última vez.

—El siete de abril —le respondió la pequeña.

—¿Fue el día de tu undécimo cumpleaños?

—Sí, señor.

—¿Y por qué crees que has sobrevivido tanto tiempo?

Lib esperaba que Anna se encogiera de hombros o que

dijera que no lo sabía. En cambio, murmuró algo parecido a «mamá».

—Habla más alto, pequeña —dijo la irlandesa de más edad.

—Vivo del maná del cielo —dijo Anna, con tanta naturalidad como podría haber dicho que vivía en la granja de su padre.

Incrédula, Lib cerró los ojos un instante para evitar ponerlos en blanco.

—Del maná del cielo —repitió la espiritista joven a la mayor—. ¡Fíjate tú!

Los visitantes sacaron regalos. De Boston, un juguete llamado «taumatropo»; ¿tenía Anna algo parecido?

—No tengo ningún juguete —les contó ella.

Les gustó la encantadora gravedad de su tono.

El caballero de Limerick le enseñó a retorcer las dos cuerdas del disco para hacerlo girar, de modo que los dibujos de ambas caras se confundieran en una sola imagen.

—Ahora el pájaro está en la jaula —dijo Anna, maravillada.

—Ajá —exclamó él—. Una mera ilusión.

El disco fue girando cada vez más despacio hasta detenerse. La jaula vacía quedó en el reverso y el pájaro del anverso volaba en libertad.

Después de servir Kitty el té, la esposa sacó una cosa todavía más curiosa: una nuez que se abrió en la mano de Anna y de la que salió un gurruño que se desplegó y se convirtió en un par de guantes amarillos finísimos.

—De piel de pollo —dijo la dama, doblándolos—. Hacían furor cuando era niña. No se han fabricado en ningún otro lugar del mundo, solo en Limerick. He conservado este par durante medio siglo sin que se hayan roto.

Anna se enfundó los guantes, un dedo gordito tras otro; le quedaban un poco largos, no mucho.

—Que Dios te bendiga, mi pequeña, que Dios te bendiga.

Cuando terminaron de tomar el té, Lib comentó con intención que Anna necesitaba descanso.

—¿Querrás antes rezar un poco con nosotros? —le preguntó la dama que le había regalado los guantes.

Anna miró a Lib, que se sintió obligada a asentir.

—Niño Jesús, manso y humilde —comenzó la chica.

Mírame, pequeña soy.
Ten de mí piedad y compasión,
Permíteme llegar a ti.

—¡Qué bonito!

La dama de más edad quiso darle unas perlas homeopáticas tonificantes.

Anna negó con la cabeza.

—¡Oh, vamos, quédatelas!

—No puede aceptarlas, madre —le recordó a la mujer su hija en un susurro.

—No creo que disolver esto debajo de la lengua sea precisamente comer.

—No, gracias —le dijo Anna.

Cuando se marcharon, Lib oyó el tintineo de las monedas al caer en la caja del dinero.

Rosaleen O'Donnell desenterró de las brasas con un gancho una olla y quitó los grumos de ceniza de la tapa. Con las manos protegidas por trapos, la destapó y sacó una hogaza redonda con una cruz marcada en la corteza.

Lib pensó que allí la religión era omnipresente. Además, empezaba a ver por qué todo lo que comía sabía a turba. Si se quedaba toda la quincena, al final habría consumido un buen puñado de barro cenagoso. La idea le dejó un sabor amargo en la boca.

—Estos serán los últimos visitantes admitidos —le dijo a la madre con su voz más firme.

Anna estaba apoyada en la mitad inferior de la puerta, observando a la comitiva subir a su carruaje.

Rosaleen O'Donnell se irguió, sacudiéndose la falda.

—La hospitalidad es una ley sagrada de los irlandeses, señora Wright. Si alguien llama a nuestra puerta, tenemos que abrírsela y alimentarlo y darle cobijo, aunque el suelo de la cocina ya esté abarrotado de gente que duerme. —Hizo un gesto con el brazo, como para englobar una horda invisible de huéspedes.

«Hospitalidad, ¡y un cuerno!»

—No estamos hablando de acoger a los indigentes, que digamos —le dijo Lib.

—Ricos, pobres, todos somos iguales a los ojos de Dios.

El tono piadoso con que lo dijo sacó a Lib de sus casillas.

—Eso son mirones. ¡Tienen tantas ganas de ver a su hija,

que aparentemente subsiste sin comer, que están dispuestos a pagar por el privilegio de conseguirlo!

Anna hacía girar el taumatropo; la luz se reflejó en él.

La señora O'Donnell se mordió el labio inferior.

—Si verla los empuja a ser caritativos, ¿qué tiene eso de malo?

La niña se acercó a su madre en aquel preciso momento y le entregó los regalos. Lib se preguntó si lo haría para que ellas dos dejaran de discutir.

—¡Oh, si son para ti, niña! —le dijo Rosaleen.

Anna sacudió la cabeza, negando.

—De la cruz de oro que esa señora dejó el otro día, ¿no dijo don Thaddeus que podría sacarse una buena suma para los necesitados?

—Pero esto no son más que juguetes —repuso su madre—. Bueno, los guantes tal vez... Supongo que podríamos venderlos... —Hizo girar la nuez en la palma de la mano—. Pero quédate eso que gira. ¿Qué inconveniente hay? A menos que la señora Wright encuentre alguno.

Lib se mordió la lengua.

Entró en el dormitorio detrás de la niña y volvió a examinar todas las superficies, igual que el día anterior: el suelo, la caja de los tesoros, la cómoda, la ropa de cama.

—¿Está enfadada? —le preguntó Anna, haciendo girar el taumatropo con los dedos.

—¿Por lo de tu juguete? No, no.

¡Qué infantil seguía siendo a pesar de lo complicado de su situación!

—¿Por las visitas, entonces?

—Bueno. No es tu bienestar lo que tienen en mente.

Sonó la campana en la cocina y Anna se dejó caer al suelo.

No era de extrañar que la niña tuviera golpes en las espinillas.

Fueron pasando los minutos mientras sonaba la cantinela del ángelus. Aquello era como estar encerrada en un monasterio, pensó Lib.

—Por Cristo Nuestro Señor, amén. —Ana se levantó y se agarró al respaldo de la silla.

—¿Estás mareada? —le preguntó Lib.

Anna sacudió la cabeza y se arregló el mantón.

—¿Con qué frecuencia tenéis que rezar eso?

—Solo a mediodía —repuso la niña—. Sería mejor rezarlo también a las seis de la mañana y a las seis de la tarde, pero mamá, papá y Kitty tienen demasiado trabajo.

El día anterior, Lib había cometido el error de decirle a la criada que esperaría para cenar. Esta vez se acercó a la puerta y anunció que le gustaría comer algo.

Kitty le trajo un poco de queso fresco; tenía que ser la sustancia blanca que goteaba de la bolsa colgada entre dos sillas la noche antes. La miga del pan, todavía tibio, tenía demasiado salvado para el gusto de Lib. A la espera de las patatas nuevas de otoño, la familia estaba llegando hasta el fondo del barril de harina.

A pesar de que ya se había acostumbrado a comer delante de Anna, seguía sintiéndose como una cerda con el hocico en el abrevadero.

Cuando hubo terminado, empezó el primer capítulo de una novela titulada *Adam Bede*. Se sobresaltó cuando la monja llamó a la puerta a la una en punto; casi había olvidado que su turno acabaría.

—¡Mire, hermana! —la saludó Anna, haciendo girar el taumatropo.

—¡Caramba!

Lib comprendió que la otra enfermera y ella no iban a poder pasar ni un momento a solas tampoco en esta ocasión. Se le acercó más y aproximó la cara a la toca de la monja.

—Hasta ahora no he notado nada inapropiado. ¿Y usted? —le susurró.

Un titubeo.

—No debemos deliberar.

—Sí, pero...

—El doctor McBrearty fue muy firme en esto. Nada de intercambiar opiniones.

—No le pido su opinión, hermana —le espetó Lib—, solo hechos básicos. ¿Puede asegurarme que toma nota cuidadosamente de todo lo excretado, por ejemplo? Nada sólido, supongo.

—No ha habido nada de eso —repuso la monja en voz muy baja.

Lib asintió.

—Le he explicado a la señora O'Donnell que no debe haber contacto alguno sin supervisión —prosiguió—. Un abrazo al levantarse y otro cuando se acueste. Además, nadie de la familia tiene que entrar en el dormitorio de Anna mientras ella no esté.

La monja parecía una empleada muda de funeraria.

Lib recorrió el sendero polvoriento, lleno de baches con óvalos de cielo azul: la lluvia de la noche pasada. Estaba llegando a la conclusión de que sin una compañera enfermera que trabajara ateniéndose a los mismos elevados criterios que ella, a los criterios de la señorita N., la vigilancia tenía fallos. Por falta de una correcta vigilancia de la pequeña artera, todas aquellas molestias y gastos serían un desperdicio.

Además, Lib todavía no había visto ninguna prueba evidente de disimulo en la niña aparte de la única gran mentira, por supuesto: que aseguraba vivir sin comer. Maná del cielo, eso era lo que había olvidado preguntarle a la hermana Michael. Tal vez Lib no tuviera demasiada fe en el buen juicio de la monja, pero seguramente la mujer conocía la Biblia.

Aquella tarde casi hacía calor. Se quitó la capa y se la puso al brazo. Tiró del cuello de la camisa, deseando que el uniforme fuera menos grueso y no picara tanto.

En la habitación del primer piso de la tienda, se cambió. Se puso un vestido sencillo de color verde. No soportaba quedarse allí ni un momento más; se había pasado la mitad del día encerrada. En la planta baja, dos hombres acarreaban un objeto inconfundible por un pasillo. Lib retrocedió.

—Perdone, señora Wright —le dijo Maggie Ryan—. Lo habrán sacado en un periquete.

Lib observó cómo los hombres rodeaban el mostrador con el féretro.

—Mi padre es además el enterrador —le explicó la chica—, por eso tiene el par de carretas para alquilar.

Así que el carro que había fuera servía de coche fúnebre cuando hacía falta. Lib encontró despreciable la combinación de ocupaciones de Ryan.

—Un lugar tranquilo, este.

Maggie asintió mientras la puerta se cerraba detrás del féretro.

—Antes de la mala época éramos el doble.

«Éramos.» ¿Se refería a la gente del pueblo o del condado? ¿O de toda Irlanda, tal vez?

La mala época, supuso Lib, había sido aquella terrible escasez de patatas de hacía diez o quince años. Trató de acordarse de los detalles. Todo lo que recordaba en general de las viejas noticias era una serie de titulares en letra de imprenta. Cuando era joven, no leía atentamente el periódico, en realidad, solo le echaba un vistazo. Doblaba el *Times* y lo dejaba al lado del plato de Wright todas las mañanas, durante el año en que había sido su esposa.

Pensó en los mendigos.

—Cuando venía, vi en la carretera a muchas mujeres solas con hijos —le comentó a Maggie Ryan.

—¡Ah! Muchísimos hombres se han marchado para la cosecha a lo de usted —dijo la chica.

Lib interpretó que se refería a Inglaterra.

—Sin embargo, la mayoría de los jóvenes tienen el corazón puesto en América y no vuelven a casa. —Levantó la barbilla, como si dijera «hasta nunca» a esos jóvenes que no estaban anclados a aquel lugar.

A juzgar por su cara, Lib se dijo que Maggie no podía tener más de veinte años.

—¿No has considerado esa opción?

—No hay tierra mejor que la propia, como dicen. —Lo dijo con más resignación que cariño.

Lib le pidió la dirección del doctor McBrearty.

Su casa era una bastante grande situada al final de la carretera, un poco alejada de la calle Athlone. Una criada tan decrépita como su señor acompañó a Lib al estudio. McBrearty se quitó las gafas octogonales y se levantó.

¿Por vanidad?, se preguntó Lib. ¿Creía que parecía más joven sin ellas?

—Buenas tardes, señora Wright. ¿Cómo está usted?

«Molesta —estuvo tentada de responderle—. Frustrada. Completamente derrotada.»

—¿Tiene algo urgente acerca de lo que informarme? —le preguntó el médico mientras se sentaban.

—¿Urgente? No exactamente.

—¿Ni rastro de fraude, entonces?

—Ninguna prueba evidente —lo corrigió Lib—, pero creo que debería haber visitado a su paciente para verlo usted mismo.

El rubor se extendió por sus mejillas hundidas.

—¡Oh! Le aseguro que pienso en la pequeña Anna a todas horas. De hecho, estoy tan preocupado por la vigilancia que he creído mejor mantenerme alejado para que después nadie pueda insinuar que he ejercido alguna influencia sobre sus hallazgos.

Lib suspiró levemente. McBrearty seguía asumiendo que la vigilancia probaría que la pequeña era un milagro de la era moderna.

—Estoy preocupada porque la temperatura de Anna es baja, sobre todo en las extremidades.

—Interesante. —McBrearty se frotó la barbilla.

—No tiene la piel bien —prosiguió Anna—, ni las uñas, ni el pelo.

Aquello parecían nimiedades de una revista de belleza.

—Y le está creciendo un vello oscuro por todas partes. Lo que más me inquieta, sin embargo, es la hinchazón de las piernas. También tiene hinchadas la cara y las manos, pero las piernas son lo peor. Se ha visto obligada a usar las botas viejas de su hermano.

—Mmm. Sí, Anna lleva tiempo padeciendo de hidropesía, pero no se queja de dolor.

—Bueno, no se queja de nada.

El médico asintió como si eso lo tranquilizara.

—El digitalis es un remedio probado contra la retención de líquidos, pero por supuesto no va a ingerir nada. Podríamos recurrir a una dieta seca...

—¿Reducir los líquidos que toma todavía más? —dijo Lib, alzando la voz—. Ya solo toma unas cuantas cucharadas de agua al día.

El doctor McBrearty se atusó el bigote.

—Puedo deshincharle las piernas de manera mecánica, supongo.

¿Se estaba refiriendo a practicarle una sangría? ¿A usar sanguijuelas? Deseó no haberle dicho ni una palabra a aquel ser antediluviano.

—Pero eso tiene sus riesgos. No, no. En general es más seguro observar y esperar.

Lib seguía inquieta. Se lo repitió de nuevo. Si Anna estaba poniendo en peligro su propia salud, ¿de quién era la culpa sino suya? O de quien la estuviera empujando a hacer aquello, supuso.

—No parece una niña que lleva cuatro meses sin comer, ¿verdad? —le dijo el médico.

—Ni de lejos.

—¡Eso me parece a mí, exactamente! Es una maravillosa anomalía.

El anciano la había interpretado mal. Era completamente ciego a la conclusión obvia: que alimentaban a la niña de algún modo.

—Doctor, si Anna no estuviera comiendo realmente nada en absoluto, ¿no cree que a estas alturas estaría postrada en cama? Seguro que tiene que haber visto a muchos pacientes famélicos durante la roya de la patata, a muchos más que yo —añadió Lib, como concesión a su experiencia.

McBrearty sacudió la cabeza.

—Durante la plaga yo todavía estaba en Glucestershire. Solo hace cinco años que heredé esta finca y no pude alquilarla, así que decidí volver y practicar aquí la medicina. —Se levantó para indicar que la reunión había terminado.

—Además —añadió ella precipitadamente—, no puedo decir que tenga una confianza ciega en mi compañera enfermera. No será tarea fácil mantenerse completamente alerta, sobre todo durante los turnos de noche.

—Pero la hermana Michael está acostumbrada a eso —dijo McBrearty—. Trabajó doce años como enfermera en Dublín, en la Charitable Infirmary.

Ah. ¿Por qué nadie se lo había dicho?

—Y en la Casa de la Caridad, se levantan para el oficio nocturno a media noche, creo, y de nuevo al amanecer, para laudes.

—Entiendo —dijo Lib, avergonzada—. Bien. El verdadero problema es que las condiciones de la cabaña son de lo menos científicas. No tengo modo de pesar a la pequeña y no hay lámparas que proporcionen una iluminación adecuada. Puede accederse fácilmente al dormitorio de Anna desde la cocina, de modo que cualquiera puede entrar cuando me la llevo de paseo. Sin su autorización, la señora O'Donnell ni siquiera me permite cerrar la puerta a los curiosos, por lo que me resulta imposible vigilar a la niña con el rigor debido. ¿Podría ponerme por escrito que las visitas están prohibidas?

—Claro, sí. —McBrearty limpió la pluma con un paño y cogió una hoja en blanco. Rebuscó en el bolsillo de la pechera.

—Es posible que la madre se resista a mantener apartada a la multitud, por supuesto, debido a las pérdidas económica.

El anciano cerró los ojos legañosos y siguió buscando en el bolsillo.

—¡Si todos los donativos van al cepillo de los pobres que don Thaddeus dio a los O'Donnell! No entiende a esta gente si cree que se quedan un solo cuarto de penique.

Lib no hizo ningún comentario.

—¿Por casualidad está buscando las gafas? —Indicó hacia donde estaban, entre los papeles.

—Ah, muy bien. —Se ajustó las patillas de las gafas y se puso a escribir.

—¿Cómo encuentra a Anna, por lo demás?

¿Por lo demás?

—¿Se refiere a su estado de ánimo?

—Bueno, a su carácter, supongo.

Lib estaba desconcertada. Una niña amable, pero una tramposa de la peor calaña. Tenía que serlo, ¿no? Sin embargo, lo que dijo fue:

—Tranquila en general. Lo que la señorita Nightingale solía describir como un temperamento acumulativo, de los que acumulan impresiones gradualmente.

A McBrearty se le iluminó la cara al oír aquel nombre, tanto que Lib deseó no haberlo usado. Firmó la nota, la dobló y se la tendió.

—¿Puede mandársela a los O'Donnell, por favor, para poner fin a esas visitas esta misma tarde?

—¡Oh, desde luego! —Se quitó las gafas y las plegó con

dedos temblorosos—. Una carta fascinante en el último *Telegraph*, por cierto. —Revolvió los papeles de su escritorio sin encontrar lo que buscaba—. Menciona varios casos anteriores de niñas que ayunaban y vivían si comer, o al menos se dice que eso hacían —se corrigió , en el Reino Unido y en el extranjero, a lo largo de los siglos.

¿En serio? Lib nunca había oído hablar de aquel fenómeno.

—El autor sugiere que podrían haber estado, ah..., bueno, no se anda con florituras..., subsistiendo, reabsorbiendo su menstruación.

Qué teoría más repugnante. Además, aquella niña solo tenía once años.

—Tal como yo lo veo, a Anna le falta todavía mucho para ser púber.

—Mmm, cierto. —McBrearty parecía frustrado. Luego curvó los labios en una sonrisa—. ¡Y pensar que podría haberme quedado en Inglaterra y no haber tenido nunca la suerte de toparme con un caso como este!

Tras marcharse de casa del médico, Lib se alejó caminando, tratando de aflojar las piernas rígidas y sacudirse la atmósfera rancia de aquel estudio.

Una carretera angosta llevaba hasta una pequeña zona de bosque. Se fijó en que los árboles tenían las hojas lobuladas, como los robles, pero las ramas más rectas que los robles ingleses. Los setos espinosos eran de arbustos de aulaga; inspiró el aroma de las florecitas amarillas. Había unas flores colgantes de color rosa cuyo nombre sin duda Anna O'Donnell habría sabido decirle. Intentó identificar algunos de los pájaros que piaban en los arbustos, pero solo reconoció el bramido profundo del avetoro, como la sirena de un barco invisible.

Un árbol destacaba al fondo de un campo; sus ramas colgantes eran un poco raras. Lib se abrió paso a lo largo del surco exterior, aunque tenía las botas tan embarradas que no estaba segura de por qué se molestaba en tener cuidado. El árbol estaba más lejos de lo que parecía, a un buen trecho de las hileras del cultivo, más allá de un afloramiento de piedra caliza gris agrietada por el sol y la lluvia. Al acercarse, Lib vio que se trataba de un cornejo, cuyos brotes rojos destacaban contra las hojas brillantes. Pero ¿de qué eran las tiras que pendían de las ramas rosáceas? ¿De musgo? No, de musgo no. ¿De lana?

Lib estuvo a punto de meterse en el pequeño charco de la fisura de una roca. Dos libélulas azules volaban pegadas entre sí a unos centímetros por encima del agua. ¿Podía ser una fuente? Algo parecido a urticularia bordeaba el charco. De repente estaba sedienta, pero cuando se agachó las libélulas desaparecieron y el agua parecía tan negra como el barro turboso. Cogió un poco con la palma de la mano. Olía como a creosota, así que se tragó la sed y la dejó caer.

No era lana lo que colgaba de las ramas del cornejo; era algo fabricado por el hombre, en tiras. Qué peculiar. ¿Cintas, bufandas?

Llevaban mucho tiempo anudadas al árbol, porque estaban grises y tenían aspecto vegetal.

De vuelta en el establecimiento de los Ryan, en el diminuto comedor, encontró a un hombre pelirrojo terminándose una chuleta y escribiendo velozmente en una libreta de notas bastante parecida a la suya. Saltó de la silla.

—Usted no es de por aquí, 'ñora.

¿Cómo lo sabía? ¿Por el vestido verde liso? ¿Por sus modales?

El hombre era de su misma altura, unos cuantos años más joven, con esa inconfundible piel lechosa irlandesa, rizos de color rojo vivo y acento, pero educado.

—Soy William Byrne, del *Irish Times*.

¡Ah! El escritorzuelo que había mencionado el fotógrafo. Lib estrechó la mano que le ofrecía.

—Soy la señora Wright.

—¿De viaje disfrutando de lo que hay que ver en las Midlands?

Así que no había deducido qué hacía allí; la había tomado por una turista.

—¿Hay algo que ver? —Le salió en un tono demasiado sarcástico.

Byrne rio entre dientes.

—Bueno, eso depende de cuánto la conmueva la atmósfera enigmática de los círculos de piedras, las fortalezas circulares o los túmulos.

—No conozco ni las segundas ni los terceros.

Él puso cara de sorpresa.

—Son variantes del círculo de piedras, supongo.

—Entonces, ¿todo lo que hay que ver por los alrededores es pedregoso y circular?

—Aparte de lo último —repuso William Byrne—. Una niña mágica que vive del aire.

Lib se envaró.

—No lo considero información seria, pero mi editor de Dublín pensó que serviría para agosto. Sin embargo, mi yegua se lastimó una pata en un bache, en las afueras de Mullingar, tuve que cuidarla dos noches hasta que se restableció y ahora que he llegado ¡no dejan que me acerque al humilde catre de la niña!

Un estremecimiento de turbación; tenía que haber llegado justo después de la nota que ella le había pedido a Mc-Brearty que mandara a los O'Donnell. Pero, en realidad, más publicidad de aquel caso avivaría las llamas del engaño y la vigilancia solo podía verse obstaculizada si se entrometía un periodista.

A Lib le habría gustado disculparse y subir al primer piso antes de que Byrne dijera algo más acerca de Anna O'Donnell, pero tenía que cenar.

—¿No podría haber dejado su montura y alquilado otra?

—Sospeché que matarían de un tiro a *Polly* en lugar de alimentarla como hice yo.

Lib sonrió imaginándose al periodista acurrucado en el pesebre.

—La verdadera catástrofe es la frialdad con la que me han recibido en la cabaña de ese prodigio —se quejó Byrne.

—He telegrafiado un párrafo mordaz al periódico, pero ahora tengo que hacer aparecer como por arte de magia un artículo completo y mandarlo con el coche postal de esta noche.

¿Siempre era tan locuaz con los desconocidos?

—¿Mordaz por qué razón? —fue lo único que se le ocurrió a Lib decir.

—Bueno, no dice nada bueno de la honradez de la familia, ¿verdad? Si no me permiten siquiera cruzar la puerta por temor a que cale a su niña prodigio al primer vistazo...

Aquello no era justo para los O'Donnell, pero Lib no podía decirle que estaba hablando precisamente con la persona que había insistido en que echaran a las visitas. Los ojos se le fueron a las anotaciones del periodista.

¡Qué ilimitada es la credulidad de la humanidad, sobre todo, hay que decir, combinada con la ignorancia provinciana! *But mundus vult decipi, ergo decipiatur;* es decir, «si el mundo quiere que lo engañen, que se engañe». Tal dijo Petronio en la época de Nuestro Señor, una máxima igualmente pertinente en nuestra época.

Maggie Ryan trajo más cerveza para Byrne.

—Las chuletas estaban deliciosas —le comentó a la chica.

—Ah, bueno —dijo Maggie con cierto desdén—, el hambre es la mejor salsa.

—Creo que comeré una chuleta —dijo Lib.

—Ya no quedan, 'ñora. Hay cordero.

A Lib no le quedó más remedio que aceptar comer cordero. Luego se enfrascó inmediatamente en la lectura de *Adam Bede*, para que William Byrne no se sintiera invitado a quedarse.

Esa noche, a las nueve, cuando llegó a la cabaña, reconoció el coro quejoso del rosario: «Ave María, madre de Dios, ruega por nosotros ahora y en la hora de nuestra muerte, amén.»

Entró y esperó en uno de los escabeles que los irlandeses llamaban «bichos». Como críos, los católicos, balbuceando y pasando cuentas. La hermana Michael no agachaba la cabeza, al menos, para no perder de vista a la pequeña, pero ¿estaba concentrada en ella o en la oración?

Anna ya se había puesto el camisón. Lib observó cómo sus labios moldeaban las palabras una y otra vez: «Ahora y en la hora de nuestra muerte, amén.» Luego miró a la madre, al padre, a la prima pobre, preguntándose cuál de ellos planeaba escapar esa noche a su escrutinio.

—¿Se queda a tomar un té con nosotros, hermana? —le preguntó Rosaleen O'Donnell al acabar.

—No, señora O'Donnell, pero gracias de todos modos.

La madre de Anna alardeaba de su preferencia por la monja, decidió Lib. Claro que les gustaba la familiar e inofensiva hermana Michael.

Rosaleen O'Donnell usaba un rastrillo de pequeño tamaño para formar un círculo de brasas. Puso tres puñados de turba verde como si fueran los radios de una rueda y se acuclilló, santiguándose. Cuando la turba prendió, cogió ceniza de un cubo y la esparció sobre las llamas, sofocándolas.

Lib tenía la sensación mareante de que el tiempo podía apagarse como las brasas, que en aquellas cabañas sombrías nada había cambiado desde la época de los druidas ni nada cambiaría jamás. ¿Cómo era aquel verso del himno que cantaban en la escuela? «La noche es oscura y estoy lejos de casa.»

Mientras la monja se ponía la capa en el dormitorio, Lib le preguntó qué tal el día.

Tres cucharadas de agua, según la hermana Michael, y un paseo corto. Ningún síntoma de mejoría ni de empeoramiento.

—Si hubiera visto a la niña comportarse de manera subrepticia, supongo que lo habría considerado un hecho relevante y me lo habría mencionado, ¿no? —le susurró Lib.

La monja asintió con cautela.

Era exasperante; ¿qué se les estaba pasando por alto? Aun así, la niña no podría aguantar mucho más. Esa noche Lib la pillaría, estaba prácticamente segura.

Se arriesgó a añadir otra cosa.

—Maná del cielo —murmuró al oído de la hermana Michael—. Eso es lo que le he oído decir a Anna esta mañana a un visitante, que vive del maná del cielo.

La monja volvió a hacer un leve gesto de asentimiento. ¿Aceptaba simplemente lo que Lib acababa de decirle o afirmaba que tal cosa era posible?

—He pensado que usted conocería la cita bíblica.

La hermana Michael frunció el ceño.

—Es del Éxodo, creo.

—Gracias. —Lib trató de pensar en algo más trivial que decir para terminar la conversación—. Es algo que siempre me ha intrigado —dijo, alzando la voz—. ¿Por qué llaman a las Hermanas de la Caridad monjas caminantes?

—Caminamos por el mundo, ¿sabe, señora Wright? Tomamos los votos habituales en cualquier orden, el de pobreza, el de caridad y el de obediencia, pero también un cuarto, el de servicio.

Lib nunca había oído hablar tanto a la monja.

—¿Qué clase de servicio?

—A los enfermos, los pobres y a los ignorantes —terció Anna.

—Buena memoria, niña —dijo la monja—. Hacemos el voto de ser útiles.

Mientras la hermana Michael salía de la habitación entró Rosaleen O'Donnell, pero no dijo ni una palabra. ¿Se negaba a hablar con la inglesa, después de la discusión de aquella mañana sobre las visitas? Le dio la espalda y se inclinó para abrazar a la pequeña.

Lib escuchó las palabras cariñosas dichas en susurros y observó las manos gruesas de Anna, colgando a los costados, vacías.

La mujer se irguió.

—Que duermas bien esta noche y tengas solo los más dulces sueños. Ángel de la guarda, dulce compañía, no me desampares ni de noche ni de día. —Volvió a inclinarse hasta que su frente casi tocaba la de la niña—. No me dejes sola, que me perdería.

—Amén —dijo la niña a coro con ella—. Buenas noches, mamá.

—Buenas noches, hija.

—Buenas noches, señora O'Donnell —dijo Lib, con marcada cortesía.

Al cabo de unos minutos la sirvienta trajo una lámpara sin pantalla, frotó un fósforo, lo aplicó a la mecha hasta que prendió y se santiguó.

—Aquí la tiene, 'ñora.

—Me será muy útil, Kitty —le agradeció Lib.

La lámpara era anticuada, con un quemador parecido a un palo bifurcado dentro de un cristal cónico, pero daba una luz nívea. Olfateó.

—¿No es aceite de ballena?

—Es combustible líquido.

—¿Qué es eso?

—No sabría decirle.

Aquel misterioso combustible líquido olía a trementina; había alcohol en la mezcla, tal vez.

Tenemos que ser carroñeros en épocas de calamidad; Lib recordó en aquel momento esta frase de la señorita N. En Scutari las enfermeras habían tenido que rebuscar en los almacenes cal clorada, tintura de opio, mantas, calcetines, leña, harina, liendreras... Si algo no encontraban, o no podían convencer al proveedor para que se lo diera, tenían que improvisar. Con las sábanas raídas hacían cabestrillos, rellenaban sacos para tener colchones pequeños; la desesperación era una fuente de improvisación.

—Aquí tiene la lata y las tijeras para la lámpara —dijo Kitty—. Dentro de seis horas apáguela y recorte el trozo carbonizado, rellénela y vuelva a encenderla. Y cuidado con las corrientes, dijo el tipo, porque pueden esparcir el hollín por la habitación como una lluvia negra.

La niña se había arrodillado junto a la cama y rezaba con las manos juntas.

—Buenas noches, niña —le deseó Kitty, bostezando sin disimulo antes de volver fatigosamente a la cocina.

Lib abrió la libreta por una página en blanco y cogió el lápiz metálico.

Martes, 9 de agosto, 9.27 de la noche.
Pulso: 93 pulsaciones por minuto.
Pulmones: 14 respiraciones por minuto.
Lengua: sin cambios.

Su primer turno de noche. Nunca le había importado trabajar a esas horas; el silencio era tranquilizador. Repasó una última vez las sábanas con la palma de la mano. Buscar migajas escondidas ya se había convertido en una rutina.

Los ojos se le fueron a la pared encalada y pensó en el estiércol, el pelo, la sangre y el suero de leche que contenía. ¿Cómo podía estar limpia una superficie como aquella? Imaginó a Anna chupándola para sacarle algún vestigio de alimento, como esos nenes caprichosos que comen puñados de tierra. Pero no, seguramente se habría ensuciado la boca. Además, desde que había empezado la vigilancia, Anna nunca estaba sola. Velas, su propia ropa, páginas de sus libros, pedazos de su propia piel... No tenía posibilidad alguna de mordisquear nada de aquello sin que la vieran.

Anna terminó de rezar con la oración a Teodoro. Después se santiguó y trepó a la cama, bajo la sábana y la manta gris. La cabeza se le hundió en la fina almohada.

—¿No tienes otra? —le preguntó Lib.

Una tímida sonrisa.

—No tenía ninguna hasta lo de la tosferina.

Era una paradoja: Lib se proponía destapar la estratagema de la niña pero al mismo tiempo quería que durmiera bien por la noche. Las viejas costumbres de enfermera eran persistentes.

—Kitty —llamó, asomándose a la puerta. Los O'Donnell ya se habían retirado, pero la criada seguía trasteando—. ¿Puedes darme otra almohada para Anna?

—Tenga la mía —dijo la criada, sosteniendo algo informe en una funda de algodón.

—No, no...

—Vamos, ni lo notaré, estoy a punto de quedarme roque.

—¿Qué pasa, Kitty? —La voz de Rosaleen salió del nicho; la «hornacina», lo llamaban.

—Quiere otra almohada para la niña.

La madre apartó la cortina de saco.

—¿Se encuentra mal Anna?

—Solo me preguntaba si habría una almohada de repuesto.

—Tenga las dos —repuso Rosaleen, poniendo la suya encima de la de la sirvienta—. Cariño, ¿estás bien? —preguntó, asomándose al dormitorio.

—Estupendamente —dijo Ana.

—Con una bastará —dijo Lib, cogiendo la almohada de Kitty.

La señora O'Donnell olisqueó el aire.

—El olor de esa lámpara no te estará mareando, ¿verdad? ¿Te pican los ojos?

—No, mamá.

La mujer hacía gala de su preocupación, eso era, como si la enfermera sin corazón perjudicara a la niña al insistir en tener una luz tan fuerte.

Por fin pudo cerrar la puerta y se quedaron las dos solas.

—Debes estar cansada —le dijo a Anna.

—No lo sé —replicó la niña tras una larga pausa.

—Es posible que te cueste dormirte porque no estás acostumbrada a la lámpara. ¿Quieres leer o que yo te lea algo?

No obtuvo respuesta.

Lib se acercó a la niña. Resultó que ya se había quedado dormida.

Mejillas níveas redondas como melocotones.

Viviendo del maná del cielo. Menuda sandez. ¿Qué era exactamente el maná? ¿Pan de algún tipo?

El Éxodo formaba parte del Antiguo Testamento, pero el único volumen de las Escrituras que encontró Lib en la caja de los tesoros de Anna fue el de los Salmos. Lo hojeó con cuidado para no descolocar las estampitas. No vio que se mencionara el maná por ninguna parte. Le llamó la atención un párrafo. «Los niños extraños me han mentido, se han desvanecido y han hecho un alto en su camino.» ¿Qué demonios significaba aquello? Anna era una niña rara, desde luego. Había hecho un alto en el camino de la niñez al decidir mentir a todo el mundo.

A Lib se le ocurrió entonces que la pregunta no era tanto cómo podía una niña cometer un fraude de ese tipo sino por qué motivo iba a hacerlo. Los niños mentían, sí, pero seguramente solo uno perverso habría inventado aquella historia. Anna no demostraba el menor interés por enriquecerse. La pequeña ansiaba atención, tal vez incluso la fama... pero ¿al precio de tener la tripa vacía, el cuerpo dolorido, la preocupación constante de llevar adelante el engaño?

A menos, por supuesto, que los O'Donnell hubieran urdido el monstruoso plan y tuvieran a Anna atemorizada para que lo siguiera, para aprovecharse de las visitas que recorrían el camino hasta su puerta. Sin embargo, la niña no parecía coaccionada. Poseía una tranquila firmeza, un autodominio inusual en alguien tan joven.

Los adultos también podían mentir descaradamente, desde luego, y más sobre su propio cuerpo que sobre cualquier otra cosa. Lib sabía por experiencia que los que no eran capaces de engañar a un tendero por un centavo lo eran para hacerlo sobre la cantidad de coñac que bebían o en la habitación de quién habían entrado y lo que habían hecho en ella. Muchachas descarriadas que negaban su estado hasta que empezaban a tener contracciones. Maridos que juraban que la cara machacada de su mujer no era obra suya. Todo el mundo era un pozo de secretos.

Se entretuvo con las estampitas, con sus detalles caprichosos, algunas con los bordes de filigrana, y los nombres exóticos. San Luis Gonzaga, santa Catalina de Siena, san Felipe Neri, santa Margarita de Escocia, santa Isabel de Hungría; como una colección de muñecas en traje regional. Dios podía acoger a cualquiera, le había dicho Anna, a cualquier pecador o a cualquiera que no fuera creyente. Había toda una serie acerca de los últimos sufrimientos de Cristo Nuestro Señor despojado de sus vestiduras. ¿Cómo podía alguien considerar una buena idea poner aquellas imágenes espantosas en manos de una criatura y de una tan sensible, además?

En una estampa se veía a una niña pequeña en una barca con una paloma sobre la cabeza. *Le Divin Pilote*. ¿Significaba ese título que era Cristo quien pilotaba la barca de manera invisible? ¿O tal vez que el patrón era la paloma? ¿No se representaba el Espíritu Santo a menudo como un ave? ¿O lo que Lib había tomado por una niña era en realidad Jesús, con las proporciones de un niño y el pelo largo?

La siguiente era de una mujer vestida de color morado, supuso que la Virgen María, llevando un rebaño de ovejas a beber en un estanque con el borde de mármol. ¡Qué curiosa mezcla de elegancia y rusticidad! En la que venía a continuación, la misma mujer vendaba un cordero regordete. Era imposible que aquel vendaje aguantara, en opinión de Lib. *Mes bebris ne périssent jamais et personne ne les ravira de ma main.** Se esforzó por entender el francés. ¿Sus *algo* no perecerían jamás y nadie se los arrebataría de la mano?

Anna se agitó y bajó la cabeza de las dos almohadas hasta apoyarla en el hombro.

Lib devolvió rápidamente las estampitas al libro. Anna seguía durmiendo, sin embargo. Angelical, como parecen todos los niños en ese estado de arrobo. Las líneas suaves de su cara no demostraban nada, se recordó Lib; el sueño consigue que incluso los adultos parezcan inocentes. Sepulcros blanqueados.

Eso le recordó algo: la Virgen y el Niño. Metió la mano dentro del cofre, por debajo de los libros, y sacó la palmatoria.

¿Qué podía haber metido Anna dentro de aquella figurita de colores pastel? La agitó. No se oía nada. Era un tubo hueco, abierto por la parte inferior. Trató de ver hasta la oscura cabeza de la Virgen, buscando una diminuta reserva de algún alimento muy nutritivo. Se llevó la palmatoria a la nariz y no olió nada. Metió dentro un dedo y notó... algo que apenas conseguía rascar con la uña, que llevaba corta. ¿Un paquete diminuto?

---

* Mis ovejas no perecerán jamás y nadie me las arrebatará de la mano. (*N. de la T.*)

Las tijeras que llevaba en la bolsa. Las introdujo en el rugoso interior de la estatuilla, hurgando en ella hasta el fondo. Lo que le hacía falta era un gancho, de hecho, pero ¿cómo iba a encontrar uno en plena noche? Hurgó con más ahínco... y la pieza se partió en dos. Se maldijo. Se le había quedado el niño de porcelana en la mano, separado de la madre de porcelana. El paquete, insustancial después de todo lo que había hecho, se desprendió de su escondite. Lib lo desdobló y no encontró más que un mechón de pelo, oscuro, pero no pelirrojo como el de Anna.

El papel amarillento había sido arrancado, aparentemente al azar, de una publicación llamada *Diario de Freeman*, hacia finales del año anterior.

Había roto uno de los tesoros de la pequeña para nada, como una novata torpe durante su primer turno de guardia. Devolvió los trozos a la caja, con el paquete de pelo.

Anna seguía durmiendo. A Lib ya no le quedaba nada que hacer, aparte de observar a la niña como un devoto adorando un icono. Incluso si la niña robaba de algún modo un bocado, ¿cómo podía bastarle para calmar los calambres del hambre? ¿Por qué no la atormentaban hasta despertarla?

Encaró la silla de enea de respaldo duro hacia la cama. Se sentó y cuadró los hombros. Consultó la hora: las 10.49. No le hacía falta pulsar el botón para saber la hora, pero aun así lo hizo, solo por la sensación: el sordo latido contra el pulgar, diez veces, rápido y fuerte al principio, y progresivamente más lento y débil.

Se frotó los ojos y miró fijamente a la niña. Se acordó de

un versículo de los Evangelios: «¿Así que no habéis podido velar conmigo una hora?»

Sin embargo, ella no velaba con Anna, ni la velaba para impedir que sufriera ningún daño. Solo la vigilaba.

De vez en cuando, la niña parecía inquieta. Daba vueltas debajo de la manta, enrollándose como un helecho.

¿Tendría frío? No había más mantas; otra cosa que tendría que haberle pedido a Kitty antes de que se acostara. Cubrió a la niña con un mantón de cuadros. Anna murmuraba algo, como si rezara, lo que no implicaba que estuviera despierta. Lib no hizo el menor ruido, por si acaso. (La señorita N. no permitía que las enfermeras despertaran a un paciente porque el efecto discordante podía causar un gran daño.)

Tuvo que recortar dos veces la mecha de la lámpara y rellenarla una; era un engendro apestoso y difícil de manejar. Pasada la medianoche, durante un rato le pareció oír a los O'Donnell hablando junto al fuego, en la cocina. ¿Perfeccionaban su plan o simplemente charlaban de una cosa y de otra, como suele hacer la gente entre cabezadas?

Lib no distinguió la voz de Kitty; quizá la criada estaba tan agotada que dormía a pesar de todo el ruido.

A las cinco de la mañana, cuando la monja llamó a la puerta del dormitorio, la respiración de Anna era tranquila y regular, como cuando uno duerme profundamente.

—Hermana Michael. —Lib saltó de la silla; tenía las piernas entumecidas.

La monja asintió afablemente.

Anna se revolvió en la cama. Lib contuvo la respiración, esperando hasta estar segura de que la pequeña seguía dormida.

—No he encontrado ninguna Biblia —susurró entonces—. ¿Qué es exactamente el maná?

Un breve titubeo; era evidente que la monja estaba decidiendo si aquella era o no la clase de conversación que se le permitía mantener según las instrucciones.

—Si mal no recuerdo, caía a diario para alimentar a los hijos de Israel mientras huían de sus perseguidores por el desierto.

Mientras hablaba, la hermana Michael sacó un libro negro de la bolsa y pasó las hojas de papel cebolla. Buscó en una página, luego en la siguiente, después en la posterior a esta. Puso la punta ancha del dedo en el papel.

Lib leyó por encima de su hombro:

> Por la mañana, una capa de rocío rodeaba el campamento. Al desaparecer el rocío, sobre el desierto quedaron unos copos muy finos, semejantes a la escarcha que cae sobre la tierra. Como los israelitas no sabían lo que era, al verlo se preguntaban unos a otros: *Manhu?*, que significa «¿y esto qué es?». Moisés les respondió: «Es el pan que el Señor os da para comer.»

—¿Un cereal, pues? —preguntó Lib—. Sólido, aunque lo describan como rocío.

La monja recorrió la página con el dedo hasta un versículo posterior: «Y era como simiente de cilantro, blanco, y su sabor como de hojuelas con miel.»

La simpleza de aquello, la estupidez, sorprendió a Lib: el sueño infantil de recoger dulces del suelo. Como lo de encontrar una casa de pan de jengibre en el bosque.

—¿Eso es todo?

—«Y los hijos de Israel comieron maná durante cuarenta años», leyó la monja. Luego cerró el libro.

Así que Anna O'Donnell creía estar viviendo de una especie de harina de semillas celestiales. De *manhu*, que significaba «¿y esto qué es?». Estuvo tentada de inclinarse hacia la otra y decirle: «Admítalo, hermana Michael. ¿No puede dejar por una vez de lado sus prejuicios y reconocer que todo esto es un disparate?»

Pero eso habría sido exactamente la clase de atribución que McBrearty había prohibido. (¿Por miedo a que la inglesa fuera demasiado hábil quitando las viejas telarañas de la superstición con la escoba de la lógica?) Además, quizás era mejor no preguntar. Ya era lo bastante malo, en opinión de Lib, que las dos estuvieran trabajando bajo la supervisión de un anciano matasanos. Si confirmaba su sospecha de que su compañera enfermera creía que una cría podía vivir del pan del más allá, ¿cómo iba a seguir trabajando con ella?

Rosaleen O'Donnell se asomó a la puerta.

—Su hija todavía no se ha despertado —le dijo Lib.

La cara desapareció.

—Hay que mantener esta lámpara encendida toda la noche a partir de ahora —le dijo a la monja.

—Muy bien.

Por último, una pequeña humillación. Abrió el cofrecillo para enseñarle la palmatoria rota.

—Me temo que se ha caído. ¿Puede decirle a Anna que lo siento?

La hermana Michael frunció los labios juntando de nuevo a la Madre y el Niño. Lib recogió la capa y la bolsa.

Mientras caminaba hacia el pueblo iba temblando. Tenía un tirón en la espalda. Estaba hambrienta, supuso; no había tomado bocado desde la cena en la posada el día anterior antes del turno de noche. Se notaba la cabeza espesa. Se sentía cansada. Era miércoles por la mañana y no había dormido desde el lunes. Lo peor era que una niña estaba siendo más lista que ella.

A las diez Lib estaba de nuevo en pie. Le costaba seguir durmiendo con todo el ruido que había abajo, en la tienda.

El señor Ryan, su anfitrión de rubicunda cara, dirigía a un par de chicos que acarreaban toneles hasta la bodega. Tosió por encima del hombro con un sonido como de cartón partiéndose y dijo que era demasiado tarde para desayunar nada porque su hija Maggie no tenía las planchas de asar, así que la señora Wright debería esperar hasta el mediodía.

Lib había ido a preguntar si podían limpiarle las botas, pero en vez de hacerlo pidió trapos, betún y cepillo para hacerlo ella. Si pensaban que la inglesa era demasiado petulante para ensuciarse las manos, no podían estar más equivocados.

Cuando las botas estuvieron relucientes, se sentó a leer *Adam Bede* en su habitación, pero la moralina del señor Eliot le resultaba tediosa y su estómago protestaba.

Las campanas del ángelus sonaron al otro lado de la calle. Lib miró la hora y vio que ya pasaban dos minutos de las doce.

Cuando bajó al comedor no había nadie; el periodista seguramente se había marchado a Dublín. Masticó en silencio su jamón.

—Buenos días, señora Wright —le dijo Anna cuando llegó por la tarde.

La habitación olía a cerrado. La niña estaba tan despierta como siempre, tejiendo unos calcetines de lana beige.

Lib arqueó las cejas hacia la hermana Michael, inquisitivamente.

—Ninguna novedad —murmuró la monja—. Ha tomado dos cucharadas de agua. —Cerró la puerta al salir.

Anna no dijo ni una palabra sobre la palmatoria rota.

—Tal vez podría decirme su nombre de pila hoy.

—En lugar de eso te diré una adivinanza —le ofreció Lib.

—Vale.

—No tengo piernas pero bailo; soy como una hoja.

Soy como una hoja, pero no crezco en ningún árbol;
soy como un pez, pero el agua me mata;
soy tu amiga, ¡pero no te acerques demasiado!

—No te acerques demasiado —murmuró Anna—. ¿Por qué? ¿Qué pasará si lo hago?

Lib esperó.

—Agua, no. No tocarla. Solo dejar que baile... —Una sonrisa le iluminó la cara—. ¡Una llama!

—Muy bien —la felicitó Lib.

Aquella tarde se le hizo larga. No de la manera silenciosa y prolongada del turno de noche; era un tedio roto por interrupciones enervantes. En dos ocasiones se oyeron golpes en la puerta principal y Lib se armó de valor.

Una discusión en la puerta y luego Rosaleen O'Donnell entrando en la habitación de Anna para anunciar que, por orden del doctor McBrearty, había tenido que echar a los visitantes. ¡Media docena de personas importantes de Francia la primera vez y la segunda un grupo del Cabo, imagínese! Esa buena gente había oído hablar de Anna cuando pasaban por Cork o por Belfast y había recorrido toda aquella distancia en tren y carruaje porque no concebía marcharse del país sin conocerla. Habían insistido en que la señora O'Donnell entrara con aquel ramo, con aquellos libros edificantes, que transmitiera su ferviente pesar por haberles sido negado ver aunque fuese brevemente a aquella maravillosa pequeña.

A la tercera, Lib estaba preparada con una nota que sugirió a la madre que pegara en la puerta de la cabaña.

POR FAVOR,

ABSTÉNGANSE DE LLAMAR A LA PUERTA.

LA FAMILIA O'DONNELL

NO DEBE SER MOLESTADA.

LES AGRADECEN QUE PIENSEN EN ELLOS.

Rosaleen la aceptó con un resoplido apenas audible.

Anna no parecía prestar atención a nada de todo aquello mientras daba puntadas. Pasaba el día como cualquier niña, pensó Lib, leyendo, cosiendo, arreglando las flores de los visitantes en una jarra alta... pero sin comer.

O eso parecía, se corrigió, molesta por haber caído en la farsa aunque fuese brevemente. Sin embargo, una cosa era cierta: la niña no estaba tomando ni siquiera una migaja mientras ella la observaba. Incluso si la monja se hubiera dormido el lunes por la noche y Anna hubiera tomado unos cuantos bocados, ya era miércoles por la tarde. Era el tercer día entero que Anna pasaba sin comer.

El pulso se le aceleró porque se le ocurrió que si la estricta supervisión impedía a Anna conseguir alimentos por los métodos anteriores, la niña podía estar empezando a sufrir en serio.

¿Podía haber tenido la vigilancia el perverso efecto de convertir la mentira de los O'Donnell en una verdad?

De la cocina, intermitentemente, le llegaban los chasquidos y los golpes que hacía la criada usando una anticuada mantequera. Canturreaba en voz baja.

—¿Eso es un himno? —le preguntó Lib a la niña.

Anna sacudió la cabeza.

—Kitty tiene que encantar a la mantequilla para que se haga.

Recitó la cantinela.

> Come, butter, come,
> Come, butter, come,
> Peter stands at the gate,
> Waiting for a buttered cake.*

Qué se le pasaría por la cabeza cuando pensaba en mantequilla o en un pastel, pensó Lib. Se fijó en la vena azul del dorso de la mano de Anna y recordó la extraña teoría que había mencionado McBrearty acerca de la reabsorción de la sangre.

—Supongo que todavía no tienes la regla, ¿verdad? —le preguntó en voz baja.

Anna no la entendió.

¿Cómo lo llamarían las irlandesas?

—La menstruación. ¿Has sangrado alguna vez?

—Unas cuantas —dijo Anna, con cara de haberla entendido por fin.

—¿En serio? —Lib estaba sorprendida.

—Por la boca.

—Ah.

* Ven, mantequilla, ven, / ven, mantequilla, ven. / Pedro está en la puerta / esperando un pastel de mantequilla. (*N. de la T.*)

¿Era posible que una niña de once años que vivía en una granja fuera tan inocente como para no saber nada acerca de hacerse mujer?

Voluntariosa, Anna se metió un dedo en la boca; lo sacó manchado de rojo.

A Lib le dio vergüenza no haberle examinado atentamente las encías el primer día.

—Abre bien la boca un momento.

Sí, el tejido estaba hinchado y tenía manchas amoratadas. Le sujetó un incisivo y trató de moverlo. ¿Le bailaba un poco?

—Tengo otra adivinanza para ti —le dijo, para restar seriedad al momento.

Un rebaño de ovejas blancas
en una colina roja
que van y que vienen
y ahora se detienen.

—Los dientes —exclamó Anna de manera poco inteligible.

—Muy bien. —Lib se secó la mano con el delantal.

De repente se dio cuenta de que iba a tener que hacerle una advertencia a la niña, aunque no la hubieran contratado para eso.

—Anna, creo que sufres una dolencia típica de los viajes largos por mar, debida a la pobreza de la dieta.

La niña la escuchaba con la cabeza ladeada, como si le estuviera contando un cuento.

—Estoy muy bien.

Lib cruzó los brazos.

—En mi opinión como experta, no lo estás.

Anna se limitó a sonreír.

Lib tuvo un arrebato de rabia. Que una niña que gozaba de la bendición de una buena salud se embarcara en aquel juego espantoso...

En aquel preciso momento Kitty llegó con la bandeja de la cena y dejó entrar una ráfaga de aire lleno de humo de la cocina.

—¿Siempre hay que tener el fuego tan fuerte —le preguntó Lib—, incluso en un día tan cálido como hoy?

—El humo seca la paja y conserva las vigas —repuso la criada, señalando el techo bajo—. Si alguna vez dejáramos que el fuego se apagara, seguro que la casa se vendría abajo.

Lib no se tomó la molestia de corregirla. ¿Había algún aspecto de la vida que aquella criatura no viera a través del cristal de la superstición?

La cena consistía en tres pescados minúsculos llamados *roach* que el padre había pescado en el lago. No sabían a nada, pero al menos no eran gachas de avena. Lib se sacó las espinas de la boca y las dejó en el borde del plato.

Pasaron las horas. Leía la novela, pero perdía el hilo del argumento. Anna bebió dos cucharadas de agua y orinó un poquito. Nada que llegara a ser una prueba, hasta el momento. Llovió un ratito y las gotas se deslizaron por el pequeño cristal. Cuando escampó, a Lib le habría gustado salir a dar un paseo, pero pensó que tal vez hubiera ávidos suplicantes rondando por la carretera con la esperanza de echarle un vistazo a Anna.

La niña sacó las estampitas de los libros y susurró dulces palabras.

—Siento mucho lo de tu palmatoria —le dijo Lib—. No tendría que haber sido tan torpe o tendría que haberla sacado en primer lugar.

—Te perdono —le dijo Anna.

Lib trató de recordar si alguien le había dicho eso alguna vez con tanta formalidad.

—Sé que le tenías mucho aprecio. ¿No era un regalo de confirmación?

La niña sacó los trozos del cofre y acarició la grieta de unión.

—Es mejor no tener demasiado apego por las cosas.

Aquel tono de renuncia la dejó helada. ¿No formaba parte de la naturaleza de los niños el hecho de codiciar todos los placeres de la vida?

Recordó las palabras del rosario. Los desterrados hijos de Eva. Deleitándose con cada fruta caída del cielo que encontraban.

Anna cogió el paquetito de pelo y lo devolvió al interior del cuerpo de la Virgen. Era demasiado oscuro para ser suyo. ¿De una amiga? ¿Del hermano? Sí, Anna podía muy bien haberle pedido a Pat un rizo de pelo antes de que el barco se lo llevara lejos.

—¿Qué oraciones rezan los protestantes? —le preguntó la niña.

A Lib la sorprendió la pregunta. Se proponía darle una respuesta inocua acerca de las similitudes entre las dos tradiciones, pero lo que le dijo fue:

—Yo no rezo.

Anna abrió los ojos como platos.

—Tampoco voy a la iglesia desde hace varios años —añadió.

De perdidos al río.

—Más felicidad que una fiesta —citó la niña.

—¿Cómo?

—La oración da más felicidad que una fiesta.

—Nunca me ha parecido que me hiciera mucho bien. —Lib se sentía absurdamente avergonzada de su admisión—. No tenía la sensación de obtener respuesta.

—Pobre señora Wright —murmuró Anna—. ¿Por qué no me dice su nombre de pila?

—Pobre, ¿por qué?

—Porque su alma tiene que ser muy solitaria. Ese silencio que oye usted, cuando intenta rezar... es el sonido de Dios escuchándola. —Se le había iluminado la cara.

Un escándalo en la puerta principal sacó a Lib de la conversación.

Una voz masculina que ahogaba la de Rosaleen O'Donnell; aunque incapaz de entender más de unas cuantas palabras, Lib supo que era un caballero inglés y que estaba de mal humor. Luego oyó el portazo de la puerta principal.

Anna ni siquiera alzó la vista del libro que había cogido,

154

El jardín del alma. Kitty se acercó a comprobar que la lámpara estuviera preparada.

—He oído decir que los vapores de una lámpara se prendieron fuego —le advirtió a Lib—, ¡y que la familia quedó reducida a cenizas por la noche!

—El cristal de la lámpara estaría tiznado, en tal caso, así que límpiala bien.

—Bien —dijo Kitty con uno de sus tremendos bostezos.

Al cabo de media hora volvió el mismo solicitante enfadado. Un instante después entraba con ímpetu en la habitación de Anna seguido por Rosaleen O'Donnell. Tenía una frente abombada bajo unos largos bucles plateados. Se presentó a Lib como el doctor Standish, jefe médico de un hospital de Dublín.

—Trae una nota del doctor McBrearty —dijo Rosaleen, agitándola—. Dice que podemos hacer una excepción y dejarlo entrar por ser un visitante muy distinguido.

—Dado que estoy aquí por cortesía profesional —vociferó Standish, con un acento inglés muy marcado—. No me gusta perder el tiempo viéndome obligado a ir de acá para allá por estos andurriales para conseguir permiso para examinar a una niña. —Mantenía los ojos de color azul pálido clavados en Anna.

La pequeña parecía nerviosa. Lib se preguntó si temía que aquel médico encontrara algo que McBrearty y las enfermeras no habían hallado. ¿O lo estaba simplemente porque aquel hombre era tan severo?

—¿Puedo ofrecerle una taza de té? —preguntó la señora O'Donnell.

155

—No, gracias —le respondió con tanta sequedad que ella retrocedió y cerró la puerta.

El doctor Standish olisqueó el aire.

—¿Cuándo se fumigó por última vez esta habitación, enfermera?

—El aire fresco que entra por la ventana, señor...

—Ocúpese. Hipoclorito de calcio, o zinc. Pero, en primer lugar, tenga la amabilidad de desvestir a la niña.

—Ya le he tomado las medidas; si quiere verlas... —le ofreció Lib.

Él rechazó la libreta de notas con un gesto e insistió en que desvistiera a Anna hasta que la niña estuvo completamente desnuda.

La pequeña temblaba sobre el colchón de lana, con las manos a los lados. Los omóplatos y los codos angulosos, las pantorrillas y el vientre prominentes; Anna tenía carne, pero toda se le había ido hacia abajo, como si se estuviera fundiendo lentamente. Lib apartó la vista. ¿Qué caballero desnudaría a una niña de once años como si fuera un ganso desplumado colgado de un gancho?

Standish seguía auscultando y palpando, dando golpecitos a Anna con su instrumental frío, impartiéndole un aluvión de órdenes.

—Saca más la lengua.

Le metió el dedo tan profundamente en la garganta que a la niña le dieron arcadas.

—¿Esto te duele? —le preguntó, presionando entre las costillas—. ¿Y esto? ¿Qué me dices de esto?

156

Anna sacudía la cabeza, negando, pero Lib no la creía.

—¿Puedes inclinarte más? Inspira y contén la respiración —le dijo el médico—. Tose. Otra vez. Más fuerte. ¿Cuándo fuiste de vientre por última vez?

—No me acuerdo —susurró Anna.

Él le clavó un dedo en las piernas deformes.

—¿Esto te hace daño?

Anna se encogió levemente de hombros.

—Respóndeme.

—Daño no es la palabra adecuada.

—Bien, ¿qué palabra prefieres?

—Resuena.

—¿Resuena?

—Es como si resonara.

Standish bufó y le levantó un pie hinchado para rascarle la planta con una uña.

¿Resuena? Lib trató de imaginarse el estar hinchada, con cada célula a punto de estallar. ¿Notaría la sensación de vibración aguda, el cuerpo entero como un arco tensado?

Por fin Standish le dijo a la niña que se vistiera y guardó el instrumental en el maletín.

—Como sospechaba, es un simple caso de histeria —soltó en dirección a Lib.

Se quedó desconcertada. Anna no se parecía a ninguna histérica con la que se hubiera topado en el hospital: ni tics, ni desmayos, ni parálisis, ni convulsiones; no se quedaba con la mirada fija ni daba chillidos.

—He tenido pacientes que comían por la noche en las

salas de mi hospital, pacientes que solo comen cuando nadie los observa —añadió—. En nada se diferencian de esta, solo que a ella la han consentido hasta el extremo de medio matarse de hambre.

¿Medio matarse de hambre? Así que Standish creía que Anna birlaba comida, aunque mucha menos de la que necesitaba. O a lo mejor que había estado comiendo bastante hasta que había empezado la vigilancia, el lunes por la mañana, pero desde entonces no había probado bocado. Lib tuvo un miedo espantoso de que tuviera razón. Pero ¿estaba Anna más cerca de la inanición o más cerca de estar bien? ¿Cómo cuantificar la condición de estar vivo?

Atándose la ropa interior a la cintura, Anna no daba muestras de haber oído nada.

—Mi prescripción es muy sencilla —dijo Standish—. Un cuarto de arrurruz con leche, tres veces al día.

Lib se lo quedó mirando y luego dijo lo evidente.

—No va a ingerir nada.

—¡Pues cébela como a una oveja, mujer!

Anna se estremeció ligeramente.

—Doctor Standish —protestó Lib. Sabía que el personal de los asilos y las cárceles solía recurrir a la fuerza, pero...

—Si uno de mis pacientes rechaza por dos veces la comida, mis enfermeras tienen órdenes de usar un tubo de goma, por arriba o por abajo.

Lib tardó un segundo en entender a qué se refería el doctor cuando decía «por abajo». Dio un paso adelante y se interpuso entre él y Anna.

—Solo el doctor McBrearty puede dar tal orden, con permiso de los padres.

—Es exactamente como sospeché cuando leí sobre el caso en el periódico —escupió Standish las palabras—. Involucrándose con esta mocosa y dignificando su farsa al establecer formalmente una vigilancia, McBrearty se ha convertido en el hazmerreír. No, ¡ha convertido en el hazmerreír a toda su desafortunada nación!

Lib no podía menos que estar de acuerdo con eso. No apartaba los ojos de la cabeza gacha de Anna.

—Pero esta innecesaria crueldad, doctor...

—¿Innecesaria? —bufó—. Mire en qué estado se encuentra: llena de costras, peluda y gruesa por la hidropesía.

Standish salió dando un portazo. Un silencio tenso en la habitación. Lib lo oyó ladrarles algo a los O'Donnell en la cocina y luego el carruaje alejándose.

Rosaleen O'Donnell asomó la cabeza por la puerta.

—En nombre de Dios, ¿qué ha pasado?

—Nada —repuso Lib, sosteniéndole la mirada hasta que la mujer se retiró.

Creyó que Anna lloraría, pero no, la niña estaba más amable que nunca, ajustándose los diminutos puños.

Standish tenía años, no, décadas de estudio y experiencia más que Lib, más que cualquier mujer podría llegar a tener. La piel velluda y escamosa de Anna, la carne hinchada... en sí mismas cosas sin importancia, pero ¿tendría razón él en que implicaban que estaba en verdadero peligro por comer tan poco?

Le dieron ganas de abrazar a la niña.

Las aguantó, por supuesto.

Se acordó de una enfermera pecosa de Scutari que se quejaba de que no se les permitiera obedecer los dictados de su corazón: por ejemplo, pasar un cuarto de hora sentadas con un moribundo para ofrecerle unas palabras de consuelo. A la señorita N. se le habían dilatado las aletas de la nariz. ¿Sabe lo que puede consolar a ese hombre, si algo puede hacerlo? Una almohada para apoyar el muñón de la rodilla. Así que en lugar de hacerle caso a su corazón hágame caso a mí y siga trabajando.

—¿Qué significa fumigado? —preguntó Anna.

—El aire se puede purificar quemando ciertas substancias desinfectantes. Mi maestra no creía en eso. —Se acercó en dos pasos a la cama de Anna y se puso a arreglar las sábanas hasta enderezarlas perfectamente.

—¿Por qué no?

—Porque lo que hay que sacar de la habitación es lo dañino, no solo su olor. Mi maestra incluso bromeaba acerca de eso.

—Me gustan las bromas —dijo Anna.

—Bueno, pues decía que las fumigaciones son de vital importancia para la medicina, porque dejan un olor tan espantoso que te obliga a abrir la ventana.

Anna soltó una risita.

—¿Hacía muchas bromas?

—No me acuerdo de ninguna otra.

—¿Qué hay dañino en esta habitación? —La niña miró de una pared a otra, como si fuera a saltar sobre ella el coco.

—Lo único que te perjudica es el ayuno. —Las palabras de Lib fueron como piedras arrojadas en la apacible habitación—. Tu cuerpo necesita nutrirse.

La niña negó con la cabeza.

—Comida terrenal, no.

—El cuerpo de todo el mundo...

—El mío no.

—¡Anna O'Donnell! Ya has oído lo que ha dicho el médico: medio muerta de hambre. Puedes estar perjudicándote gravemente.

—Se equivoca.

—No, la que se equivoca eres tú. Cuando ves un pedazo de beicon, dime, ¿no sientes nada?

Anna frunció la frentecita.

—¿No sientes el impulso de metértelo en la boca y masticarlo, como has hecho durante once años?

—Ya no.

—¿Por qué? ¿Qué puede haber cambiado?

—Es como una herradura —dijo Anna tras una larga pausa.

—¿Una herradura?

—Como si el beicon fuese una herradura, o un leño, o una roca —le explicó—. Una roca no tiene nada de malo, pero no la masticas, ¿verdad?

Lib se la quedó mirando.

—Su cena, 'ñora —dijo Kitty, entrando con una bandeja que dejó en la cama.

A Lib le temblaban las manos cuando abrió la puerta de la licorería aquella noche. Su intención había sido intercambiar unas palabras con la monja durante el cambio de turno, pero seguía demasiado alterada por la discusión con el doctor Standish.

Esa noche no había granjeros de juerga en la barra. Casi había llegado a las escaleras cuando alguien entró por la puerta.

—No me dijo quién era en realidad, enfermera Wright.

El escritorzuelo. Lib maldijo para sus adentros.

—¿Sigue por aquí, señor...? ¿Burke, se llama usted?

—Byrne —la corrigió—. William Byrne.

Fingir no recordar un apellido era un modo seguro de incordiar.

—Buenas noches, señor Byrne. —Siguió hacia las escaleras.

—Podría tener la cortesía de quedarse un minuto. ¡He tenido que enterarme por Maggie Ryan de que fue usted la que me impidió acceder a la cabaña!

—No creo haber dicho nada que lo indujera a malinterpretar mi presencia en este lugar. Si ha sacado conclusiones precipitadas injustificadamente...

—Usted no se parece a ninguna enfermera que yo conozca ni habla como ellas —protestó.

Lib disimuló una sonrisa.

—Entonces su experiencia se limita sin duda a las de la vieja escuela.

—Delo por hecho —repuso Byrne—. Así que, ¿cuándo podría hablar con su paciente?

—Simplemente protejo a Anna O'Donnell de las intromisiones del mundo exterior, incluidas, quizá más que cualquier otra —añadió—, las del mundillo de los escritores desconocidos.

Byrne se le acercó.

—¿No diría usted que la niña persigue tanto la atención de ese mundillo cuando asegura ser una rareza de la naturaleza como cualquier sirena de Fiji de un *show* de los horrores?

La idea crispó a Lib.

—No es más que una niña pequeña.

La candela que llevaba William Byrne en la mano le iluminaba los rizos cobrizos.

—Se lo advierto, 'ñora, me instalaré delante de su ventana. Brincaré como un mono y apoyaré la nariz en el cristal y haré muecas hasta que la pequeña ruegue que me dejen entrar.

—No lo hará.

—¿Qué me propone para que no lo haga?

Lib suspiró. ¡Qué ganas tenía de acostarse!

—Yo responderé a sus preguntas, ¿le vale así?

Él frunció los labios.

—¿A todas?

—Por supuesto que no.

El joven sonrió.

—Entonces mi respuesta es no.

—Brinque cuanto quiera —le dijo Lib—. Correré la cortina. —Subió otros dos escalones antes de añadir—: Convirtiéndose en una molestia al inmiscuirse en el desarrollo de esta vigilancia usted y su periódico no conseguirán otra cosa que mala reputación. Y, no lo dude, se ganarán las iras de todo el comité.

La risa del sujeto resonó en la habitación.

—¿No conoce a quienes la han contratado? No son un panteón armado con rayos. El matasanos, el cura, nuestro tabernero anfitrión y unos cuantos amigos suyos: ahí tiene a todo su comité.

Lib estaba desconcertada. McBrearty le había dado a entender que estaba formado por muchos hombres importantes.

—Insisto en que obtendrá más de mí que de importunar a los O'Donnell.

Los ojos claros de Byrne la valoraron.

—Muy bien.

—¿Mañana por la tarde, quizá?

—Ahora mismo, enfermera Wright. —Le hizo señas para que bajara.

—Son casi las diez —dijo Lib.

—Mi editor me despedirá si no mando algo sustancial en el próximo correo. ¡Por favor! —le insistió de un modo casi infantil.

Para acabar con aquello de una vez por todas, Lib bajó y se sentó a la mesa. Indicó con la barbilla la libreta de notas.

—¿Qué tiene hasta el momento? ¿Homero y Platón?

Byrne esbozó una sonrisa torcida.

—Opiniones varias de viajeros a los que hoy se les ha

negado la entrada. Una curandera de Manchester que quiere conseguir que la niña recupere el apetito por imposición de manos. Un pez gordo de la profesión médica dos veces más indignado que yo por verse rechazado.

Lib hizo una mueca. De lo último que quería hablar era de Standish y sus recomendaciones. Se le ocurrió que si el periodista no había visto al médico de Dublín en el establecimiento de Ryan aquella noche, eso significaba que tenía que haber vuelto directamente a la capital después de examinar a Anna.

—Una mujer ha sugerido que puede que la niña se bañe en aceite para que parte de él le entre por los poros y las cutículas —dijo Byrne—, y un tipo me ha asegurado que su primo de Filadelfia consigue resultados notables con imanes.

Lib rio entre dientes.

—Bueno, me ha obligado usted a sacar lo que he podido —dijo Byrne, quitándole el capuchón a la pluma—. ¿Por qué tanto secreto? ¿Qué ayuda a ocultar a los O'Donnell?

—Al contrario, esta vigilancia se lleva a cabo escrupulosamente para descubrir cualquier engaño —le dijo ella—. No puede permitirse que nada nos distraiga de observar todos los movimientos de la niña, para asegurarnos de que no se lleve nada de comida a la boca.

Él había dejado de escribir y se arrellanó.

—Un experimento bastante cruel, ¿no?

Lib se mordió el labio inferior.

—Asumamos que la picaruela ha estado consiguiendo

comida a escondidas de alguna manera desde la primavera, ¿de acuerdo?

En aquel pueblo de fanáticos, la actitud realista de Byrne era un alivio.

—Pero si su vigilancia es tan perfecta, eso quiere decir que Anna O'Donnell ya lleva tres días sin comer.

Lib tragó saliva con dificultad. Eso era exactamente lo que empezaba a temer, pero no quería admitirlo delante de aquel tipo.

—No es necesariamente perfecta. Sospecho que durante los turnos de la monja...

¿Iba de verdad a acusar a su compañera enfermera sin pruebas?

Tomó por otros derroteros.

—La vigilancia es por el bien de Anna, para desenredarla de su red de mentiras.

Seguro que Anna deseaba volver a ser una niña normal y corriente, ¿no?

—¿Matándola de hambre?

Aquel individuo tenía una mente tan analítica como la suya.

—Tengo que ser cruel para ser amable —citó Lib.

Él pilló la cita.

—Hamlet mató a tres personas, o a cinco, contando a Rosencrantz y a Guildenstern.

Imposible igualar en ingenio a un periodista.

—Hablarán si empieza a debilitarse —insistió—. Uno de los padres, o los dos, o la criada, quien esté detrás de esto.

Sobre todo desde que impido que saquen el dinero a las visitas.

Byrne enarcó mucho las cejas.

—¿Hablarán, asumirán la culpa y dejarán que los lleven ante un juez por fraude?

Lib comprendió que no había tenido en cuenta el aspecto penal del asunto.

—Bueno, más pronto o más tarde, una niña hambrienta acabará por derrumbarse y confesar.

Sin embargo, mientras lo decía se dio cuenta con un escalofrío de que no se lo creía. Anna O'Donnell había sobrepasado el punto del hambre.

Se levantó con esfuerzo.

—Tengo que dormir, señor Byrne.

Él se apartó el pelo de la frente.

—Si de verdad no tiene nada que ocultar, señora Wright, déjeme entrar a ver a la niña diez minutos y cantaré sus alabanzas en mi próxima entrega.

—No me gustan sus tratos, señor.

Esta vez la dejó marchar.

En su habitación, Lib intentó dormir. Aquellos turnos de ocho horas sembraban el caos en los ritmos del cuerpo. Salió del hueco del colchón y aplanó la almohada. Entonces, sentada en la oscuridad, se le ocurrió algo por primera vez: ¿Y si Anna no mentía?

Durante un buen rato dejó a un lado todos los hechos. Entender la enfermedad era lo primero para ser una verdadera enfermera, le había enseñado la señorita N.; había que captar tanto el estado mental como el físico del paciente. Así que la pregunta era si la niña se creía su propia historia.

La respuesta estaba clara. Anna O'Donnell rezumaba convicción. Tal vez se tratara de un caso de histeria, pero era profundamente sincera.

Hundió los hombros. Aquella niña de cara dulce no era el enemigo, no era un preso curtido sino solo una niña atrapada en una especie de ensoñación, acercándose inadvertidamente al borde de un precipicio. No era más que una paciente que necesitaba su ayuda como enfermera, y enseguida.

3

Ayuno

Ayunar
   abstenerse de tomar alimento.
   Un período de ayuno
   fijo, cerrado, seguro,
   continuo, firme, obstinado.

Eran las cinco de la mañana del jueves cuando Lib entró en el dormitorio. A la luz de la lámpara apestosa, observó cómo dormía Anna O'Donnell.

—¿Ningún cambio? —le susurró a la monja.

Un gesto de negación de la cabeza cubierta por la cofia.

¿Cómo podía sacar el tema de la visita del doctor Standish sin expresar su opinión? ¿Y qué opinaría una monja que creía que una niña pequeña podía vivir del maná del cielo de la teoría del médico, es decir, que Anna era una histérica que se mataba de hambre?

La hermana Michael cogió la capa, la bolsa y se marchó.

La cara de la niña sobre la almohada era una fruta caída. Hinchada alrededor de los ojos aquella mañana, notó, tal vez por haber dormido plana toda la noche. Tenía una rojez en una mejilla debida a una arruga de la almohada. El cuerpo de Anna era una página en blanco que registraba todo lo que le había pasado.

Cogió una silla y se sentó a observar a Anna desde una

distancia de menos de medio metro. La mejilla redonda; la caja torácica y el vientre que subían y bajaban.

La niña creía realmente que llevaba cuatro meses sin comer, pero su cuerpo contaba otra historia. Eso significaba que hasta el domingo por la noche alguien la había estado alimentando y ella, por algún motivo, lo había... olvidado. O tal vez nunca se había dado cuenta. ¿Podían haberle dado de comer estando Anna en una especie de trance? ¿Podía una criatura profundamente dormida tragarse la comida sin atragantarse, como los sonámbulos, que deambulan por la casa con los ojos cerrados? A lo mejor cuando se despertaba solo sabía que estaba saciada, como si se hubiera alimentado de rocío celestial.

Sin embargo, eso no explicaba por qué, día tras día, y ya llevaban cuatro de observación, la niña no demostraba interés alguno por la comida. Más todavía: a pesar de los peculiares síntomas que presentaba, Anna seguía convencida de que podía vivir sin comer.

Una obsesión, una manía suponía Lib que podía llamarse. Una enfermedad mental. ¿Histeria, como había dicho aquel médico espantoso? Anna le recordaba a la princesa hechizada de un cuento de hadas. ¿Qué podía devolver a la niña a la normalidad? Un príncipe, no. ¿Una hierba mágica de los lejanos confines del mundo? ¿Un golpe que le sacara el mordisco envenenado de manzana de la garganta? No, algo tan simple como respirar: el sentido común. ¿Y si Lib despertaba a la niña inmediatamente y le decía: ¡Recupera el sentido!? Aunque suponía que negarse a aceptar que uno estaba loco formaba parte de la definición de locura. Las salas de hospital de Standish estaban llenas de personas así.

Además, ¿había que considerar a los niños en su sano juicio? La de siete años se consideraba la edad de la razón, pero por lo que Lib sabía de las criaturas de siete años, seguían teniendo una imaginación desbordante. Los niños vivían para jugar. Eran capaces de trabajar, por supuesto, pero en los momentos que escatimaban al trabajo se tomaban los juegos con tanta seriedad como los lunáticos sus delirios.

Como pequeños dioses, los niños creaban mundos en miniatura con barro, o incluso solo con palabras. Para ellos, la verdad no era nunca simple. Sin embargo, Anna tenía once años, nada que ver con tener siete. Los demás niños de once años sabían si habían comido o no; eran lo bastante mayores para distinguir la fantasía de la realidad.

El caso de Anna O'Donnell era muy diferente, algo le pasaba. Seguía durmiendo profundamente. Encuadrado por el pequeño cristal que tenía detrás, el horizonte derramaba oro líquido. La simple idea de aterrorizar a una criatura delicada con tubos, bombeando comida en su cuerpo por arriba o por abajo...

Para quitarse de la cabeza aquellas ideas, Lib cogió *Notas sobre enfermería*. Se fijó en una frase que había subrayado cuando lo había leído por primera vez: «No tiene que ser chismosa ni charlatana; nunca debe responder a preguntas acerca de su paciente, exceptuando a quienes tienen derecho a plantearlas.» ¿Tenía William Byrne ese derecho? No tendría que haberle hablado con tanta franqueza en el comedor la noche anterior..., o no tendría que haber hablado con él en absoluto, seguramente.

Alzó la vista del libro y se sobresaltó, porque la niña la estaba mirando.

—Buenos días, Anna. —Le salió con demasiada precipitación, como una admisión de culpabilidad.

—Buenos días, señora Como-se-llame.

Aquello había sido una insolencia, pero Lib soltó una carcajada.

—Elizabeth, por si quieres saberlo. —Le sonó extraño. El que había sido durante once meses su marido había sido el último en llamarla así. En el hospital era la señora Wright.

—Buenos días, doña Elizabeth —probó Anna.

Para Lib fue como si se estuviera dirigiendo a una mujer completamente distinta.

—Nadie me llama así.

—¿Cómo la llaman, entonces? —inquirió Anna, apoyándose en los codos y frotándose un ojo para despertarse.

Lib ya lamentaba haberle dicho su nombre de pila, pero no iba a estar allí mucho tiempo, así que, ¿qué más daba?

—Señora Wright o enfermera o señora. ¿Has dormido bien?

La niña se sentó con dificultad.

—He dormido y he descansado —murmuró—. ¿Cómo la llama su familia?

Lib quedó desconcertada por aquel brusco cambio de las Sagradas Escrituras a una conversación corriente.

—No me queda familia.

Técnicamente era cierto; su hermana, si vivía aún, había escogido estar fuera del alcance de Lib.

Anna abrió los ojos como platos.

En la infancia, recordó Lib, la familia parecía tan necesaria e ineludible como una cadena montañosa. No imaginabas que con el paso de los años podrías derivar hacia territorio ilimitado.

La idea de lo sola que estaba en el mundo la golpeó.

—Pero, cuando era pequeña —dijo Anna—, ¿la llamaban Eliza, Elsie, Effie?

—¿Qué es esto, el cuento de Rumpelstiltskin? —bromeó Lib.

—¿Quién es ese?

—Un duendecillo que...

Pero Rosaleen O'Donnell entró corriendo a darle los buenos días a su hija. Ni siquiera se dignó mirar a la enfermera. Plantó aquella espalda ancha como un escudo delante de la niña, inclinó aquella cabeza oscura hacia la más pequeña. Pronunció palabras de cariño; en gaélico, seguro.

A Lib la actuación le dio dentera.

Supuso que cuando a una madre le queda un solo hijo en casa, canaliza toda su pasión hacia él. Se preguntó si habrían tenido Pat y Anna más hermanos o hermanas.

Anna se arrodilló al lado de su madre, con las manos juntas y los ojos cerrados.

—He pecado gravemente de pensamiento, palabra y obra; por mi culpa, por mi culpa, por mi grandísima culpa.

Cada vez que decía «culpa», la niña se golpeaba el pecho con el puño.

—Amén —entonó la señora O'Donnell.

Anna empezó otra oración.

—Virgen sagrada María, yo te ofrezco en este día alma, vida y corazón.

Lib se planteó la larga mañana que tenía por delante. En adelante tendría que mantener a la niña fuera de la vista por si llegaban visitas.

—Anna —le dijo en cuanto la madre volvió a la cocina—, ¿y si salimos a dar un paseo?

—Apenas se ha hecho de día.

Lib todavía no le había tomado el pulso a la niña, pero eso podía esperar.

—¿Por qué no? Vístete y ponte la capa.

La niña se santiguó y susurró la oración a Teodoro mientras se sacaba el camisón por la cabeza. ¿Tenía otro morado en el omóplato, de un marrón verdoso? Lib tomó buena nota.

En la cocina, Rosaleen dijo que todavía estaba oscuro y que podían pisar una boñiga o romperse un tobillo.

—Cuidaré perfectamente de su hija —repuso Lib, y abrió de un empujón la mitad inferior de la puerta.

Salió con Anna pisándole los talones y las gallinas cloquearon y se dispersaron. La brisa húmeda era una delicia.

Esta vez salieron de detrás de la cabaña, por un sendero apenas visible entre dos campos. Anna andaba despacio y de forma errática, haciendo comentarios acerca de todo.

¿No era gracioso que a las alondras no se las viera nunca en el suelo sino solo cuando se elevaban en el cielo para cantar? ¡Oh, mire, a esa montaña de ahí por detrás de la que sale el sol la llamo «mi ballena»!

Lib no veía montañas en aquel paisaje llano. Anna señalaba hacia una cresta baja; seguramente para los habitantes del mismísimo centro de Irlanda cualquier ondulación era un pico montañoso.

A veces Anna imaginaba que podía realmente vislumbrar el viento; ¿había pensado eso alguna vez la señora Algo-Parecido-a-Elizabeth?

—Llámame señora Wright...

—O enfermera, o 'ñora —dijo Anna con una risita.

Lib pensó que estaba llena de vitalidad; ¿cómo demonios podía estar medio muerta de hambre? Alguien seguía alimentándola.

Las zarzas ya brillaban.

—¿Cuál es el agua que más cubre —le planteó Lib— y en la que corres menos riesgo de ahogarte?

—¿Es una adivinanza?

—Claro, una que aprendí de pequeña.

—Mmm. El agua más ancha... —repitió Anna.

—Te estás imaginando algo como el mar, ¿verdad? No.

—He visto fotografías del mar.

Crecer en aquella islita y no haber llegado nunca hasta el borde...

—Pero he visto ríos grandes con mis propios ojos —alardeó Anna.

—¿Ah, sí?

—El Tullamore y también el Brosna, una vez que fuimos a la feria de Mullingar.

Lib reconoció el nombre del pueblo de las Midlands donde se había quedado cojo el caballo de William Byrne. ¿Se habría quedado en la habitación de la tienda de Ryan, al otro lado del pasillo, frente a la suya, con la esperanza de enterarse de algo más sobre el caso de Anna, o tal vez al *Irish Times* le habrían bastado sus mensajes satíricos sobre el asunto?

—El agua de mi adivinanza no se parece ni siquiera a la del río más ancho. Imagínala cubriendo todo el suelo, pero sin que sea un peligro cruzarla.

Anna le dio vueltas un rato y al final negó con la cabeza.

—El rocío —dijo Lib.

—¡Oh! Tendría que haberlo adivinado.

—Es tan pequeño que nadie se acuerda de él. —Pensó en la historia del maná: un rocío rodeó el campamento y cubrió la faz de la Tierra.

—Otra —le rogó Anna.

—Ahora mismo no me acuerdo de ninguna.

La niña caminó en silencio un momento, casi cojeando. ¿Le dolía?

Lib tuvo la tentación de sujetarla por el codo para ayudarla a subir un tramo difícil, pero no. «Limítate a observar», se recordó. Más adelante había alguien que creyó que era Malachy O'Donnell, pero cuando se acercaron resultó ser un hombre más viejo y encorvado. Extraía rectángulos negros del suelo y los iba amontonando; turba para quemar, supuso.

—Que Dios bendiga su trabajo —lo saludó Anna.

Él le respondió con un gesto de asentimiento. La pala que usaba tenía una forma que Lib no había visto nunca; el filo se dividía en dos alas.

—¿Es otra oración que tienes que decir por obligación? —le preguntó a la niña cuando se alejaron.

—¿Bendecir el trabajo? Sí, si no podría hacerse daño.

—¿Qué, se heriría si no pensaras en él? —le preguntó Lib con un dejo de burla.

Anna estaba perpleja.

—No, se cortaría un dedo del pie con la pala.

¡Ah! Así que era una especie de hechizo de protección. La niña se había puesto a cantar con su voz susurrante.

> *Deep in thy wounds, Lord,*
> *Hide and shelter me,*
> *So shall I never,*
> *Never part from thee.**

La emotiva tonada no pegaba con aquella letra morbosa, en opinión de Lib. La sola idea de esconderse en las profundidades de una herida, como un parásito...

—Ahí está el doctor McBrearty —dijo Anna.

* Profundamente en tus heridas, Señor, / ocúltame y dame cobijo, / para que nunca, / nunca me aleje de ti. *(N. de la T.)*

El anciano se les acercaba renqueando procedente de la cabaña, con las solapas levantadas. Se quitó el sombrero saludando a Lib y se volvió hacia la niña.

—Tu madre me ha dicho que te encontraría tomando el aire. Estoy encantado de verte con las mejillas sonrosadas.

Tenía la cara bastante colorada, pero de andar, pensó Lib; lo de las mejillas sonrosadas era un poco exagerado.

—¿Sigue bien, en términos generales? —le susurró el médico.

La señorita N. era muy severa en cuanto a hablar de los enfermos en presencia de estos.

—Adelántate a nosotros —le sugirió a Anna—. ¿Por qué no coges flores para tu habitación?

La niña obedeció. Lib, sin embargo, no le quitaba ojo. Se le pasó por la cabeza que podía haber bayas por los alrededores, nueces verdes, incluso... ¿Podría una histérica, si Anna lo era, tomar bocados de comida sin ser consciente de ello?

—No sé cómo responder a su pregunta —le dijo al médico. Pensaba en lo que había dicho Standish: «Medio muerta de hambre.»

McBrearty removió el suelo blando con el bastón.

Tras una breve vacilación, Lib se obligó a mencionárselo.

—¿Tuvo ocasión el doctor Standish de hablar con usted anoche, después de visitar a Anna? —Tenía preparados sus mejores argumentos contra la alimentación forzosa.

El anciano frunció la cara en una mueca, como si hubiera mordido algo amargo.

—Me habló en un tono muy impropio de un caballero. ¡Y yo que había tenido con él y con nadie más la deferencia de permitirle entrar en la cabaña para ver a la niña!

Lib esperó, pero evidentemente McBrearty no iba a contarle la reprimenda que había recibido.

—¿Sigue respirando bien? —le preguntó el médico.

Lib asintió.

—¿El corazón y el pulso bien?

—Sí —concedió ella.

—¿Duerme bien?

Otro gesto de asentimiento.

—Parece alegre y sigue teniendo la voz fuerte. ¿Vómitos o diarrea?

—Bueno, no espero eso de alguien que no come.

Los ojos llorosos del anciano se iluminaron.

—Entonces, cree que de hecho vive sin...

—Me refiero a que no come lo bastante como para generar algún tipo de evacuación —lo cortó Lib—. Anna no produce heces y produce muy poca orina —remarcó—. Eso sugiere que está comiendo algo, o más bien que lo estuvo haciendo hasta que empezó la vigilancia, pero no lo bastante para que quede algún residuo.

¿Debía mencionarle su idea acerca de la alimentación nocturna de la que Anna no habría sido consciente durante todos aquellos meses? No tuvo valor; de repente le parecía tan poco plausible como cualquiera de las teorías del anciano doctor.

—¿No le parece que tiene los ojos incluso más saltones

que antes? —le preguntó—. Tiene la piel llena de moratones y de costras, y le sangran las encías. Escorbuto, tal vez, he pensado. O pelagra, incluso. Desde luego parece anémica.

—Bien, señora Wright. —McBrearty arrancó la hierba flexible con el bastón—. ¿Empezamos a salirnos de los límites de nuestras atribuciones?

Lo dijo como un padre indulgente que desaprueba el comportamiento de una criatura.

—Le ruego que me perdone, doctor —repuso ella, envarada.

—Deje tales misterios a quienes tienen la formación para tratarlos.

Lib habría dado cualquier cosa por saber dónde se había formado McBrearty, y hasta qué punto, y si había sido en el presente siglo o en el anterior.

—Su trabajo consiste sencillamente en observar.

Sin embargo, aquella tarea no era en absoluto sencilla; aunque no lo hubiera sabido hacía tres días, ahora lo sabía.

Oyeron un grito a lo lejos. Procedía de un carro que se había detenido frente a la casa de los O'Donnell.

—¡Es ella! —Varios pasajeros saludaban con la mano.

Tan temprano y ya la estaban acosando. ¿Adónde había ido Anna? Lib miró hacia todos lados hasta que encontró a la niña, inhalando el aroma de alguna flor. No soportaba la perspectiva de las preguntas aduladoras, lisonjeras, indiscretas.

—Tengo que llevarla dentro, doctor —corrió hacia Anna y la agarró del brazo.

—Por favor...

—No, Anna, no debes hablar con ellos. Tenemos una norma y debemos ceñirnos a ella.

Se apresuró con la niña hacia la cabaña, atajando por un sembrado, con el médico pisándole los talones. Anna tropezó y una de las grandes botas se le dobló.

—¿Te duele? —le preguntó Lib.

La pequeña sacudió la cabeza, negando.

Así que Lib tiró de ella, rodearon la cabaña, ¿por qué no había puerta trasera?, y pasaron entre el grupito de visitantes que discutían con Rosaleen O'Donnell, enharinada hasta los codos.

—Ahí viene la pequeña maravilla —exclamó un hombre.

Una mujer trató de acercarse.

—¡Si me dejaras tocar el bajo del vestido, cielo...

Lib interpuso un hombro para proteger a la niña.

—... siquiera una gota de saliva o de aceite de tus dedos para curarme esta llaga del cuello!

Hasta que hubieron entrado todos, el doctor McBrearty el último, y cerró de un portazo, Lib no se dio cuenta de que Anna jadeaba, y no solo de miedo por las manos que trataban de agarrarla. La niña estaba delicada, se recordó. ¿Qué clase de enfermera chapucera la obligaría a esforzarse más de lo que podía soportar? ¡Cómo la habría regañado la señorita N.!

—¿Estás enferma, cariño? —le preguntó Rosaleen O'Donnell.

Anna se dejó caer en el primer taburete que encontró.

—Solo sin aliento, creo —contestó McBrearty.

—Te calentaré un paño. —La madre se limpió las manos antes de colgar un paño ante el fuego.

—Has cogido un poco de frío durante el paseo —le dijo McBrearty a la niña.

—Siempre está helada —murmuró Lib.

Anna tenía las manos azuladas. Lib la llevó a una silla de respaldo alto, junto al hogar, y le frotó los dedos hinchados para calentárselos, con delicadeza, por miedo a hacerle daño.

Cuando el paño estuvo caliente, Rosaleen se lo puso con ternura a Anna alrededor del cuello.

A Lib le habría gustado palparlo antes para asegurarse de que no ocultaba nada ingerible, pero no se atrevió.

—¿Y cómo te va con la señora Wright, querida? —le preguntó el médico.

—Muy bien.

¿Estaba siendo educada? Lib solo recordaba momentos en que había sido suspicaz o severa con la niña.

—Me enseña adivinanzas —añadió Anna.

—¡Fascinante! —El médico le sostuvo la muñeca hinchada para tomarle el pulso.

En la mesa, junto a la ventana trasera, al lado de Kitty, la señora O'Donnell dejó de dar forma a las tortitas de avena.

—¿Qué clase de adivinanzas?

—Ingeniosas —le contestó Anna.

—¿Ya te encuentras un poco mejor? —le preguntó McBrearty.

Ella asintió, sonriente.

—Bien, pues me marcho. Rosaleen, que tenga un buen día —se despidió con una inclinación.

—Y usted, doctor. Que Dios lo bendiga por pasarse.

Cuando el médico hubo salido y la puerta se cerró, Lib se desinfló, desalentada.

McBrearty apenas la había escuchado; ignoraba las advertencias de Standish, atrapado en su fascinación por la pequeña maravilla.

Notó que no había nada encima del taburete de la puerta.

—Veo que la caja del dinero ya no está.

—Se la mandamos a don Thaddeus con uno de los chicos de Corcoran, con los guantecitos de la nuez —le dijo Kitty.

—Hasta el último penique ha sido para ayudar y para confortar a los necesitados —lanzó Rosaleen O'Donnell en dirección a Lib—. Piensa en eso, Anna. Estás acumulando riqueza en el cielo.

¡Cómo disfrutaba Rosaleen de la gloria! La madre era el genio autor del complot, no simplemente una conspiradora más; Lib estaba prácticamente segura. Evitó mirarla para que no notara su hostilidad.

En la repisa de la chimenea, a un palmo de sus narices, la nueva fotografía estaba expuesta al lado de la antigua de la familia al completo. La pequeña estaba casi igual en ambas: las mismas extremidades, la expresión no por completo de este mundo. Era como si el tiempo no pasara por ella; como si estuviera conservada detrás del cristal.

Pero el verdaderamente raro era el hermano. La cara de adolescente de Pat se parecía a la más suave de su hermana, lo que permitía el hecho de que los chicos llevaban la raya del pelo a la derecha. Pero sus ojos..., tenían un brillo extraño; los labios oscuros, como pintados. Estaba reclinado sobre su indomable madre, como un niño mucho más pequeño o un petimetre borracho. ¿Cómo era aquel verso del salmo? Los niños extraños se han desvanecido.

Anna estiró las manos hacia el fuego para calentárselas, abriendo los dedos en abanico.

¿Cómo podía enterarse de más cosas acerca del chico?

—Tiene que echar de menos a su hijo, señora O'Donnell.

—Así es, desde luego —repuso Rosaleen tras una pausa.

Estaba cortando chirivías, sosteniendo el cuchillo de carnicero con su gran mano descarnada.

—Ah, bueno. Dios le da a cada cual lo que puede soportar, como suele decirse.

«Le saca bastante provecho», pensó Lib.

—¿Hace mucho que no tiene noticias de él?

Rosaleen dejó de cortar y la miró.

—Vela por nosotros.

¿A Pat O'Donnell le había ido bien en el Nuevo Mundo, entonces? Demasiado bien para molestarse en escribir a su familia plebeya.

—Desde el cielo —terció Kitty.

Lib parpadeó.

La criada señaló hacia arriba para asegurarse de que la inglesa lo entendiera.

186

—Murió el pasado noviembre.

Lib se tapó la boca con una mano.

—Tenía quince años —añadió la criada.

—¡Oh, señora O'Donnell —exclamó Lib—, perdone mi falta de tacto! No me había dado cuenta... Hizo un gesto hacia el daguerrotipo, desde el que el chico parecía observarla con desdén, ¿o era con júbilo? No había sacado la fotografía antes de su muerte, sino después, comprendió.

Anna, apoyada en el respaldo de la silla, parecía sorda a todo aquello, fascinada por las llamas.

En lugar de ofenderse, Rosaleen O'Donnell sonreía agradecida.

—¿Le parece vivo, 'ñora? Bueno, de eso se trata.

Apoyado en el regazo de su madre. Los labios negruzcos, el primer indicio de descomposición; Lib tendría que haberlo deducido. ¿Habría permanecido el chico de los O'Donnell en aquella cocina un día entero, o dos, o tres, mientras la familia esperaba al fotógrafo?

Rosaleen se le acercó tanto que Lib dio un respingo. Dio unos golpecitos en el cristal.

—Un trabajo de pincel estupendo en los ojos, ¿verdad?

Alguien había pintado las pupilas y las escleróticas encima de los párpados cerrados del cadáver; por eso tenía aquella mirada de cocodrilo.

El señor O'Donnell entró y se sacudió el barro de las botas. Su mujer lo saludó en gaélico.

—No te lo vas a creer, Malachy —le dijo luego, en inglés—. ¡La señora Wright creía que Pat seguía con nosotros!

La mujer tenía el talento de disfrutar de cosas terribles.

—Pobre Pat —dijo Malachy, asintiendo, sin ofenderse.

—Han sido los ojos, que la han confundido por completo. —Rosaleen toqueteó el cristal—. Han valido hasta el último penique.

Anna tenía los brazos apoyados en el regazo y en sus ojos se reflejaban las llamas. Lib estaba deseando sacarla de aquella habitación.

—Fue el estómago lo que acabó con él —dijo Malachy.

Kitty se sorbió los mocos y se secó un ojo con la manga raída.

—Vomitó la cena. No pudo volver a comer nada.

Malachy se lo estaba diciendo a ella, así que tuvo que asentir.

—Tenía dolor aquí y ahí, ¿sabe? —El hombre se tocó el ombligo y luego la zona derecha del bajo vientre—. Se hinchó como un huevo.

Lib nunca lo había oído hablar con tanta fluidez.

—Por la mañana se había deshinchado, así que pensamos que, al fin y al cabo, no teníamos por qué molestar al doctor McBrearty.

Lib volvió a asentir. ¿Le estaba pidiendo el padre su opinión profesional? ¿Una especie de absolución?

—Pero Pat seguía sintiéndose débil y tenía frío —dijo Rosaleen—. Pusimos todas las mantas de la casa amontonadas en su cama y su hermana se acostó con él para darle calor.

Lib se estremeció. No solo por lo sucedido sino porque volvían a contarlo delante de una niña sensible.

—Jadeaba un poco y decía tonterías, como si soñara —murmuró su madre.

—Después del desayuno se había ido, pobre muchacho —dijo Malachy—. No hubo tiempo ni para mandar llamar al sacerdote. —Sacudió la cabeza como para librarse de una mosca.

—Era demasiado bueno para este mundo —exclamó Rosaleen.

—Lo siento muchísimo —dijo Lib. Se volvió hacia el daguerrotipo para no tener que mirar a los padres, pero no soportaba el brillo de aquellos ojos, así que cogió a Anna por la mano todavía fría y volvió al dormitorio.

Se fijó en el cofre de los tesoros. El pelo castaño oscuro que había dentro de la estatuilla que había roto tenía que ser del hermano. El silencio de Anna tenía a Lib preocupada. ¡Menuda idea la de poner a una criatura al lado de su hermano agonizante, como si fuera un brasero!

—Seguro que lamentas la muerte de tu hermano.

La pequeña contrajo la cara.

—No es eso. O..., claro que sí, doña Elizabeth, pero no es eso. —Se le acercó y le susurró—: Mamá y papá creen que está en el cielo. Pero, ¿sabe?, no podemos estar seguros de eso. Nunca, pero nunca hay que dar nada por supuesto; son dos pecados imperdonables contra el Espíritu Santo. Si Pat está en el purgatorio, estará ardiendo...

—¡Oh, Anna! —la interrumpió Lib—. Te estás angustiando innecesariamente. No era más que un muchacho.

—Pero todos somos pecadores. Y él enfermó tan de repente que no recibió la absolución a tiempo. —Las lágrimas le resbalaban por el cuello.

La confesión, sí. Los católicos se aferraban a la idea de su poder único para borrar todos los pecados.

Anna sollozaba tanto que Lib casi no conseguía entenderla.

—Antes de que se nos permita la entrada tenemos que ser lavados.

—Muy bien, entonces lavarán a tu hermano —dijo Lib en un tono absurdamente práctico, de cuidadora llenando una bañera.

—¡Con fuego, solo con fuego!

—Oh, pequeña... —Aquel lenguaje le era alieno y, francamente, no quería aprenderlo.

Le dio unas palmaditas en el hombro a la niña, incómoda. Notó el hueso que sobresalía.

—No publique esto en el periódico —dijo Lib, mientras comía una especie de estofado.

(Había encontrado a William Byrne cenando en la pequeña habitación de Ryan, a la una y media, al volver de su turno.)

—Adelante.

Decidió tomárselo como una promesa.

—Anna O'Donnell está de duelo por su único hermano, que murió de una afección digestiva hace nueve meses —le dijo en voz baja.

Byrne se limitó a asentir y rebañó el plato con un pedazo de pan.

Lib se irritó.

—¿Duda que eso baste para causar el colapso mental de una criatura?

Él se encogió de hombros.

—Podría decirse que mi país entero está de duelo, señora Wright. Tras siete años de penurias y plaga, ¿qué familia no ha quedado tocada?

Lib no supo qué decir.

—¿Siete años? ¿En serio?

—La patata se malogró en el 45 y no volvió a ir bien hasta el 52 —le contestó.

Discretamente, Lib se sacó un pedacito de hueso de la boca; de conejo, pensó.

—A pesar de todo, ¿qué sabe Anna de esos temas nacionales? Debe de sentirse como la única niña que ha perdido a un hermano. —El himno resonó en su cabeza: «Para que nunca, nunca me aparte de ti»—. Quizá se atormenta preguntándose por qué se lo llevaron a él y no a ella.

—Entonces, ¿parece deprimida?

—A veces —repuso Lib, insegura—. Pero otras todo lo contrario: la ilumina una íntima alegría.

—Hablando de secretos, ¿todavía no la ha pillado intentando conseguir un poco de comida a escondidas?

Lib sacudió la cabeza, negando.

—Me inclino por la opinión de que Anna cree realmente que vive del aire —dijo en un susurro. Dudó un momento, pero tenía que plantearle su idea a alguien—. Se me ha ocurrido que alguien de la casa, aprovechándose de los delirios de la niña, puede haber estado alimentándola mientras duerme.

—¡Oh, vamos! —William Byrne se apartó los rizos rojos de la cara.

—Este subterfugio explicaría la convicción de Anna de que lleva cuatro meses sin comer. Si ha estado completamente inconsciente mientras alguien le metía puré por la garganta...

—Puede, pero, ¿es plausible? —Cogió el lápiz—. ¿Puedo publicar esto en mi próxima entrega?

—¡No! Son especulaciones, no hechos.

—Yo lo llamaría la experta opinión de su enfermera.

A pesar del pánico Lib sintió una punzada de placer porque Byrne se la tomaba en serio.

—Además, tengo completamente prohibido expresar ninguna opinión hasta que haya informado al comité el domingo.

El periodista dejó el lápiz.

—Entonces, ¿por qué me fascina con lo que dice si no puedo usar ni una sola palabra?

—Lo siento —se disculpó Lib secamente—. Asunto concluido.

Él forzó una sonrisa.

—En tal caso me veré forzado a divulgar los cotilleos. Y no todos son caritativos. La niña está lejos de ser la preferida de todos por aquí, ¿sabe?

—¿Quiere decir que algunos la consideran una mentirosa?

—Desde luego, o peor. Anoche le pagué una copa a un obrero con ojos de loco que compartió conmigo su convicción de que son las hadas las que están detrás de todo esto.

—¿A qué se refiere?

—La razón por la que Anna no come es que es algún tipo de monstruoso niño cambiado por las hadas disfrazado de niña.

«La otra gente... moviéndole las manos y los pies.» Eso le había oído decir Lib a un campesino barbudo la noche de su llegada. Seguramente se refería a que Anna tenía una multitud invisible de hadas que la asistían.

—El tipo propuso incluso un remedio. Apalearla o echarla a la hoguera. —El acento irlandés que Byrne imitó fue brutalmente exacto—: ¡Entonces volvería al sitio de donde ha venido!

Lib se estremeció. Esa era la clase de ignorancia beoda que encontraba monstruosa.

—¿Alguna vez ha tenido un paciente remotamente parecido a Anna O'Donnell?

Ella negó con la cabeza.

—Trabajando como enfermera particular me he topado con casos plausibles pero falsos, de personas sanas que fingían padecer una enfermedad interesante. Pero Anna es todo lo contrario. Es una niña desnutrida que asegura tener una salud magnífica.

—Mmm. Pero ¿podemos llamar farsantes a los hipocondríacos?

Lib estaba avergonzada, como si se estuviera burlando de quienes la habían contratado.

—La mente es capaz de engañar al cuerpo —señaló él—. Uno piensa en el picor y algo le pica. O lo de bostezar... —Se tapó la boca para ocultar un bostezo.

—Bueno, pero... —Lib se calló porque también ella estaba bostezando.

Byrne soltó una carcajada. Cuando se calmó, se quedó con la mirada desenfocada.

—Supongo que cabe dentro de la medida de lo posible que una mente entrenada logre ordenar al cuerpo que siga funcionando sin comida, al menos una temporada.

Un momento. Durante su primer encuentro, Byrne había tachado de fraude a Anna; en el siguiente, había acusado a Lib de impedirle comer. Ahora, después de menospreciar la idea de Lib sobre la alimentación durante el sueño, ¿sugería que las reivindicaciones milagrosas podían ser ciertas después de todo?

—No me diga que se está pasando al bando de los O'Donnell.

Él torció la boca.

—Mi trabajo es mantener la mente abierta. En la India (me mandaron a Lucknow para informar acerca de la rebelión) hay faquires que aseguran mantenerse en estado vegetativo.

—¿Son farsantes?

—No. Son santones —la corrigió—. El coronel Wade, antiguo agente del gobernador general de Punjab, me contó que había visto desenterrar a un personaje conocido como el faquir de Lahore. Llevaba cuarenta días bajo tierra, sin comer, ni beber, sin luz ni aire, y el tipo apareció sano y tan campante.

Lib soltó un bufido.

Byrne se encogió de hombros

—Lo único que puedo decirle es que ese viejo soldado endurecido por las batallas me habló con tanta convicción que estuve casi tentado de creerle.

—Usted, un periodista cínico.

—¿Soy un cínico? Denuncio la corrupción en cuanto la veo —dijo Byrne—. ¿Me convierte eso en un cínico?

—Perdóneme, se lo ruego —le pidió Lib, confundida—. He hablado más de la cuenta.

—Un vicio habitual de los periodistas. —Su sonrisa fue como un dardo.

¿Pretendía Byrne que había herido sus sentimientos solo para que se sintiera culpable?, se preguntó, con una sensación de mareo.

—Así pues, ¿podría ser Anna O'Donnell una niña-yogui irlandesa?

—No bromearía con esto si la conociera —se le escapó a Lib.

Él se levantó.

—Aceptaré la invitación inmediatamente.

—No. La norma de impedir las visitas es estricta.

—En tal caso, ¿puedo preguntarle cómo lo hizo el doctor Standish de Dublín para sortearla? —Seguía hablando en tono de broma, pero se le notaba lo resentido que estaba.

—No mencionó eso anoche: que le dejó entrar al segundo intento.

—¡El cruel cobarde!

William Byrne se dejó caer en la silla.

—¿Un cruel cobarde lo dejó entrar?

—El cruel cobarde es Standish —dijo Lib—. ¿Esto quedará entre nosotros?

Él puso boca abajo la libreta.

—Recomendó que la alimentara a la fuerza, con una sonda.

Byrne hizo una mueca de dolor.

—Se le permitió la entrada por insistencia del doctor McBrearty, en contra de mi criterio —añadió Lib—, pero no volverá a pasar.

—¿Por qué ha pasado de ser carcelera a ser guardaespaldas, Elizabeth Wright? ¿Va a seguir en la brecha para mantener alejados a los dragones?

Ella no le respondió. ¿Cómo sabía Byrne su nombre de pila?

—¿Me equivoco al creer que le gusta bastante la niña?

—Esto es mi trabajo —le espetó Lib—. Su pregunta es irrelevante.

—El mío es hacer preguntas, de toda clase.

Lo miró con dureza.

—¿Por qué sigue aquí, señor Byrne?

—Debo decir que domina el arte de hacer que un compañero de viaje se sienta bienvenido. —Se arrellanó tanto en el asiento que este crujió.

—Le ruego que me perdone. Pero ¿cómo puede merecer este caso su completa atención durante tantos días?

—Una pregunta justa —dijo William Byrne—. El lunes, antes de salir, le dije a mi editor que podía reunir a una serie de pilluelos famélicos de las calles de Dublín. ¿Para qué recorrer todo el camino hasta los pantanos?

—¿Y él qué le dijo?

—Lo que sospechaba que diría: «La oveja perdida, William.»

Tardó un momento en pillar que ser refería al pastor de los Evangelios que abandonó su rebaño de noventa y nueve ovejas para ir en busca de una sola descarriada.

—El periodismo de investigación debe centrarse en algo concreto —le dijo, encogiéndose de hombros—. Reparta el interés del lector entre las muchas cosas que lo merecen y le quedará demasiado poco para derramar una lágrima por cualquiera de ellas.

Lib asintió.

—Con las enfermeras pasa igual. Parece lo natural preocuparse más por un solo individuo que por mucha gente.

Él arqueó una ceja cobriza.

— Por eso la señorita..., la dama que me preparó —se corrigió Lib— no nos permitía sentarnos junto a determinado paciente para leerle y demás. Decía que eso llevaba a sentir apego.

—¿A flirtear, besuquearse y demás?

Lib no quería ruborizarse.

—No teníamos tiempo que perder. Nos decía: «Hagan lo que hace falta y sigan de largo.»

—Claro que ahora la señorita Nightingale está inválida —dijo Byrne.

Lib se lo quedó mirando. No había sabido de ninguna aparición pública de su maestra desde hacía varios años, pero había supuesto que la señorita N. continuaba con su misión de reformar los hospitales.

—Lo siento muchísimo —se disculpó él, inclinándose hacia ella por encima de la mesa—. No estaba usted al corriente.

Lib se esforzó para recobrar la compostura.

—Entonces, ¿era una gran dama como dicen?

—La más grande —repuso Lib, conmovida—. Y sigue siéndolo, inválida o no.

Apartó lo que le quedaba de estofado, incapaz por una vez de terminarse la comida, y se levantó.

—¿Está impaciente por marcharse? —le preguntó William Byrne.

Lib escogió responderle como si él se estuviera refiriendo a las Midlands irlandesas y no a aquel estrecho comedor.

—Bueno —dijo—, a veces parece que el siglo XIX todavía no ha llegado a esta parte del mundo.

William sonrió.

—Leche para las hadas, discos de cera para repeler el fuego y las inundaciones, niñas que viven del aire... ¿Hay algo que los irlandeses no se traguen?

—Hadas aparte —dijo Byrne—, la mayoría de mis paisanos se tragan cualquier paparrucha de los curas.

Así que también él era católico. A Lib le sorprendió un poco.

William le indicó por señas que se acercara. Ella se inclinó hacia él, solo un poco.

—Por eso apuesto por don Thaddeus —le susurró—. Es posible que la niña de los O'Donnell sea inocente; incluso es posible que la hayan estado alimentando durante meses mientras dormía, si tiene usted razón; pero ¿qué me dice de su titiritero?

Para Lib fue como un golpe en las costillas. ¿Por qué no había pensado en eso? El cura era demasiado locuaz, demasiado sonriente.

«Un momento. —Se enderezó—. Actúa con lógica y sin prejuicios.»

—Don Thaddeus asegura que ha instado a Anna a que comiera desde el principio.

—¿Solo instado? La niña es su feligresa, y una feligresa muy piadosa. Podría ordenarle que subiera a la cima de una montaña de rodillas. No. Yo digo que el cura ha estado detrás del engaño desde el principio.

—Pero ¿por qué motivo?

Byrne se frotó los dedos con el pulgar.

—Han entregado los donativos de las visitas para los necesitados —dijo Lib.

—Es decir, a la Iglesia.

A Lib la cabeza le daba vueltas. Todo aquello era espantosamente plausible.

—Si don Thaddeus logra que el caso de Anna sea reconocido como un milagro, y esta aldea deprimente pasa a ser un lugar de peregrinación —dijo Byrne—, los beneficios serán ilimitados. ¡La niña que no come provee los fondos para construir un santuario!

—Pero ¿cómo se las ha arreglado para alimentarla a escondidas por las noches?

—Ni idea —admitió Byrne—. Debe de estar conchabado con la criada o con los O'Donnell. Usted ¿de quién sospecha?

—Realmente no es asunto mío... —objetó Lib.

—¡Oh, vamos! Entre nosotros. Usted ha estado en esa casa noche y día desde el lunes.

—Rosaleen O'Donnell —dijo por fin, en voz muy baja, tras dudar un momento.

Byrne asintió.

—¿Quién fue que dijo que una madre es la palabra de Dios para un hijo?

Lib nunca lo había oído.

Él meneaba el lápiz.

—Bueno, no puedo publicar nada de esto sin pruebas o me demandarán por difamación.

—¡Claro que no puede!

—Si me dejara estar cinco minutos con la niña, apuesto a que podría sonsacarle la verdad.

—Eso es imposible.

—Bien. —La voz de Byrne volvía a retumbar como de costumbre—. ¿La sondeará usted, entonces?

No la atraía la idea de fisgar para él.

—De todos modos, gracias por su compañía, señora Wright.

Eran casi las tres de la tarde y el siguiente turno de Lib empezaba a las nueve. Quería tomar el aire, pero lloviznaba, y además, supuso, necesitaba echar una cabezada. Así que subió al primer piso y se quitó las botas.

Si la roya de la patata había sido una catástrofe tan prolongada, que había terminado hacía solo siete años, a Lib se le ocurrió que una niña que en aquellos momentos tenía once años podía haber nacido durante la hambruna, y haber sido destetada y criada durante la hambruna. Eso tenía que moldear a una persona.

«Nunca ha estado ávida de golosinas ni las ha pedido»; con estas palabras había elogiado a su hija Rosaleen O'Donnell.

Seguramente la habían acariciado cada vez que decía estar llena, se había ganado una sonrisa por cada bocado que les había pasado a su hermano o a la criada.

Pero eso no explicaba por qué los demás niños irlandeses querían cenar y Anna no.

A lo mejor la diferencia estaba en la madre, pensó Lib. Como aquella fanfarrona del viejo cuento que se jactaba ante el mundo de que su hija hilaba oro. ¿Habría notado Rosaleen O'Donnell el talento de su hijita para la abstinencia e imaginado un modo de convertirlo en libras y peniques, fama y gloria?

Lib permanecía acostada, muy quieta, con los ojos cerrados, pero la luz le atravesaba los párpados. El hecho de estar cansado no implica que uno sea capaz de dormir, al igual que la necesidad de comida no es lo mismo que el placer de comer. Lo cual la llevó de nuevo, como siempre, a Anna.

Cuando la última luz del atardecer palidecía en la calle del pueblo, Lib giró a la derecha por el camino. Se levantaba sobre el cementerio una luna menguante encerada. Pensó en el chico O'Donnell en su ataúd. Nueve meses; podrido ya, pero no un esqueleto todavía. ¿Eran sus pantalones marrones los que llevaba el espantapájaros?

La nota que Lib había escrito para la puerta de la cabaña estaba empapada de lluvia.

La hermana Michael esperaba en el dormitorio.

—Ya se ha apagado como una luz —susurró.

A mediodía solo tendrían unos instantes para que Lib la informara sobre su turno. Aquel era uno de los pocos momentos en que podían hablar en privado.

—Hermana Michael... —Lib se dio cuenta de que no podía hablarle de sus especulaciones acerca de la alimentación nocturna, porque la monja volvería a cerrarse como una ostra. No, mejor sería que se mantuviera en el terreno común de su preocupación por aquella niña dormida en la estrecha cama—. ¿Sabía que el hermano de la niña murió?

—Dios lo tenga en su gloria —dijo la monja, asintiendo y persignándose.

Entonces, ¿por qué nadie se lo había dicho a ella? O, más

bien, ¿por qué le parecía estar agarrando todo el tiempo el toro por los cuernos?

—Anna parece preocupada por él —le dijo.

—Naturalmente.

—No..., excesivamente. —Vaciló. Aquella mujer podía estar llena de supersticiones y ver ángeles bailando en los pantanos, pero no tenía a nadie más con quien hablar confidencialmente de lo que le había dicho la niña—. Creo que Anna está mentalmente afectada —le susurró rápidamente.

La luz se reflejó en las escleróticas de la hermana Michael.

—No nos han pedido que indaguemos en su mente.

—Estoy describiendo los síntomas —insistió Lib—. La inquietud por su hermano es uno.

—Está infiriendo cosas, señora Wright —le advirtió la monja con un dedo tieso—. No debemos entablar este tipo de conversaciones.

—Eso es imposible. Cada palabra que decimos es acerca de Anna, ¿cómo podría ser de otro modo?

La monja sacudió la cabeza violentamente.

—¿Come o no come? Esa es la cuestión.

—No es la única pregunta que yo me planteo. Y si se considera enfermera, no puede ser su única pregunta tampoco.

A la monja se le crispó la cara.

—Mis superiores me mandaron aquí para servir a las órdenes del doctor McBrearty. Buenas noches. —Dobló la capa, se la puso sobre el brazo y se marchó.

Varias horas más tarde, observando los movimientos de los párpados de Anna, Lib anhelaba el sueño del que tendría que haber disfrutado por la tarde. Estaba acostumbrada a combatir la somnolencia, sin embargo, y como toda enfermera, sabía que la vencería si hablaba consigo misma con la suficiente severidad.

Al cuerpo hay que darle algo, si no descanso, comida y, a falta de comida, algún tipo de estímulo. Lib apartó el mantón y el ladrillo caliente con el que mantenía los pies apartados del suelo y se puso a caminar por la habitación, tres pasos hacia un lado y tres hacia el contrario.

Cayó en la cuenta de que William Byrne tenía que haber hecho indagaciones sobre ella, porque sabía su nombre completo y quién la había preparado. ¿Qué sabía Lib de él? Solo que escribía para un periódico que nunca había leído, que había estado destinado en la India y que era católico, aunque un católico bastante escéptico. También franco, pero había soltado poco aparte de su teoría acerca de don Thaddeus: una audaz deducción que en aquel momento no le parecía en absoluto convincente.

El cura ni siquiera se había acercado a la cabaña desde el lunes por la mañana. ¿Cómo podía preguntarle a Anna: «¿Ha sido don Thaddeus quien te ha hecho dejar de comer?»?

Contaba las respiraciones de la durmiente. Diecinueve por minuto, aunque la cuenta habría sido diferente y el ritmo menos regular si Anna hubiera estado despierta.

Algo se cocía en la olla. ¿Nabos? Se cocerían despacio

toda la noche, perfumando la cabaña con su aroma de almidón. Bastaba para que Lib tuviera ganas de comer algo, a pesar de que había cenado bien en el establecimiento de los Ryan.

¿Qué la impulsó a mirar de nuevo la cama? Unos ojos oscuros y brillantes encontraron los suyos.

—¿Cuánto rato llevas despierta?

Anna se encogió levemente de hombros.

—¿Quieres algo? ¿El orinal? ¿Agua?

—No, gracias, doña Elizabeth.

—¿Te duele algo? —le preguntó Lib por el modo en que Anna había hablado, con mucha educación, casi con frialdad.

—Creo que no.

—¿Qué significa eso? —Lib se acercó y se inclinó sobre la cama.

—Nada.

Lib se arriesgó.

—¿No tienes nada de hambre? ¿Ha sido el aroma de esos nabos lo que te ha despertado?

Una débil sonrisa, casi compasiva.

A Lib le rugía el estómago. El hambre es lo habitual cuando uno se despierta. El cuerpo es como un bebé que se agita para exigir: «aliméntame». Pero el de Anna O'Donnell no, ya no. Histérica, lunática, maníaca; no encajaba en ninguna de esas definiciones. No era más que una niña que no comía.

«¡Oh, vamos!», se reprochó. Si Anna creía ser una de las

cinco hijas de la reina, ¿la convertía eso en una de ellas? La niña podía no sentir el hambre, pero le estaba corroyendo la carne, el pelo, la piel.

—Cuéntame lo del hombrecito —dijo Anna, después de un silencio tan largo que Lib creyó que tal vez la pequeña dormía con los ojos abiertos.

—¿De qué hombrecito?

—De ese Rumpel...

—¡Ah, de Rumpelstiltskin!

Le contó el cuento simplemente para pasar el tiempo. Al tener que acordarse de los detalles se dio cuenta de lo estrambótico que era. La niña asumía la imposible tarea de hilar paja convirtiéndola en oro por la jactancia de su madre. El duende que la ayudaba. La oferta de este de permitirle al final conservar a su primogénito solo si adivinaba su nombre extranjero...

Anna se quedó acostada y quieta cuando terminó. A Lib se le pasó por la cabeza que la niña se tomaba el relato como un hecho cierto. ¿Serían todas las manifestaciones de lo sobrenatural igualmente reales para ella?

—Bet.

—¿Qué? —preguntó Lib.

—¿En tu familia te llamaban Bet?

Lib se rio entre dientes.

—Otra vez con esa tontería no.

—No es posible que te llamaran Elizabeth siempre. ¿Betsy? ¿Betty? ¿Bessie?

—No, no y no.

206

—Pero por un diminutivo de Elizabeth, ¿verdad que sí? —insistió Anna—. No por otro nombre, como Jane, ¿a que no?

—No. Eso sería trampa —convino Lib.

Lib había sido su apodo cariñoso en la época en que era la preferida de todos, el nombre por el que su hermana pequeña la llamaba porque Elizabeth le resultaba demasiado largo de pronunciar. Toda la familia pasó a llamarla Lib, cuando todavía tenía familia, mientras sus padres aún vivían y antes de que su hermana dijera que había muerto para ella.

Puso la mano sobre la de Anna por encima de la manta gris. Tenía helados los dedos hinchados, así que se los arropó.

—¿Estás contenta de tener compañía de noche?

La niña se quedó desconcertada.

—De no estar sola, quiero decir.

—Pero si no lo estoy —dijo Anna.

—Bueno, ahora no.

Desde que la vigilaban, no.

—No estoy nunca sola.

—No —convino Lib.

Tenía a dos vigilantes que le hacían compañía, turno tras turno, constantemente.

—Viene a mí en cuanto me duermo.

Había vuelto a cerrar los párpados azulados, así que Lib no le preguntó a quién se refería. La respuesta era evidente.

La respiración de Anna volvía a ser profunda. Lib se preguntó si la niña soñaba con su Salvador todas las noches. ¿Se le aparecía en forma de hombre de larga melena, de muchacho con una aureola, de bebé? ¿Qué consuelo le aportaba? ¿Qué deleites, mucho más deliciosos que los de este mundo?

Vigilar a una persona dormida era un potente inductor del sueño; a Lib le pesaban otra vez los párpados. Se levantó y giró la cabeza de lado a lado para desentumecerse el cuello.

«Viene a mí en cuanto me duermo.» Una frase extraña.

A lo mejor Anna no se refería a Cristo, después de todo, sino ¿a un hombre común y corriente —a Malachy O'Donnell?, ¿a don Thaddeus, tal vez?—, que le introducía líquido en la boca mientras estaba semiadormecida? ¿Trataba Anna de contarle una verdad que ella misma apenas entendía?

Para hacer algo, Lib repasó el contenido del cofre de los tesoros de la niña. Abrió con cuidado *La imitación de Cristo*, para no descolocar las estampitas. «Si estuviéramos completamente muertos por dentro, en lugar de apegados a nosotros mismos —leyó al principio de una página—, entonces seríamos capaces de saborear lo divino.»

Aquello le dio escalofríos. ¿Quién enseñaba a una niña a estar muerta por dentro? ¿Cuántas de las ideas absurdas que Anna atesoraba procedían de aquellos libros?

O de las ilustraciones en tonos pastel de las estampas. Muchas con plantas: girasoles vueltos hacia la luz; Jesús bajo el dosel de un árbol con gente apiñada alrededor. Con lemas doctrinales en letra gótica, describiéndolo como un hermano o como un novio.

En una había una escalera empinada excavada en la pared de un acantilado con un corazón como el sol poniente y una cruz en la cima. La siguiente era incluso más extraña: el matrimonio místico de santa Catalina. Una hermosa joven aceptaba el anillo nupcial de un Niño Jesús sentado en el regazo de su madre.

La que más preocupó a Lib, sin embargo, representaba a una niñita flotando en una balsa en forma de cruz ancha, tendida en ella, durmiendo, ajena a las tremendas olas que se alzaban a su alrededor. «*Je voguerai en paix sous la garde de Marie*»,* rezaba. ¿Yo lo que fuera en lo que fuera bajo la protección de María? Solo entonces se dio cuenta Lib de la presencia del rostro afligido de una mujer en las nubes, vigilando a la pequeña.

Cerró el libro y lo devolvió a su sitio. Luego decidió echar otro vistazo a la estampita, para ver qué pasaje marcaba. No encontró en él nada acerca de María ni del mar. La única palabra que le llamó la atención fue «recipientes»: «Porque el Señor otorga sus bendiciones allí donde halla los recipientes vacíos.» ¿Vacíos de qué, exactamente?, se preguntó Lib. ¿De comida? ¿De ideas? ¿De personalidad? En la página siguiente, junto a la imagen de un ángel de apariencia biliosa: «Estás dispuesto a darme de comer el alimento celestial y el pan de los ángeles.» Unas cuantas páginas más adelante, marcado con una imagen de la Última Cena: «¡Qué dulce y agradable el banquete, cuando te diste a no-

---

* Navegaré en paz con la protección de María. *(N. de la T.)*

sotros tú mismo como alimento!» O tal vez la estampa marcaba «solo tú eres mi carne y mi bebida, amor mío».

Lib entendía que una niña malinterpretara aquellas frases tan floridas. Si esos eran los únicos libros que Anna tenía y había permanecido en casa desde su enfermedad, sin ir a la escuela, dándole vueltas a todo aquello sin la debida orientación...

Algunos niños no entienden lo que es una metáfora, desde luego. Se acordó de una niña de su escuela, de carácter insensible, que nunca hablaba de cosas sin importancia y que, a pesar de toda su erudición, era estúpida para las cosas comunes y corrientes. Anna no le parecía de esas. Pero ¿de qué otro modo llamar sino «estupidez» al hecho de tomarse al pie de la letra el lenguaje poético? Lib tuvo ganas de sacudir a la niña para despertarla y decirle: «¡Jesús no es carne real, cabeza hueca!»

No. No era una cabeza hueca. Anna tenía muchas luces, solo que mal enfocadas.

Una enfermera del hospital tenía un primo, recordó entonces, convencido de que las comas y los puntos y aparte del *Daily Telegraph* contenían mensajes cifrados para él.

Eran casi las cinco de la mañana cuando Kitty asomó la cabeza y se quedó mirando un buen rato a la niña dormida.

A lo mejor Anna era la última prima viva que le quedaba a Kitty, se le ocurrió de pronto. Los O'Donnell nunca se habían referido a otros parientes. ¿Confiaba siempre Anna en su prima?

—La hermana Michael está aquí —dijo la criada.

—Gracias, Kitty.

Sin embargo, quien entró fue Rosaleen O'Donnell.

«Déjala ser ella», hubiese querido decirle Lib. Sin embargo se mordió la lengua mientras Rosaleen se inclinaba para despertar con un prolongado abrazo a su hija y murmurarle oraciones. La escena parecía salida de una gran ópera, por el modo en que irrumpía dos veces al día para hacer una demostración de sus sentimientos maternales.

La monja entró y la saludó con la cabeza, sin abrir la boca, con los labios apretados.

Lib recogió sus cosas y se fue.

Fuera de la cabaña, la criada vertía el agua de un cubo de hierro en un barreño enorme puesto al fuego.

—¿Qué haces, Kitty?

—Día de colada.

El barreño estaba demasiado cerca del montón de estiércol para el gusto de Lib.

—Solemos hacerla los lunes, no los viernes —dijo Kitty—, pero este lunes es *Lá Fhéile Muire Mór*.

—Perdón, ¿cómo dices?

—La festividad de la Bendita Virgen María.

—¿Ah, sí?

Kitty puso los brazos en jarras, mirándola fijamente.

—Fue el quince de agosto cuando Nuestra Señora subió.

Lib no se atrevió a preguntar qué significaba aquello.

—Fue subida en cuerpo y alma a los cielos. —Lo ilustró alzando el cubo.

—¿Murió?

—No murió —se burló Kitty—. ¿Cómo no le iba a ahorrar eso su amado hijo?

No había manera de hablar con aquella criatura. Lib se despidió con un gesto y se marchó al pueblo.

Volvió a la licorería con los últimos coletazos de la oscuridad y la luna ya baja en el horizonte. Antes de subir pesadamente las escaleras para acostarse en el piso de arriba, se acordó de rogarle a Maggie Ryan que le guardara algo para desayunar.

Se despertó a las nueve. Había dormido lo suficiente para estar aturdida, pero no para tener la cabeza clara. La lluvia golpeaba en el tejado como los dedos de un ciego.

No había rastro alguno de William Byrne en el comedor. ¿Habría regresado ya a Dublín, a pesar de haberle insistido a Lib para que indagara más acerca de la posible implicación del cura en el fraude?

La muchacha le sirvió tortitas frías, cocidas directamente sobre las brasas, según dedujo Lib, porque estaban levemente crujientes. ¿Detestaban la comida los irlandeses? Estaba a punto de preguntar por el periodista cuando cayó en la cuenta de la impresión que podía dar si lo hacía.

Pensó en Anna O'Donnell, despertándose aún más vacía ese quinto día. De repente, sintió náuseas, apartó el plato y subió a su habitación.

Estuvo leyendo varias horas un volumen que agrupaba diversos ensayos, sin retener nada de su contenido.

Lib echó a andar por el camino de detrás de la tienda a pesar del golpeteo de la lluvia en su paraguas; cualquier cosa con tal de estar fuera. Unas cuantas vacas desconsoladas en un campo. El suelo parecía cada vez más pobre a medida que se acercaba al único terreno elevado, la ballena de Anna, una cresta alargada con un extremo ancho y el otro en punta. Siguió por un camino hasta que este acabó en los pantanos. Trató de mantenerse en las zonas más altas, que parecían más secas, llenas de brezo. Con el rabillo del ojo vio algo que se movía. ¿Una liebre? Había depresiones llenas de lo que parecía chocolate caliente y otras de agua sucia reluciente.

Para no mojarse las botas, saltaba de un montículo en forma de hongo al siguiente. De vez en cuando, bajaba el paraguas para comprobar con la punta la firmeza del terreno. Durante un rato se abrió paso por una franja ancha de juncias, a pesar de que le ponía nerviosa oír un hilo de agua fluyendo por debajo, tal vez de una fuente subterránea; ¿sería toda la zona un laberinto de túneles?

Pasó un pájaro de pico curvo emitiendo una queja aguda. Pequeños penachos blancos se agitaban solitarios o de dos en dos en el suelo húmedo. Se inclinó a observar un curioso liquen; tenía cuernos como de ciervo minúsculo. De un gran socavón en el suelo salía un ruido. Cuando se acercó y se asomó a él, vio que estaba lleno hasta la mitad de agua marrón y que había un hombre sumergido en ella hasta el pecho, colgado por un codo a una especie de escalera rudimentaria.

—¡Espere! —le gritó Lib—. Volveré con ayuda tan pronto como pueda.

—Estoy perfectamente, 'ñora.

—Pero... —Indicó el agua que lo envolvía.

—Solo descansaba un poco.

Lib había vuelto a interpretar erróneamente la situación. Notó que le ardían las mejillas.

El hombre se balanceó y se agarró a la escalera con el otro brazo.

—Usted debe de ser la enfermera inglesa.

—Así es.

—¿En su tierra no extraen turba?

Lib reconoció entonces la pala que colgaba de la escalera.

—No en la zona del país donde yo vivo. Si no le importa que se lo pregunte, ¿por qué profundiza usted tanto?

—¡Ah! La capa de arriba es mala. —Señaló hacia el borde del agujero—. No hay más que musgo, para lecho de los animales y apósitos, por así decirlo.

A Lib no se le habría pasado nunca por la cabeza aplicar aquella materia pútrida a una herida, ni siquiera en el campo de batalla.

—Para extraer turba para quemar hay que cavar hasta más debajo de la altura de uno o dos hombres.

—Qué interesante. —Lib intentaba parecer práctica, pero quedó más bien como una boba en una fiesta.

—¿Se ha perdido, 'ñora?

—Qué va. Solo estoy dando mi paseo diario. Haciendo

ejercicio —añadió, por si el extractor de turba desconocía la costumbre.

Él asintió en silencio.

—¿Lleva una rebanada de pan en el bolsillo?

Lib se apartó, incómoda. ¿Era aquel tipo un mendigo?

—No. Tampoco llevo dinero.

—¡Oh, el dinero no sirve! Necesita un poco de pan para mantener apartada a la otra gente mientras pasea.

—¿A la otra gente?

—A la gente pequeña.

Otra tontería sobre las hadas, evidentemente. Lib le dio la espalda al hombre para marcharse.

—¿No tendría que ir por la senda verde?

¿Otra referencia a lo sobrenatural? Se volvió de nuevo.

—Me temo que no sé lo que es eso.

—Está casi en ella.

Cuando se volvió hacia donde le indicaba el extractor de turba, Lib distinguió sorprendida un sendero.

—Gracias.

—¿Cómo le va a la niña?

Estuvo a punto de responderle sin pensar: «Bastante bien.» Sin embargo, se contuvo a tiempo.

—No se me permite hablar del caso. Buenos días.

De cerca, la senda verde era un camino de carros pavimentado con gravilla que empezaba de repente en medio del pantano. A lo mejor llevaba hasta allí desde el próximo pueblo y aún no había construido el último tramo de bajada hasta el pueblo de los O'Donnell. No era especialmente verde, como prometía el nombre. Lib lo recorrió a paso ligero por el suave borde en el que crecían de vez en cuando flores.

Al cabo de media hora, el sendero había subido en zigzag por la ladera de una elevación de escasa altura y vuelto a bajar sin motivo aparente. Lib chasqueó la lengua, irritada. ¿Era demasiado pedir un camino recto para pasear? Finalmente la senda se retraía desanimada, y la superficie se quebraba. La llamada senda acababa tan arbitrariamente como había empezado, con la grava tragada por las malas hierbas.

¡Qué gentuza, los irlandeses! Vagos, malgastadores, inútiles, desgraciados, siempre rumiando sobre los errores pasados. Sus caminos no iban a ninguna parte, de sus árboles pendían harapos pútridos. Lib desanduvo el camino furiosa. La humedad se había metido por debajo del paraguas y le había mojado la capa. Estaba decidida a tener unas palabras con aquel tipo que la había hecho tomar aquel rumbo insensato, pero cuando llegó al agujero del pantano, solo contenía agua. A menos que se hubiera confundido y no fuera el mismo. Al lado del socavón, los pedazos de turba descansaban en los estantes de secado, bajo la lluvia.

En el camino de vuelta al establecimiento de los Ryan, le pareció ver una orquídea diminuta. Tal vez pudiera cogerla para Anna. Se metió en un pedazo de terreno de color esmeralda para alcanzar la flor y, demasiado tarde, notó que el musgo cedía bajo sus pies. Cayó de cabeza boca abajo en el limo. A pesar de que se puso de rodillas casi inmediatamente, se había empapado. Cuando se levantó la falda y apoyó un pie, este se le hundió en la turba. Como una criatura atrapada en una trampa, se esforzó por liberarse, jadeando.

Tambaleándose por el sendero, Lib sintió cierto alivio: la tienda de licores estaba bastante cerca y no tendría que recorrer toda la calle del pueblo en aquellas condiciones.

Su casero, en el umbral de la puerta, arqueó las cejas espesas.

—Sus pantanos son traicioneros, señor Ryan. —La falda le goteaba—. ¿Se ahogan muchos en ellos?

El hombre resopló, lo que le provocó un ataque de tos.

—Solo si están mal de la cabeza —repuso cuando pudo volver a hablar—, o si van muy bebidos en una noche sin luna.

Cuando Lib se hubo secado y se puso el uniforme de recambio, era la una y cinco. Caminó tan rápido como pudo hacia casa de los O'Donnell. Habría corrido si hacerlo no hubiera sido indigno de una enfermera. Llegar veinte minutos tarde a su turno, con lo mucho que había insistido en poner el listón muy alto...

Donde aquella mañana había estado el barreño de la colada había un charco ceniciento con una plataforma de madera con cuatro patas cerca. Las sábanas y la ropa estaban puestas a secar en los arbustos y en una cuerda tendida entre la cabaña y un árbol torcido.

Don Thaddeus estaba sentado en la habitación buena, tomando té, con un bollito de mantequilla en el platillo.

Lib sintió una oleada de indignación.

Aunque él no podía considerarse una visita, se dijo luego, puesto que era el cura de la parroquia y miembro, además, del comité.

Y al menos la hermana Michael estaba sentada al lado de Anna.

Se quitó la capa y al cruzar la mirada con la monja le murmuró una disculpa por el retraso.

—Mi querida niña —estaba diciendo el cura—, para responder a tu pregunta, no está ni arriba ni abajo.

—¿Dónde, pues? —inquirió Anna—. ¿Flotando en medio?

—El purgatorio no debe considerarse tanto un lugar real como el tiempo asignado para limpiar el alma.

—¿Cuánto tiempo, don Thaddeus? —Anna, sentada con la espalda muy tiesa, estaba blanca como la leche—. Sé que son siete años por cada pecado mortal que hemos cometido, porque ofenden los siete dones del Espíritu Santo, pero no sé cuántos cometió Pat, así que no puedo sacar la cuenta.

El cura suspiró pero no contradijo a la niña.

A Lib le revolvía el estómago aquel galimatías matemático. ¿Era solamente Anna la maníaca religiosa o la nación entera?

Don Thaddeus dejó la taza.

Lib se fijó en que no cayera ni una miga del platillo. No es que realmente imaginara a Anna, si caía alguna, apoderándose de ella y zampándosela.

—Es más un proceso que un periodo fijo —dijo Thaddeus—. En la eternidad del amor del Todopoderoso el tiempo no existe.

—Pero no creo que Pat esté ya en el cielo con Dios.

La hermana Michael cubrió con sus dedos los de Anna.

Lib sintió lástima por la niña. Siendo solo dos, los hermanos tenían que haber estado muy unidos en los peores momentos.

—A los que están en el purgatorio no se les permite rezar, claro —dijo el cura—, pero nosotros podemos rezar por ellos. Expiar sus pecados, reparar el daño: es como verter agua sobre sus llamas.

—¡Ah, pero si lo he hecho, don Thaddeus! —le aseguró Anna, con los ojos muy abiertos—. He celebrado una novena por las Santas Almas, nueve días al mes durante nueve meses. He rezado la oración de santa Gertrudis en el cementerio y leído las Sagradas Escrituras y adorado el Santísimo Sacramento y rezado por la intercesión de todos los santos...

El sacerdote le hizo un gesto para que callara.

—Bueno, eso ya son media docena de actos de reparación.

—Pero puede que no sea suficiente agua para apagar las llamas de Pat.

A Lib el cura le dio casi lástima.

—No te lo imagines como un fuego de verdad —le pidió a Anna—, sino como la dolorosa sensación del alma por no ser digna de estar en presencia de Dios, como su autocastigo, ¿entiendes?

A la niña se le escapó un sollozo desgarrador.

La hermana Michael le apretó la mano izquierda entre las suyas.

—Vamos —murmuró—. ¿No dice Nuestro Señor: «No tengas miedo»?

—Cierto —dijo don Thaddeus—. Deja a Pat con nuestro Señor Celestial.

A la pequeña le resbaló una lágrima por la hinchada mejilla y se la enjugó.

—¡Ah! Dios ama a esta tierna devota —susurró Rosaleen O'Donnell, en el umbral, detrás de Lib, con Kitty pegada a su lado.

Lib se sintió repentinamente incómoda de formar parte de su público.

¿Era posible que la madre y el cura hubieran ensayado aquella escena? En cuanto a la hermana Michael, ¿estaba consolando a la niña o metiéndola más en la trama?

Don Thaddeus dio una palmada.

—¿Rezamos, Anna?

—Sí. —La pequeña juntó las manos—. Te adoro, oh, preciosísima cruz, adornada con los miembros tiernos, delicados y venerables de Jesús, mi Salvador, salpicada y manchada de su preciosa sangre. Te adoro, oh, Dios mío, clavado en la cruz por amor a mí.

¡Era la oración a Teodoro! «Te adoro», no Teodoro, eso había estado oyendo Lib durante aquellos cinco días.

Tras la breve satisfacción de haber resuelto el misterio, se desinfló. No era más que otra oración; ¿qué tenía de especial?

—Ahora, pasemos al asunto que me ha traído hasta aquí, Anna —dijo don Thaddeus—; tu negativa a comer.

¿Trataba el cura de absolverse de toda culpa en presencia de la inglesa?

«Pues haz que se coma ese bollo esponjoso ahora mismo», le rogó Lib en silencio.

Anna dijo algo en voz muy baja.

—Habla más alto, querida.

—No me niego a comer, don Thaddeus —dijo—. Simplemente no como.

Lib observaba aquellos ojos hinchados de mirada seria.

—Dios ve en tu corazón —dijo don Thaddeus—, y lo conmueven tus buenas intenciones. Recemos para que te conceda la gracia de tomar alimentos.

La monja asentía.

¡La gracia de tomar alimentos! Como si fuera un poder milagroso, cuando hasta el último perro y la última oruga nacían con él.

Los tres rezaron juntos un rato en silencio. Después don Thaddeus se comió el bollo, bendijo a los O'Donnell y a la hermana Michael y se marchó.

Lib se llevó a Anna a su habitación. No se le ocurría nada que decir. No tenía modo alguno de referirse a la conversación sin insultar la fe de la pequeña. «En el mundo entero —se dijo—, la gente deposita su confianza en amuletos, ídolos o palabras mágicas.» Anna podía creer lo que quisiera, en lo que a Lib concernía, siempre y cuando comiera.

Abrió *All the Year Round* y buscó cualquier artículo que pudiera parecerle remotamente interesante.

Entró Malachy a decirle unas palabras a su hija.

—¿Esas qué son? —le preguntó.

Anna le fue diciendo el nombre de las flores del jarrón: rododendro, trébol de río, brezo de turbera, mansiega, pinguicula.

Él le seguía la curva de la oreja sin darse cuenta.

Lib se preguntaba si le notaría el pelo más pobre, las zonas escamosas, el vello de la cara, la hinchazón de las extremidades. ¿O a su padre le parecía la misma de siempre?

Nadie llamó a la puerta de la cabaña esa tarde; tal vez la lluvia incesante mantenía a raya a los curiosos. Desde que había estado con el cura, la niña no había dicho ni una palabra. Estaba sentada con un himnario abierto en el regazo.

Cinco días, pensó Lib, mirándola tan fijamente que los ojos le picaban. ¿Podía una niña terca aguantar cinco días tomando sorbos de agua?

Kitty le trajo la bandeja a Lib a las cuatro menos cuarto. Col, nabos y las inevitables tortas de avena. Sin embargo, tenía hambre, así que se lo tomó como si fuera el más delicado de los manjares. En esta ocasión las tortas estaban levemente ennegrecidas y crudas en el centro, pero se las tragó. Ya había limpiado la mitad del plato cuando se acordó de Anna, que a menos de tres pasos de ella murmuraba esa oración que para ella seguía siendo la de Teodoro. Eso lograba aplacar el hambre: te volvía ciego a todo lo demás. La masa de avena le subió a la garganta.

Una enfermera que había conocido en Scutari había pasado cierto tiempo en una plantación de Misisipí y contaba que lo más terrible era lo rápido que uno dejaba de ver los collares y las cadenas. La gente se acostumbra a cualquier cosa.

Lib se quedó mirando el plato y se imaginó viéndolo como aseguraba verlo Anna: como si fuera una herradura o un tronco o una piedra. Imposible.

Lo intentó de nuevo, distanciándose de las verduras, como si estuvieran dentro de un marco. Ya no era más que la fotografía de un plato grasiento; al fin y al cabo, no lames una foto ni das un bocado a una página. Añadió un cristal y otro marco y otro cristal, encerrando el plato en una caja. No era para comer.

Pero la col era una vieja amiga; su aroma caliente y sabroso la llamaba. La pinchó con el tenedor y se la llevó a la boca.

Anna miraba la lluvia con la cara prácticamente pegada a la ventana mojada.

La señorita N. sostenía opiniones apasionadas sobre la importancia del sol para los enfermos, recordó Lib. Como las plantas, se encogen sin él. Eso le llevó a pensar en Mc-Brearty y su arcana teoría acerca de vivir de la luz.

Por fin, cerca de las seis, el cielo se despejó y Lib decidió que el riesgo de recibir visitas era escaso tan tarde, así que llevó a Anna a dar un paseo por los alrededores de la granja. Iban las dos bien abrigadas con un mantón. La niña extendió la mano hinchada hacia una mariposa marrón que aleteó.

—¿No es esa nube de ahí igualita que una foca?

Lib entornó los ojos.

—Me parece que nunca has visto una foca de verdad, Anna.

—En foto, sí.

A los niños les gustan las nubes, claro: informes o, más bien, siempre cambiantes, caleidoscópicas.

La inteligencia incipiente de aquella pequeña nunca había sido moldeada. No era de extrañar que hubiera sido presa de una ambición tan fantasiosa como la de una vida sin hambre.

Cuando regresaron, había un hombre alto con barba fumando en la mejor silla.

Se volvió sonriente hacia Anna.

—¿Deja entrar a un desconocido en cuanto me doy la vuelta? —le susurró mordaz Lib a Rosaleen.

—John Flynn no es ningún desconocido. —La mujer no bajó la voz—. Tiene una hermosa granja de gran tamaño camino arriba y suele pasarse por la tarde para traerle el periódico a Malachy.

—Nada de visitas —le recordó Lib.

La voz que surgió de aquella barba era muy grave.

—Formo parte del comité que le paga el sueldo, señora Wright.

Había vuelto a meter la pata.

—Le ruego que me perdone, señor. No lo sabía.

—¿Le apetece un poco de whisky, John? —La señora O'Donnell fue a coger la botellita para las visitas que había en la hornacina, junto al fuego.

—No, ahora, no. Anna, ¿cómo te encuentras esta tarde? —le preguntó Flynn con suavidad, haciéndole señas para que se acercara.

—Muy bien —le aseguró la niña.

—Eres maravillosa. —El granjero tenía los ojos vidriosos, como si estuviera teniendo una visión. Acercó una manaza a la cabeza de la niña para acariciársela—. Nos das esperanza a todos, lo que verdaderamente nos hace falta en esta época de abatimiento —le dijo—. Un faro que ilumina estos campos. Que ilumina esta isla entera sumida en la ignorancia.

Anna se apoyaba en una sola pierna, avergonzada.

—¿Rezas una oración conmigo? —le pidió el hombre.

—Tiene que quitarse esta ropa húmeda —dijo Lib.

—Susurra una por mí, entonces, cuando te vayas a dormir —le insistió, mientras Lib se llevaba a la niña al dormitorio.

—Claro que sí, señor Flynn —le respondió Anna, volviendo solo la cabeza.

—¡Que Dios te bendiga!

¡Qué diminuta y sombría la habitación sin la lámpara!

—Pronto habrá oscurecido —comentó Lib.

—El que me sigue no andará en tinieblas —citó Anna, desabrochándose los puños.

—Ya puedes ponerte el camisón.

—De acuerdo, doña Elizabeth, ¿o es Eliza, tal vez? —El cansancio le torcía la sonrisa.

Lib se concentró en los diminutos botones de la niña.

—¿O Lizzy? Lizzy me gusta.

—No es Lizzy.

—¿Izzy? ¿Ibby?

—¡Iddly-diddly!

Anna estalló en carcajadas.

—La llamaré así, pues, doña Iddly-diddly.

—No lo harás, duendecilla.

¿Estarían los O'Donnell y su amigo Flynn preguntándose a qué venía aquella algarabía que oían a través de la pared?

—Sí que lo haré —dijo Anna.

—Lib. —Le salió solo, como una tos—. Me llamaban Lib. —Ya lamentaba habérselo dicho.

—Lib —repitió Anna, asintiendo satisfecha.

Era agradable oírlo. Como de niña, cuando su hermana todavía la admiraba, cuando creían que siempre se tendrían la una a la otra.

Mantuvo los recuerdos a distancia.

—¿Y tú qué? ¿Algún apelativo cariñoso?

Anna negó con la cabeza.

—Tal vez Annie. Hanna, Nancy, Nan...

—Nan —dijo la niña, saboreando la palabra.

—¿Te gusta más Nan?

—Pero esa no sería yo.

Lib se encogió de hombros.

—Una mujer puede cambiar de nombre; cuando se casa, por ejemplo.

—¿Estuvo usted casada, doña Lib?

Lib asintió con cautela.

—Soy viuda.

—¿Siempre está triste?

Lib estaba desconcertada.

—Estuve con mi marido menos de un año.

¿Parecía fría diciendo aquello?

—Tuvo que haberlo amado —dijo Anna.

No podía responder a eso. Trató de recordar a Wright; su cara era un borrón.

—A veces, cuando la desgracia cae sobre ti, comenzar de nuevo es lo único que puedes hacer.

—Comenzar, ¿qué?

—Todo. Una vida completamente nueva.

La niña asimiló la idea en silencio.

Casi no veían nada cuando entró Kitty con la lámpara.

Más tarde se presentó Rosaleen O'Donnell con el *Irish Times* que había dejado John Flynn. Allí estaba la fotografía que le había sacado Reilly a Anna el lunes por la tarde; la xilografía hacía más burdas todas sus líneas y sombras. El efecto perturbó a Lib, como si sus días y sus noches en aquella reducida cabaña estuvieran siendo transformados en una fábula, en un cuento con moraleja.

—Debajo hay un artículo largo —dijo la madre, estremecida de satisfacción.

Mientras Anna se cepillaba el pelo, Lib se acercó a la lámpara y leyó por encima el artículo. Era la primera entrega de William Byrne, vio, en la que citaba a Petronio, improvisado el miércoles por la mañana, cuando no tenía información sólida de ningún tipo acerca del caso.

No podía estar en desacuerdo con lo de la ignorancia provinciana.

El segundo párrafo era nuevo para ella.

Por supuesto, la abstención lleva siendo desde hace mucho tiempo un arte claramente irlandés. Como reza la vieja máxima de Hibernia: «Deja la cama con sueño y la mesa con hambre.»

Aquello no era una noticia, pensó Lib, sino pura palabrería; el tono frívolo le dejó un mal sabor de boca.

Los sofisticados urbanitas que han perdido el gaélico tal vez necesiten que les recuerde que en su antigua lengua, la palabra correspondiente a «miércoles» significa «primer ayuno» y la correspondiente a «viernes», «segundo ayuno». (En estos dos días, la tradición dicta que hay que dejar llorar tres veces a los bebés impacientes antes de darles el biberón.) La palabra correspondiente a «jueves» significa, en delicioso contraste, «el día entre ayunos».

¿Era posible que todo aquello fuera cierto? No confiaba en aquel guasón; Byrne tenía suficiente erudición pero la usaba para hacer reír.

Nuestros antepasados tenían la costumbre (en el idioma de Hibernia) de ayunar contra un ofensor o un deudor, es decir, matarse de hambre a la puerta de su casa. Se dice que el propio san Patricio ayunó contra su Creador en la montaña que lleva su nombre en el condado de Mayo, con notable éxito: avergonzó al Todopoderoso, que le concedió el derecho a juzgar a los irlandeses en los Últimos Días. También en la India protestar por medio del ayuno a domicilio ha llegado a ser tan frecuente que el virrey propone prohibirlo. En cuanto a si la pequeña señorita O'Donnell está expresando alguna queja juvenil renunciando a cuatro meses de desayunos, almuerzos y cenas, este corresponsal aún no ha podido determinarlo.

A Lib le dieron ganas de arrojar el periódico al fuego. ¿Aquel tipo no tenía corazón? Anna era una niña con problemas, no un chiste veraniego para entretenimiento de los lectores del periódico.

—¿Qué dice de mí, doña Lib?

—No habla de ti, Anna —repuso Lib, cabeceando.

Para distraerse, leyó los titulares en negrita sobre asuntos de importancia mundial. Las elecciones generales; la unión de Moldavia y Valaquia; el asedio de Veracruz; la erupción volcánica que se estaba produciendo en Hawái.

Inútil. Todo aquello le daba igual. Trabajar como enfermera particular constreñía bastante, pero las peculiaridades de aquel trabajo en concreto habían aumentado ese efecto hasta reducir su mundo a una pequeña habitación.

Formó un rollo apretado con el periódico y lo dejó en la

bandeja del té, junto a la puerta. Luego volvió a repasar todas las superficies, no porque siguiera creyendo que había algún escondite oculto hasta el que Anna reptaba para comer durante los turnos de la monja, sino simplemente para hacer algo.

En camisón, la pequeña tejía medias de lana. ¿Era posible que, después de todo, Anna tuviera alguna queja tácita?, se preguntó Lib.

—Hora de acostarse. —Ahuecó las almohadas para darles forma y que mantuvieran la cabeza de la niña en la posición adecuada.

Se dedicó a sus anotaciones.

> *La hidropesía no mejora.*
> *Las encías igual.*
> *Pulso: 98 pulsaciones por minuto.*
> *Pulmones: 17 respiraciones por minuto.*

Cuando llegó la monja para realizar su turno, Anna ya dormía.

Lib tenía que hablar, aunque la mujer se resistiera a cualquier propuesta.

—Cinco días y cuatro noches, hermana, y no he visto nada. Por favor, dígame, por el bien de nuestra paciente, ¿lo ha visto usted?

Una vacilación y luego la monja negó con la cabeza.

Aún más quedamente:

—Tal vez porque no hay nada que ver.

Lo que significaba que... Que no se había alimentado a escondidas porque Anna era de hecho un prodigio viviente que subsistía exclusivamente a base de oración. Invadía la cabaña, el país entero un tufo de inefabilidad que a Lib le revolvía el estómago.

Se expresó con todo el tacto posible.

—Tengo algo que decirle. No es acerca de Anna sino de nosotras.

Aquello intrigó a la monja.

—¿De nosotras? —inquirió, al cabo de un momento.

—Estamos aquí para observar, ¿no es así?

La hermana Michael asintió.

—Pero estudiar algo puede implicar entrometerse. Si pones un pez en un acuario o una planta en una maceta con intención de observarlos, cambias las condiciones de su entorno. Sea lo que sea de lo que ha estado viviendo Anna durante los cuatro últimos meses... ahora todo es diferente, ¿no está de acuerdo?

La monja se limitó a ladear la cabeza.

—Debido a nosotras —dijo Anna despacio—. La observación ha alterado la situación observada.

La hermana Michael arqueó las cejas, que desaparecieron debajo de la banda de lino blanco.

—Si de alguna manera han estado recurriendo a un subterfugio en esta casa durante los últimos meses —prosiguió Lib—, nuestra vigilancia ha acabado con él necesariamente desde el lunes. Por tanto, cabe la posibilidad de que usted y yo seamos quienes realmente impiden que Anna se alimente.

—¡No hacemos nada!

—Observamos, constantemente. ¿No la hemos pinchado con un alfiler como a una mariposa? —Una comparación desafortunada; demasiado morbosa.

La monja negó con la cabeza no una sino varias veces.

—Espero estar equivocada —dijo Lib—, pero, si tengo razón, si la niña lleva cinco días sin comer nada...

La hermana Michael no dijo que eso no pudiera ser ni que Anna no necesitara comida.

—¿Ha notado algún cambio serio en su estado? —se limitó a preguntar.

—No —admitió Lib—. Ninguno que pueda señalar.

—Bien, pues.

—Bien, pues, ¿qué, hermana? —¿Estaba Dios en el cielo y todo bien en este mundo?—. ¿Qué hacemos?

—Aquello para lo que nos han contratado, señora Wright. Ni más, ni menos.

Dicho esto, la monja se sentó y abrió su libro sagrado como si levantara una barricada.

Aquella granjera que había acabado en la Casa de la Caridad tenía sin duda un alma noble, pensó Lib, exasperada. Seguramente era inteligente a su manera, también, si hubiera permitido que su mente traspasara los límites impuestos por sus superiores y el papa de Roma. «Hacemos voto de ser útiles», había dicho la hermana, pero ¿de qué utilidad era allí?

Lib pensó en lo que la señorita N. le había dicho a una enfermera a la que había mandado de vuelta a Londres cuando llevaba solo una quincena en Scutari. En el frente, quien no es útil estorba.

En la cocina habían empezado a rezar el rosario. Los O'Donnell, John Flynn y su criada ya se habían arrodillado cuando Lib entró.

—Danos el pan nuestro de cada día —entonaban.

¿Aquella gente se daba cuenta de lo que decía? ¿Y el pan de cada día de Anna O'Donnell, qué?

Abrió la puerta y salió a la oscuridad nocturna.

El sueño la llevaba una y otra vez al pie del acantilado de la estampita, el que tenía la cruz en el punto más elevado y el enorme corazón rojo que latía. Lib tenía que subir la escalera excavada en la pared de roca. Las piernas cansadas le temblaban y, por muchos escalones que subiera, no llegaba nunca al final.

Cuando se despertó en la oscuridad se dio cuenta de que era sábado por la mañana.

Al llegar a la cabaña vio la colada en los arbustos, más húmeda que nunca tras la lluvia del día anterior.

La hermana Michael estaba al lado de la cama, observando cómo subía y bajaba el pecho de Anna bajo la revuelta manta.

Lib arqueó las cejas en una muda pregunta.

La monja cabeceó.

—¿Cuánta agua ha bebido?

—Tres cucharadas —susurró la hermana.

No es que fuera importante; solo era agua.

La monja recogió sus cosas y, sin decir nada más, salió.

Un cuadrado de luz se desplazaba lentamente sobre Anna: la mano derecha, el pecho, la mano izquierda. ¿Solían dormir tanto los niños de once años o Anna lo hacía porque su organismo se estaba quedando sin combustible?

En aquel momento Rosaleen O'Donnell entró procedente de la cocina y Anna parpadeó, despertándose. Lib se apartó hacia la cómoda para permitir el saludo matutino.

La mujer se quedó entre su hija y el pálido sol de color limón. Mientras Rosaleen se inclinaba para envolver como siempre a la niña en un abrazo, Anna le apoyó la mano plana en el pecho huesudo.

Rosaleen O'Donnell se quedó helada.

Anna cabeceó, sin palabras.

Rosaleen se incorporó y tocó la mejilla de la niña. Cuando salía, le lanzó a Lib una mirada venenosa.

Lib estaba conmovida; ella no había hecho nada. ¿Era culpa suya que la niña hubiera acabado hartándose de que la adulara aquella madre hipócrita? Tanto si Rosaleen O'Donnell estaba detrás de la farsa como si se había limitado a hacer la vista gorda, allí seguía, mientras su hija empezaba el sexto día de ayuno.

«Ha rechazado el abrazo de su madre», anotó en la libreta, y deseó de inmediato no haberlo hecho, porque se suponía que aquel registro debía limitarse a los hechos médicos.

Cuando volvía al pueblo aquella tarde, Lib abrió la puerta herrumbrosa del cementerio. Sentía curiosidad por ver la tumba de Pat O'Donnell.

Las lápidas no eran tan viejas como esperaba; no encontró inscripciones anteriores a 1850. Supuso que el suelo blando hacía que muchas se cayeran y que el aire húmedo las cubría de musgo.

Ten piedad de... En memoria... En cariñoso recuerdo de... Aquí yace... En recuerdo de su primera esposa, que dejó este mundo... Erigido para la posteridad de... También de su segunda esposa... Rogad por el alma de... Murió exultante en su Salvador, con la esperanza segura y cierta de la resurrección.

(¿En serio? ¿Había alguien que muriera exultante? El tonto que había escrito aquella frase nunca había estado sentado en una cama escuchando el último estertor de nadie.)

De quince años... Veintitrés... Noventa y dos... Treinta y nueve años. Gracias a Dios, que le dio la victoria.

Lib vio un monograma grabado de pequeño tamaño en casi todas las tumbas: IHS, dentro de una especie de sol radiante. Recordaba vagamente que significaba «He sufrido».*

Había una parcela sin lápida, lo bastante grande para albergar veinte féretros alineados. ¿Quién reposaba en ella?

---

* En inglés: *I have suffered*. Sin embargo, de hecho el monograma corresponde al nombre griego de Jesús, Ιησούς (en mayúsculas ΙΗΣΟΥΣ), del que sería la abreviatura. *(N. de la T.)*

Se dio cuenta entonces de que tenía que ser una fosa común llena de gente anónima.

Se estremeció. Debido a su profesión estaba acostumbrada a la muerte, pero aquello era como adentrarse en casa de su enemiga. Siempre que veía una referencia a un niño pequeño apartaba los ojos. También un hijo y dos hijas... También tres niños... También sus hijos, que murieron jóvenes. A la edad de ocho años... A la edad de dos años y diez meses. (Los destrozados padres contaban incluso los meses.)

Los ángeles vieron la flor que se abría
y con alegría y amor
la llevaron a un hogar más justo
para florecer en los campos celestiales.

Lib se estaba clavando las uñas en las palmas de las manos. Si este mundo era un campo tan indigno para los mejores especímenes de Dios, ¿por qué los plantaba perversamente en él? ¿Qué sentido podían tener aquellas cortas y malogradas vidas?

Estaba a punto de abandonar la búsqueda cuando encontró al muchacho.

PATRICK MARY O'DONNELL
3 DE DICIEMBRE DE 1843-
21 DE NOVIEMBRE DE 1858
DORMIDO EN JESÚS

Se quedó mirando las palabras netamente cinceladas, intentando entender lo que significaban para Anna. Se imaginó a un chico larguirucho, lleno de vida, con botas viejas y pantalones embarrados, inquieto, con la energía de los catorce años.

La de Pat era la única tumba de los O'Donnell, lo que sugería que había sido la única esperanza de continuar con el apellido de Malachy, en aquel pueblo al menos, y también que si la señora O'Donnell había tenido otros embarazos, no habían llegado a término. Lib dejó a un lado un momento el desagrado que sentía por la mujer y tuvo en cuenta por todo lo que había tenido que pasar Rosaleen; todo lo que la había encallecido. Siete años de escasez y pestilencia, como Byrne lo había descrito en tono bíblico. Un niño y su hermanita, y poco o nada con que alimentarlos. Luego, después de superar aquellos años terribles, Rosaleen había perdido a su hijo ya casi criado de la noche a la mañana... Aquel dolor podía haberle producido una extraña alteración. En lugar de aferrarse a su última hija, tal vez se le había helado el corazón. Lib podía entender la sensación de no tener nada más que dar. ¿Sería por eso que la mujer profesaba un culto misterioso a Anna y que prefería al parecer que su hija fuera más santa que humana?

Sopló el viento en el camposanto y Lib se arrebujó con la capa. Cerró la puerta chirriante y dobló hacia la derecha por delante de la capilla. Aparte de la pequeña cruz de piedra, la capilla no era muy distinta de cualquiera de las casas de alrededor, pero ¿qué poder ejercía don Thaddeus desde su altar?

Cuando llegó al pueblo el sol había salido y todo brillaba. Una mujer rubicunda de cara la agarró de la manga cuando dobló la esquina.

Lib retrocedió.

—Perdone, 'ñora. Solo me preguntaba cómo está la pequeña.

—No puedo decírselo. —Por si no la había entendido, añadió—: Es confidencial.

¿Conocería la mujer aquel término? Por el modo en que la miraba no estaba claro que así fuera.

Esta vez Lib fue directamente hacia Mullingar, simplemente porque todavía no había caminado en aquella dirección. No tenía hambre y no soportaba encerrarse ya en su habitación del establecimiento de Ryan.

Oyó el sonido metálico de las herraduras de un caballo a su espalda. Hasta que el jinete llegó a su altura no reconoció los hombros anchos y los rizos rojizos. Saludó con un gesto de asentimiento, esperando que William Byrne se tocara el sombrero y continuara a medio galope.

—Señora Wright, qué placer encontrarla. —Byrne descabalgó.

—Necesito mi paseo diario —fue lo único que se le ocurrió decir.

—Como *Polly* y yo.

—¿Ya está bien?

—Muy bien y disfrutando de la vida campestre. —Le dio una palmada en el flanco reluciente al animal—. ¿Y usted? ¿Ya ha visitado algún lugar?

—Ni uno solo, ni siquiera un círculo de piedras. Acabo de estar en el cementerio —le comentó—, aunque allí no hay nada de interés histórico.

—Bueno, iba contra la ley que enterráramos a los nuestros, de modo que las tumbas católicas más antiguas estarán en el cementerio protestante del pueblo más cercano —le explicó él.

—¡Ah! Disculpe mi ignorancia.

—Con gusto. Es más difícil excusar su resistencia a los encantos de este hermoso paisaje —dijo, haciendo una floritura con la mano.

Lib frunció los labios.

—Un interminable lodazal encharcado. Me caí de cabeza en él ayer y creí que no podría volver a salir.

Byrne sonrió de oreja a oreja.

—Solo debe temer las zonas que parecen terreno sólido pero de hecho son una esponja flotante. Si las pisas te hundes en el agua turbia de debajo.

Lib torció el gesto. Estaba disfrutando bastante de hablar de algo que no fuera la vigilancia.

—Después está el cieno que se desliza —prosiguió él—. Es como una avalancha...

—Eso se lo está inventando.

—Lo juro —dijo Byrne—. Después de un chaparrón intenso, toda la capa superficial de tierra llega a desprenderse, centenares de hectáreas de turba se deslizan más deprisa de lo que puede correr un hombre.

Lib sacudió la cabeza.

William se llevó la mano al corazón.

—¡Por mi honor de periodista! Pregúnteselo a cualquiera de por aquí.

Ella le lanzó una mirada de soslayo, imaginando una ola marrón desplazándose hacia ellos.

—La turba es algo extraordinario —dijo Byrne—. Es la piel mullida de Irlanda.

—Buena para quemar, supongo.

—¿Qué, Irlanda?

Lib estalló en carcajadas.

—Le aplicaría una cerilla a este lugar, sospecho, si antes pudieran drenarlo —comentó él.

—Lo dice usted, no yo.

William sonrió con suficiencia.

—¿Sabe usted que la turba posee la misteriosa capacidad de conservar las cosas tal como eran en el momento de la inmersión? De estos pantanos se han sacado tesoros escondidos: espadas, calderos, libros iluminados…, y de vez en cuando algún cadáver en bastante buen estado de conservación.

Lib esbozó una mueca de asco.

—Debe de echar de menos los placeres urbanos de Dublín —dijo, para cambiar de tema—. ¿Tiene familia allí?

—Mis padres y tres hermanos.

No era lo que Lib había esperado que dijera, pero creyó saber el motivo: estaba soltero. Claro, todavía era joven.

—El hecho es, señora Wright, que me deslomo trabajando. Soy el corresponsal en Irlanda de varios periódicos ingleses y, además, escribo mucho sobre unionismo para el *Daily Express* de Dublín, sobre fervor feniano para el *Nation*, sobre devoción católica para el *Freeman's Journal*...

—Entonces es el muñeco deslomado de un ventrílocuo —apostilló Lib.

William rio entre dientes.

Lib pensó en la carta del doctor McBrearty acerca de Anna que había dado pie a aquella controversia.

—Y para el *Irish Times*, ¿qué? ¿Artículos satíricos?

—No, no. Opiniones moderadas acerca de temas nacionales y asuntos de interés general —dijo Byrne en un tono trémulo propio de las viudas—. Luego, de vez en cuando, por supuesto, estudio la barra del bar.

El golpe de ingenio hizo soportable su jactancia. Lib se acordaba del artículo que había tenido ganas de arrojar al fuego la noche anterior. El hombre solo hacía su trabajo con los medios que tenía a su alcance, igual que ella. Si no le permitían siquiera ver a Anna, ¿qué podía escribir aparte de frivolidades eruditas?

Tenía demasiado calor; se quitó la capa y se la puso al brazo, dejando que el aire le atravesara el vestido de *tweed*.

—Dígame, ¿nunca saca de paseo a su joven paciente? —le preguntó Byrne.

Lib le lanzó una mirada de advertencia.

—Estos campos son extrañamente ondulados —comentó.

—Eran sembrados —le explicó él—. Las patatas se sembraban en hileras y la turba las ha recubierto.

—Pero está todo cubierto de hierba.

Él se encogió de hombros.

—Bueno, hay menos bocas que alimentar desde la hambruna.

Lib se acordó de la fosa común del cementerio.

—¿No fue por culpa de una especie de hongo de la patata?

—La culpa no fue solo de un hongo —dijo Byrne, con tanta vehemencia que Lib retrocedió un paso—. No habría perecido medio país si los terratenientes no hubieran seguido exportando maíz, apoderándose del ganado, alquilando, desahuciando, incendiando cabañas..., o si el gobierno de Westminster no hubiera considerado lo más prudente no mover el culo y dejar que los irlandeses se murieran de hambre. —Se secó el sudor de la frente.

—Usted no se ha muerto de hambre, por lo que veo —dijo ella, castigándolo por su ordinariez.

William se lo tomó bien, con una sonrisa irónica.

—El hijo de un tendero pocas veces se muere de hambre.

—¿Estaba en Dublín durante esos años?

—Hasta que cumplí dieciséis años y conseguí mi primer trabajo como corresponsal especial —repuso él, pronunciando esto último con un dejo de ironía—. Es decir: un editor consintió en mandarme al ojo del huracán, a expensas de mi padre, para describir los efectos de la plaga de la patata. Intenté usar un tono neutral, sin acusar a nadie, pero cuando redactaba el cuarto artículo me pareció que no hacer nada era el peor pecado de todos.

Lib observaba el rostro tenso de Byrne. Tenía la mirada perdida. No estaba viendo la estrecha carretera.

—Así que escribí que tal vez Dios hubiera mandado la roya, pero que la hambruna se debía a los ingleses.

Lib estaba atónita.

—¿El editor lo publicó?

—¡Sedición!, gritó —dijo Byrne con un sonsonete burlón y abriendo mucho los ojos—. Entonces fue cuando me marché a Londres.

—¿A trabajar para los malvados ingleses?

William se clavó una imaginaria estaca en el corazón.

—¡Qué hábil es usted para meter el dedo en la llaga, señora Wright! Sí. Al cabo de un mes estaba dedicando el talento que Dios me ha dado a las debutantes y las carreras de caballos.

—Lo hizo lo mejor que pudo —dijo Lib, ironías aparte.

—Por poco tiempo, sí, a los dieciséis años. Luego cerré la boca y acepté las monedas de plata.

El silencio se instaló entre ambos mientras seguían paseando. *Polly* se detuvo a masticar unas hojas.

—¿Sigue siendo un hombre creyente? —Era una pregunta tremendamente personal, pero tenía la sensación de que se habían adentrado más allá de lo trivial.

Byrne asintió.

—Ni siquiera todas las miserias que he visto me han arrebatado eso. ¿Y usted, Elizabeth Wright? ¿Es muy atea?

Lib se puso a la defensiva. Lo había dicho como si fuera una bruja loca que invocaba a Lucifer en los páramos.

—¿Qué le da derecho a suponer...?

—Usted me lo ha preguntado a mí, señora —la cortó él—. Un verdadero creyente nunca lo pregunta.

El hombre tenía razón.

—Creo en lo que puedo ver.

—En nada aparte de lo que le dicen sus sentidos, entonces. —Enarcó una ceja rojiza.

—Prueba y error. Ciencia. Es en lo único que podemos confiar.

—¿Se ha vuelto así porque se quedó viuda?

A Lib le hirvió la sangre. Se ruborizó hasta la frente.

—¿Quién le ha dado información sobre mí? ¿Y por qué se presume siempre que las opiniones de una mujer se basan en consideraciones personales?

—¿La guerra, entonces?

Su inteligencia le llegó al alma.

—En Scutari —dijo—, llegué a pensar que si el Creador no puede impedir tales abominaciones, ¿de qué sirve?

—Y si puede pero no lo hace, tiene que ser un demonio.

—Yo no he dicho eso.

—Lo dijo Hume.

Lib no sabía quién era Hume.

—Un filósofo que murió hace mucho tiempo —le explicó él—. Mentes más agudas que la suya han llegado al mismo callejón sin salida. Es un rompecabezas tremendo.

No se oía más que el sonido de sus botas sobre el barro seco y el suave golpeteo de los cascos de *Polly*.

—¿Cómo le dio la ventolera de ir a Crimea, para empezar?

244

Lib sonrió apenas.

—Leí un artículo en el periódico.

—¿De Russell? ¿En el *Times*?

—No sé de quién era.

—Billy Russell es de Dublín, como yo —dijo Byrne—. Sus crónicas desde el frente lo cambiaron todo. Hizo que fuera imposible hacer la vista gorda.

—Todos esos hombres pudriéndose —dijo Lib, asintiendo—, sin nadie que los ayudara.

—¿Qué fue lo peor?

La brusquedad de Byrne la estremeció, pero le respondió.

—El papeleo.

—¿Y eso por qué?

—Para conseguirle una cama a un soldado, digamos, había que entregar una solicitud de un color determinado al oficial de guardia y luego al proveedor para que la refrendara, y después de eso, y solo entonces, el comisario daba la cama —le explicó—. Para una dieta líquida o de carne, o un medicamento, o incluso un opiáceo que hacía falta con urgencia, había que presentar una petición de otro color distinto a un médico y convencerlo para que encontrara el tiempo para pedírselo al administrador y que lo refrendaran dos oficiales más. A esas alturas, el paciente muy probablemente ya había muerto.

—¡Dios mío! —No se disculpó por haber tomado el nombre de Dios en vano.

Lib no recordaba la última vez que alguien la había escuchado con tanta atención.

—Artículos «injustificados» era el término que aplicaba la oficina del gobierno a aquellas cosas que, por definición, no podía suministrar porque los hombres tendrían que haberlas traído en su propia mochila: camisas, tenedores, etc. Pero en algunos casos no habían llegado a descargar las mochilas de los barcos.

—Burócratas —murmuró Byrne—. Una falange de pequeños Pilates sin corazón que se lavan las manos.

—Teníamos tres cucharas para dar de comer a cien hombres. —La voz le tembló al decir «cuchara»—. Corría el rumor de que había una buena provisión de ellas en algún almacén de suministros, pero nunca las encontramos. Al final la señorita Nightingale me puso su propio monedero en la mano y me mandó al mercado a comprar cien cucharas.

El irlandés medio se echó a reír.

Ese día, Lib había tenido demasiada prisa para preguntarse por qué, de todas, la señorita N. la había mandado a ella. En aquel momento se daba cuenta de que no había sido por sus dotes de enfermera sino por una cuestión de confianza. ¡Qué honor que la hubiera escogido para hacer aquel recado! Aquello era mejor que cualquier medalla prendida en la capa.

Caminaron en silencio. Ya estaban muy lejos del pueblo.

—A lo mejor soy un niño, o un loco, por seguir siendo creyente —dijo William Byrne—. Hay más cosas en el cielo y la tierra, Horacio, y todo eso.

—No pretendía decir...

—No, lo admito: no puedo enfrentarme al horror sin el escudo del consuelo.

—¡Oh! Yo me consolaría si pudiera —dijo Lib con un hilo de voz.

Sus pisadas, las de *Polly*, y un pájaro que producía un sonido tintineante en las zarzas.

—¿No ha clamado la gente de todas partes y todas las épocas a su Creador? —preguntó Byrne.

Por un momento, sonó pomposo y joven.

—Lo que solo demuestra que deseamos uno —murmuró Lib—. ¿No hace precisamente la intensidad de ese anhelo más probable que sea solo un sueño?

—¡Oh, qué frialdad!

Ella se chupó el labio inferior.

—¿Qué me dice de nuestros muertos? —le preguntó Byrne—. ¿La sensación de que no se han ido del todo es una mera ilusión?

Los recuerdos la asaltaron. El peso en sus brazos; el dulce cuerpo pálido todavía caliente, inmóvil. Cegada por las lágrimas, avanzó a trompicones, intentando escapar de él.

Byrne la alcanzó y la agarró por el codo.

Lib no era capaz de explicarse. Se mordió el labio hasta saborear la sangre.

—Lo siento muchísimo —se disculpó él, como si lo entendiera.

Ella se soltó y se abrazó. Sus lágrimas se deslizaban por la tela impermeable de la capa que llevaba al brazo.

—Perdóneme. Mi trabajo consiste en hablar, aunque debería aprender a cerrar la boca.

Durante un rato, mientras caminaban, Byrne mantuvo la boca cerrada, como para demostrar que sabía hacerlo.

—Yo no soy así —dijo por fin Lib, con la voz ronca—. Este caso me ha..., me ha descentrado.

Él se limitó a asentir.

De todas las personas con las que no debía irse de la lengua... un periodista. Pero ¿quién más iba a entenderla?

—He estado observando a la niña hasta que me han dolido los ojos. No come pero sigue viva, más viva que nadie que yo conozca.

—¿Ya la tiene medio convencida, entonces? ¿Ya casi se la ha ganado, con lo cabezota que es usted?

Lib no sabía hasta qué punto estaba siendo irónico.

—Simplemente no sé qué hacer con ella —fue lo único que pudo responderle.

—Deje que pruebe yo, pues.

—Señor Byrne...

—Considéreme un nuevo par de ojos. Sé cómo hablarle a la gente, se lo digo yo. Tal vez consiga sacarle algo a la niña.

Con la vista baja, Lib sacudió la cabeza. Que el hombre sabía cómo hablar a la gente era innegable, sí; tenía la habilidad de sacar información a quienes deberían habérselo pensado dos veces antes de dársela.

—Llevo cinco días rondando por aquí —prosiguió él, con más dureza—, y ¿qué tengo?

Lib se acaloró. Por supuesto, el periodista consideraba todo el tiempo que había pasado conversando con la enfermera inglesa una pérdida de tiempo y un aburrimiento. No era guapa, ni brillante, ni joven ya; ¿cómo podía haber olvidado que no era más que el medio para llegar a un fin?

No tenía ninguna obligación de intercambiar ni una sola palabra más con aquel provocador. Dio media vuelta y se marchó a pasos largos hacia el pueblo.

4

Vigilia

Vigilia

    práctica devocional,

    ocasión para mantenerse despierto con un
        determinado propósito,

    vigilancia mantenida la víspera de una
        festividad.

La colada había desaparecido de los arbustos y la cabaña olía a vapor y metal caliente; las mujeres seguramente se habían pasado toda la tarde planchando.

Nada de rosario ese día, por lo visto. Malachy fumaba en pipa y Kitty dirigía las gallinas hacia el aparador.

—¿Ha salido la señora? —le preguntó Lib.

—Tiene Cofradía Femenina los sábados —repuso Kitty.

—¿Eso qué es?

Sin embargo, la criada corría ya detrás de un ave recalcitrante.

Lib tenía preguntas más urgentes que se le habían ocurrido mientras yacía despierta aquella tarde. En cierto modo, de todo el grupo, era en la muchacha en quien más dispuesta estaba a confiar, por mucho que la joven tuviera la cabeza llena de hadas y de ángeles. De hecho, se arrepentía de no haber cultivado la amistad de la sirvienta desde el primer día. Se acercó a ella.

—Kitty, ¿por casualidad te acuerdas de lo último que comió tu prima antes del cumpleaños?

—Claro que sí. ¿Cómo iba a olvidarlo? —dijo Kitty alterada. Doblada por la cintura para cerrar el aparador, añadió algo parecido a «ostra».

—¿Ostras?

—Ha dicho la «hostia» —terció Malachy O'Donnell volviendo hacia ella la cabeza—. El cuerpo de Nuestro Señor en forma de pan.

Lib se imaginó a Anna abriendo la boca para recibir aquel circulito de pan que para los católicos romanos era verdaderamente la carne de su Dios.

Con los brazos cruzados, la criada le hizo un gesto de asentimiento a su señor.

—Su primera Santa Comunión la bendijo. No quiso que su última comida fuese terrenal, ¿verdad, Kitty?

—No quiso, no.

Su última comida; como la de un preso condenado a muerte. Así que Anna había comulgado por primera y única vez antes de cerrar la boca. ¿Qué extraña distorsión de la doctrina la había impulsado a hacerlo? ¿Tenía la pequeña el convencimiento de que, ahora que había recibido el alimento divino, ya no necesitaba el terrenal?

Las facciones del padre fluctuaban a la luz de las llamas.

Algún adulto había mantenido con vida a Anna todos aquellos meses, se recordó Lib. ¿Podía haber sido Malachy? Le costaba creerlo. Por supuesto, existe una zona gris entre la inocencia y la culpabilidad.

¿Y si el hombre había descubierto el truco (de su mujer o del cura, o de ambos), pero cuando la fama de su pequeña ya se había extendido tanto que no se había atrevido a interferir?

En el dormitorio, junto a la niña dormida, la hermana Michael ya se estaba poniendo la capa.

—El doctor McBrearty se ha pasado por aquí esta tarde —le susurró.

¿Algo de lo que le había dicho ella había calado por fin en el médico?

—¿Qué instrucciones ha dejado?

—Ninguna.

—Pero, ¿qué ha dicho?

—Nada de particular. —La expresión de la monja era inextricable.

De todos los médicos a cuyas órdenes había trabajado, aquel afable anciano era el más difícil.

La monja se marchó y Anna siguió durmiendo.

El turno de noche era tan tranquilo que Lib tuvo que andar de un lado para otro para no quedarse dormida. Una vez cogió el juguete de Boston. El pájaro estaba dibujado en una cara y la jaula en la otra, pero cuando hizo girar los cordeles tan rápido como pudo, se produjo el engaño de sus sentidos y dos elementos incompatibles se fundieron en uno solo: un tembloroso colibrí enjaulado.

Pasadas las tres, Anna se despertó.

—¿Puedo hacer algo por ti? —le preguntó Lib, acercándosele—. Algo para que estés más cómoda.

—Los pies.

—¿Qué te pasa en los pies?

—No me los noto —susurró Anna.

Se los tocó y los tenía helados bajo la manta. Una circulación pésima para ser tan joven.

—Vamos. Sal de la cama un momento para activar la circulación.

La niña obedeció con rígida lentitud.

Lib la ayudó a caminar por la habitación.

—Izquierda, derecha, como un soldado.

Anna logró llevar una torpe marcha. Miraba por la ventana.

—Esta noche hay muchas estrellas.

—Siempre hay muchas, pero no podemos verlas —le explicó Lib. Indicó el Carro, la Estrella del Norte, Casiopea.

—¿Las conoce todas? —le preguntó la niña, asombrada.

—Bueno, solo nuestras constelaciones.

—¿Cuáles son las nuestras?

—Quiero decir las que vemos desde el hemisferio norte. Las del hemisferio sur son otras.

—¿En serio?

A Anna le castañeteaban los dientes, así que Lib la ayudó a acostarse de nuevo.

Envuelto en trapos, el ladrillo todavía desprendía parte del calor del fuego en el que había estado toda la tarde. Se lo colocó debajo de los pies.

—Pero si es para usted —dijo la niña, tiritando.

—No lo necesito en una noche tan templada de verano como esta. ¿Empiezas a notar el calor?

Anna asintió.

—Seguro que lo notaré.

Lib miró el cuerpecito tendido, tan tieso como un cruzado en su tumba.

—Ahora vuelve a dormirte.

Sin embargo, Anna siguió con los ojos abiertos. Murmuró su oración a Teodoro. Lo hacía tan a menudo que Lib ya apenas era consciente de ello. Luego cantó unos cuantos himnos, apenas susurrados.

La noche es oscura
y estoy lejos de casa.
Guíame.

El domingo por la mañana, Lib tendría que haber podido dormir, pero el tañido de las campanas se lo impidió. Permaneció tumbada en la cama, despierta, con las extremidades rígidas, repasando todo lo que había llegado a saber acerca de Anna O'Donnell. Reunía muchos síntomas peculiares, pero que de hecho no constituían ninguna enfermedad, en su opinión. Tendría que volver a hablar con el doctor McBrearty, y arrinconarlo esta vez.

A la una en punto, la monja le contó que la pequeña se había alterado porque no le habían permitido asistir a misa, pero que había acabado accediendo a leer la liturgia del día en su misal con la hermana.

Durante su paseo, Lib impuso un ritmo muy lento, para

que Anna no se agotara tanto como el día anterior. Oteó el horizonte antes de salir para asegurarse de que no hubiera curiosos por los alrededores.

Cruzaron el patio de la granja. Las botas les resbalaban.

—Si parecieras más fuerte —le comentó a la niña—, podríamos caminar medio kilómetro en esa dirección. —Indicó hacia el oeste—. Hasta un curioso árbol que encontré, lleno de tiras de tela.

Anna asintió entusiasmada.

—El árbol de nuestro pozo sagrado.

—Yo a eso no lo llamaría un pozo, exactamente. Es un pequeño estanque.

Lib recordó el tufillo a alquitrán del agua; ¿tendría alguna propiedad ligeramente desinfectante? Una vez más, no tenía sentido buscar una pizca de ciencia en una superstición.

—¿Son las tiras de tela algún tipo de ofrenda?

—Son para sumergirlas en el agua y frotarse con ellas una llaga o un dolor —dijo Anna—. Después, se ata la tira de tela al árbol, ¿entiende?

Lib negó con la cabeza.

—El mal se queda en la tira de tela y te libras de él. Cuando se ha podrido, lo que te duele también ha desaparecido.

Lib supuso que eso significaba que curaba cualquier mal. Un mito engañoso, aquel, porque la tela tardaba tanto en desintegrarse que, cuando lo hacía, la dolencia del aquejado seguramente ya se había curado.

Anna se paró a acariciar el colchón de musgo de una

pared, o puede que tal vez a recuperar el aliento. Un par de pájaros picoteaban las grosellas rojas de las zarzas.

Lib cogió un puñado de frutos relucientes y se los acercó a la cara a Anna.

—¿Te acuerdas de su sabor?

—Creo que sí. —Tenía los labios cerca de las grosellas.

—¿No se te hace la boca agua? —le preguntó en tono seductor.

La pequeña negó con la cabeza.

—Estas zarzamoras las creó Dios, ¿no? —Lib había estado a punto de decir «tu Dios».

—Dios lo ha creado todo.

Lib mordió una grosella, cuyo jugo le llenó la boca tan deprisa que casi se le salió. Nunca había probado nada tan sabroso.

Anna cogió una bolita roja de la zarza.

A Lib le latía tan fuerte el corazón que casi podía oír los latidos. ¿Había llegado el momento? ¿Así de fácil? La vida normal, tan cercana a aquellas grosellas.

Sin embargo, la niña mantuvo la palma de la mano hacia arriba, abierta, con la grosella en el centro, y esperó hasta que el más valiente de los pájaros se lanzó a cogerla.

En el camino de vuelta, Anna andaba despacio, como por el agua.

Lib estaba tan cansada cuando volvió a la licorería el domingo por la noche, pasadas las nueve, que no dudaba de que se quedaría dormida en cuanto apoyara la cabeza en la almohada. Sin embargo, la cabeza le zumbaba como un avispón. La atormentaba haber juzgado mal a William Byrne la tarde anterior. ¿Qué había hecho Byrne aparte de pedirle, una vez más, una entrevista con Anna? No la había insultado; quien había sacado esas conclusiones tan peliagudas había sido ella, en realidad. Si de veras le parecía tan aburrida su compañía, ¿no se habría limitado a hablar con ella brevemente de Anna O'Donnell?

La habitación del periodista estaba justo frente a la suya, al otro lado del pasillo y seguramente no se había acostado aún. Deseó poder hablar con él, un católico inteligente, acerca de la última comida de Anna, la Sagrada Comunión. Lo cierto era que estaba desesperada por tener la opinión de otra persona sobre la niña. La de alguien en cuyo criterio confiara; sin la hostilidad de Standish, ni la mística esperanza de McBrearty, ni los prejuicios de la monja, ni la sosería del cura, ni tampoco la adoración y probablemente la corrupción de los padres. Alguien que pudiera decirle si estaba perdiendo el sentido de la realidad.

No dejaba de oír mentalmente la voz de Byrne diciéndole que lo dejara intentarlo. Burlón y encantador. Era periodista y le pagaban para que sacara a la luz la historia, pero ¿no era posible que también quisiera ayudar? Ambas cosas eran compatibles.

Hacía exactamente una semana que Lib había llegado de Londres. Tan llena de confianza... Una confianza en su propia agudeza que había resultado errónea. Creía que para entonces ya habría vuelto al hospital y puesto a la enfermera jefe en su sitio. En vez de eso seguía atrapada allí, entre aquellas mismas sábanas grasientas, no más cerca de comprender a Anna O'Donnell de lo que había estado una semana antes, pero más confusa y agotada, y preocupada por su papel en los acontecimientos.

El lunes, antes del amanecer, deslizó una nota por debajo de la puerta de Byrne.

Cuando llegó a la cabaña, a las cinco en punto, Kitty seguía acostada. La criada le dijo que ese día no había que hacer más que lo imprescindible, dado que era día de precepto.

Lib se quedó pensativa. Aquella era una rara ocasión para hablar con Kitty.

—Estás orgullosa de tu prima, ¿verdad? —le susurró.

—Claro. ¿Cómo no iba a estarlo? —respondió Kitty, en voz demasiado alta.

Lib se llevó un dedo a los labios.

—¿Alguna vez te ha confiado...? —Buscó un modo más sencillo de decirlo—. ¿Te ha dado alguna pista de por qué no quiere comer?

Kitty cabeceó.

—¿Le has insistido alguna vez para que comiera algo?

—Yo no he hecho nada. —La criada se incorporó, asustada—. ¡Váyase con sus acusaciones!

—No, no... Yo solo quiero decir...

—¿Kitty? —La voz de la señora O'Donnell salió del recoveco.

Bueno, sería un desastre. Lib se coló inmediatamente en el dormitorio.

La niña seguía durmiendo bajo las tres mantas.

—Buenos días —susurró la hermana Michael. Le enseñó las anotaciones de la noche.

Aseo con la esponja.
Ha tomado 2 cucharaditas de agua.

—Tiene cara de cansada, señora Wright.

—¿Ah, sí? —le espetó Lib.

—La han visto caminando por todo el condado.

¿La monja se refería a que la habían visto sola o con el periodista? ¿La estaban criticando los del pueblo?

—El ejercicio me ayuda a dormir —mintió.

Cuando la hermana Michael se hubo marchado, estudió brevemente sus propias anotaciones. Las aterciopeladas páginas blancas parecían burlarse de ella. Los números no aportaban nada; no contaban ninguna historia excepto que Anna era Anna y que no era como nadie más. Frágil, regordeta, huesuda, vital, helada, sonriente, diminuta. La niña seguía leyendo, ordenando sus estampitas, cosiendo, tejiendo, rezando, cantando. Una excepción a todas las reglas. ¿Un milagro? Lib evitaba la palabra, pero empezaba a entender por qué algunos la consideraban eso.

Anna tenía los ojos abiertos, el iris castaño con manchitas ámbar. Lib se inclinó hacia ella.

—¿Estás bien, pequeña?

—Mejor que bien, doña Lib. Hoy es la Asunción de Nuestra Señora.

—Si lo he entendido bien, el día que subió a los cielos. ¿Me equivoco?

Anna asintió, mirando hacia la ventana y entornando los párpados.

—La luz es muy intensa, hoy. Todo está rodeado por un halo de color. ¡El aroma de ese brezo!

Lib encontraba la habitación fría y húmeda, y las ramas de brezo del jarrón no olían a nada. Pero los niños estaban muy abiertos a las sensaciones, sobre todo aquella niña.

Lunes, 15 de agosto, 6.17 de la mañana.
Según se me informa ha dormido bien.
La temperatura de la axila sigue baja.
Pulso: 101 pulsaciones por minuto.
Pulmones: 18 respiraciones por minuto.

Las lecturas subían y bajaban, pero en conjunto iban en aumento. ¿Peligrosamente? Lib no estaba segura. Eran los médicos quienes tenían la formación para emitir tales juicios. Aunque McBrearty no parecía apto para la tarea.

Los O'Donnell y Kitty entraron pronto a decirle a Anna que se marchaban a la capilla.

—¿Para ofrecer los primeros frutos? —les preguntó Anna, con la mirada brillante.

—Por supuesto —dijo la madre.

—¿Qué es eso, exactamente? —se interesó Lib, para ser educada.

—El pan hecho con el primer trigo cosechado —respondió Malachy—, y, bueno, un poco de avena y cebada añadidas.

—No olvidéis que también ofreceremos arándanos —terció Kitty.

—Y unas cuantas patatas nuevas, no más grandes que la punta del pulgar, Dios las bendiga —dijo Rosaleen.

Por la ventana sucia, Lib observó la partida del grupo. El granjero iba unos cuantos pasos por detrás de las mujeres. ¿Cómo podían preocuparse por su fiesta en la segunda semana de la vigilancia? ¿Significaba eso que no tenían ningún peso de conciencia o que eran unos monstruos insensibles? Antes Kitty no le había parecido insensible; más bien preocupada por su prima. Pero la enfermera inglesa la ponía tan nerviosa que había malinterpretado la pregunta de Lib y creído que la acusaba de alimentar a escondidas a la pequeña.

Aquella mañana no sacó de paseo a Anna hasta las diez, la hora que había establecido en su nota. El día era precioso, el mejor desde su llegada; un buen sol, el cielo tan despejado como el de Inglaterra. Agarró del brazo a la niña y echaron a andar a un ritmo prudente.

Ana andaba, le pareció a Lib, de un modo raro, adelantando la barbilla. Sin embargo, todo la entusiasmaba. Olfateaba el aire como si oliera a rosas en lugar de a vacas y gallinas. Acariciaba las rocas musgosas que encontraban a su paso.

—¿Qué te pasa hoy, Anna?

—Nada. Soy feliz.

Lib la miró de reojo.

—Nuestra Señora derrama tanta luz sobre todas las cosas que casi puedo olerla.

¿Era posible que comer poco, o nada, abriera los poros o que aguzara los sentidos, tal vez?

—Me veo los pies —dijo Anna, mirando las botas gastadas de su hermano—, pero es como si fueran de otra persona.

Lib la agarró más fuerte.

Una figura con chaqueta negra apareció al final del camino. Desde la cabaña no podían verlo. Era William Byrne. Se quitó el sombrero y se atusó los rizos.

—Señora Wright —la saludó.

—Ah, me parece que conozco a este caballero —dijo Lib con ligereza.

Pensándolo bien, ¿lo conocía, en realidad? El comité podía despedirla por haber arreglado aquel encuentro si alguno de sus miembros se enteraba.

—Señor Byrne, esta es Anna O'Donnell.

—Buenos días, Anna. —Le estrechó la mano.

Lib vio que se fijaba en los dedos hinchados de la niña.

Se puso a hablar del tiempo como si tal cosa, pero estaba frenética. ¿Dónde podían ir los tres con menos riesgo de que los vieran? ¿Volvería pronto de misa la familia? Se llevó a Byrne y Anna lejos del pueblo y tomó por un camino de carros poco frecuentado por su aspecto.

—Doña Lib, ¿es el señor Byrne una visita?

Sobresaltada por la pregunta, Lib negó con la cabeza. Anna no podía contar a sus padres que la enfermera había contravenido su propia norma.

—Estaré por aquí poco tiempo, para disfrutar del paisaje —dijo Byrne.

—¿Con sus hijos? —le preguntó Anna.

—Por desgracia, no los he tenido todavía.

—¿Está casado?

—¡Anna!

—No pasa nada —le dijo Byrne a Lib antes de responderle a la niña—: No, querida. Estuve muy cerca de estarlo, pero en el último momento ella cambió de opinión.

Lib apartó la mirada hacia una extensión de pantano salpicado de charcos relucientes.

—¡Oh! —se lamentó Anna.

Byrne se encogió de hombros.

—Vive en Cork y que le vaya bien.

A Lib le gustó que dijera eso.

Byrne notó que a Anna le gustaban las flores. Menuda coincidencia: a él también. Cortó un tallo rojo de cornejo al que le quedaba una flor y se lo dio.

—En la misión —le contó ella—, aprendimos que la Cruz estaba hecha de cornejo, por eso ahora el árbol crece poco y retorcido de pena.

Él se inclinó para oírla mejor.

—Las flores tienen forma de cruz, ¿lo ve? Dos pétalos largos y dos cortos —explicó Anna—. Y estos puntos marrones son las marcas de los clavos, y esto es la corona de espinas, en el centro.

—Fascinante —comentó Byrne.

Lib estaba contenta de haberse arriesgado a aquel encuentro, después de todo.

Con anterioridad, Byrne solo había podido bromear acerca del caso; ahora estaba haciéndose cargo de cómo era la niña real.

Le contó a Anna un cuento de un rey persa que había detenido a su ejército durante días simplemente para admirar un árbol. De pronto, señaló un urogallo que pasaba corriendo; su cuerpo anaranjado contrastaba con la hierba.

—¿Ves que tiene las cejas coloradas, como yo?

—Más coloradas que las suyas. —Anna soltó una carcajada.

Él había estado en Persia, le contó, y en Egipto también.

—El señor Byrne es un viajero redomado —comentó Lib.

—¡Oh! Tengo pensado ir más lejos.

Ella lo miró de reojo.

—Irme a vivir a Canadá, tal vez, o a Estados Unidos, o incluso a Australia o Nueva Zelanda. Para ampliar horizontes.

—Pero cortar con todos sus contactos, tanto profesionales como personales... —Lib trató de encontrar las palabras—: ¿No es un poco como morirse?

Byrne asintió.

—Creo que emigrar es eso. Es el precio de una nueva vida.

—¿Le gustaría oír una adivinanza? —le preguntó de repente Anna.

—Mucho.

La niña le repitió las del viento, el papel y la llama; se volvió hacia Lib para confirmar una o dos palabras. Byrne fallaba las respuestas y se daba un golpe en la frente cada vez que oía la buena.

Luego comprobó lo que sabía Anna de los ruidos que hacen los pájaros. Ella identificó correctamente el melódico canto del zarapito y el batir de las alas de lo que llamó un correlimos y que resultó ser un escolopácido en irlandés.

Al final, Anna admitió estar un poco cansada. Lib le echó un vistazo valorativo y le tocó la frente, que seguía teniendo fría como el hielo a pesar del sol y del ejercicio físico.

—¿Quieres descansar un poco y recuperarte para el camino de vuelta? —le preguntó Byrne.

—Sí, por favor.

Él se quitó el abrigo, lo sacudió y lo extendió sobre una gran roca plana para que la niña se sentara.

—Siéntate —le dijo Lib, agachándose a palmear el forro marrón que conservaba aún el calor de la espalda de William.

Anna se dejó caer encima y acarició el satén del forro con un dedo.

—No te quitaré ojo de encima —le prometió Lib.

Después, ella y Byrne se alejaron.

Se desviaron ambos hacia un muro semiderruido. Estaban lo bastante cerca el uno del otro para que Lib notara el calor que emanaba de la manga de la camisa de Byrne como un vapor.

—¿Y bien?

—Y bien, ¿qué, doña Lib? —Su tono fue extrañamente tenso.

—¿Qué le ha parecido?

—Es encantadora —dijo Byrne, en voz tan baja que Lib tuvo que acercársele para oírlo.

—¿Verdad que sí?

—Una encantadora niña moribunda.

Lib se quedó sin aliento. Volvió la cabeza hacia Anna, una silueta pulcra al borde de la larga chaqueta del hombre.

—¿Está ciega? —le preguntó Byrne, todavía con la misma suavidad que si le estuviera diciendo algo amable—. La chica se está desvaneciendo ante sus ojos.

—Señor Byrne. —Casi tartamudeaba—. ¿Cómo, cómo...?

—Supongo que es eso exactamente: está demasiado cerca para verlo.

— ¿Cómo puede..., cómo puede estar tan seguro?

—Me mandaron a estudiar la hambruna cuando era solo cinco años mayor que ella —le recordó, mascullando en voz apenas audible.

—Anna no se está... Tiene tripa —arguyó Lib sin convicción.

—Algunos se mueren de hambre deprisa y otros con

lentitud —dijo Byrne—. Los lentos se hinchan, pero solo de agua, nada más. —Miraba fijamente el campo verde—. Esos andares, la espantosa pelusa de la cara. ¿Le ha olido el aliento últimamente?

Lib trató de recordar. No era algo que le hubieran enseñado a medir y registrar.

—Se avinagra a medida que el cuerpo se consume; alimentándose de sí mismo, supongo.

Lib echó un vistazo a la niña y vio que se había caído redonda. Echó a correr.

—No me he desmayado —insistía Anna mientras William Byrne la llevaba en brazos hasta su casa, envuelta en la chaqueta—. Solo descansaba. —Sus ojos parecían tan profundos como los agujeros del pantano.

Lib tenía un nudo en la garganta. Una encantadora niña moribunda. Tenía razón, aquel maldito hombre.

—Déjeme entrar —le pidió Byrne cuando llegaron a la cabaña—. Puede decir a los padres que pasaba casualmente por allí y he acudido en su ayuda.

—Váyase de aquí. —Le quitó a Anna de los brazos.

Cuando Byrne se encaminó hacia la carretera, acercó la nariz a la cara de la niña e inhaló. Allí estaba: un leve y espantoso olor ácido.

Aquel lunes por la tarde, Lib se despertó con el repiqueteo de la lluvia en el tejado de los Ryan, atontada. Un rectángulo blanco en la base de la puerta la confundió; creyó que

270

era de luz y hasta que no se hubo levantado con esfuerzo de la cama no se dio cuenta de que en realidad se trataba de una hoja de papel; escrita a mano, apresuradamente pero sin faltas.

Gracias a un afortunado y fugaz encuentro con la niña que ayuna finalmente este corresponsal ha tenido ocasión de formarse una opinión acerca de la más acalorada de las controversias, la de si están usando a la niña para engañar a la gente de un modo nefasto.

En primer lugar, hay que decir que Anna O'Donnell es una señorita excepcional. A pesar de haber recibido escasa educación en la Escuela Nacional del pueblo, con un profesor obligado a complementar su sueldo pavimentando, la señorita O'Donnell habla con dulzura, compostura y candor.

Además de la piedad por la que es conocida, demuestra una gran sensibilidad por la naturaleza y una simpatía sorprendente en alguien tan joven. Un sabio egipcio escribió hace unos cinco mil años: «Las palabras sabias son más escasas que las esmeraldas, pero salen de la boca de las jóvenes esclavas pobres.»

En segundo lugar, corresponde a este corresponsal desmentir los informes acerca de la salud de Anna O'Donnell. Su carácter estoico y su fortaleza de ánimo pueden ocultar la verdad, pero su modo de andar, dando tumbos, su postura forzada, lo helada que está, los dedos hinchados, los ojos hundidos y, sobre todo, el aliento penetrante conocido como «el olor del hambre», todo ello prueba su estado de malnutrición.

Sin especular de ningún modo acerca de los sistemas encubiertos que pueden haber utilizado para mantener a Anna O'Donnell con vida durante los cuatro meses previos al inicio de la vigilancia, el ocho de agosto, puedo decir o, más bien, debo decir, sin temor a equivocarme, que ahora la niña está en grave peligro y que sus vigilantes deben tener cuidado.

Lib arrugó tanto la hoja que desapareció en su puño.

Cómo le dolía cada palabra.

En su libreta de notas, había registrado muchas señales de advertencia. ¿Por qué se había resistido a la conclusión obvia de que la salud de la niña iba en declive? Por arrogancia, supuso; se había agarrado a su propio juicio y sobrevalorado sus conocimientos. Había confundido los deseos con la realidad, también, tanto como las familias para las que había trabajado como enfermera.

Lib quería que la niña estuviera a salvo, así que se había pasado toda la semana fantaseando acerca de que la alimentaban por las noches sin que ella lo supiera o de los inexplicables poderes mentales que hacían que la niña resistiera. Para alguien de fuera como William Byrne, sin embargo, estaba más claro que el agua que Anna se estaba muriendo de hambre.

«Sus vigilantes deben tener cuidado.»

Se sentía culpable y tendría que haber estado agradecida

con aquel hombre. Entonces, ¿por qué se indignaba al recordar su hermosa cara?

Sacó el orinal de debajo de la cama y vomitó el jamón hervido que había cenado.

Esa noche el sol se puso justo antes de que llegara a la cabaña y la luna llena salió como un globo blanco.

Lib pasó deprisa por delante de los O'Donnell y de Kitty, que estaban sentados tomando sendas tazas de té, sin apenas dirigirles un saludo. Tenía que advertir a la monja. Tenía el pálpito de que tal vez el doctor McBrearty se tomaría mejor la verdad si se la decía la hermana Michael. Eso si conseguía convencerla para que se enfrentara a él.

Por primera vez, sin embargo, encontró a Anna tumbada en la cama y a la hermana de la caridad sentada en el borde. La niña estaba tan absorta en la historia que la monja le contaba que ni siquiera miró a Lib.

—Tenía cien años y sufría un dolor espantoso constantemente —decía la hermana Michael. Se volvió hacia Lib y otra vez hacia Anna—. La anciana confesó que cuando era pequeña había tomado la Sagrada Comunión pero no había cerrado la boca a tiempo y la hostia se le había caído al suelo. Demasiado avergonzada para decírselo a nadie, ¿sabes?, la dejó allí.

Anna contuvo el aliento.

Lib nunca había oído hablar a su compañera enfermera con tanta locuacidad.

—¿Y sabes lo que hizo el cura?

273

—¿Cuando se le cayó de la boca? —preguntó Anna.

—No. El cura con quien se estaba confesando la mujer cuando tenía cien años. Volvió a esa misma iglesia y estaba en ruinas —dijo la hermana Michael—, pero en el enlosado roto crecía un arbusto. Buscó entre las raíces y encontró la hostia, tan bien conservada como el día en que se le había caído de la boca a la niña, un siglo antes.

Anna jadeó de asombro.

Lib tuvo que hacer un verdadero esfuerzo para no agarrar del codo a la monja y echarla de la habitación. ¿Qué clase de historia era aquella para contársela a Anna?

—Se la llevó y se la puso en la lengua a la mujer. La maldición se rompió y fue liberada del dolor.

La niña se santiguó apresuradamente.

—Concédele el descanso eterno, oh, Señor, y que la luz perpetua brille sobre ella. Descanse en paz.

Que había sido liberada del dolor significaba que había muerto, comprendió Lib. Solo en Irlanda se consideraba un final feliz.

Anna la miró.

—Buenas noches, doña Lib. No la había visto.

—Buenas noches, Anna.

La hermana Michael se levantó y recogió sus cosas. Se le acercó y le susurró al oído:

—Ha estado muy exaltada toda la tarde, cantando un himno detrás de otro.

—¿Y le ha parecido que un cuento tan espeluznante la calmaría?

El rostro de la monja recuperó el hermetismo dentro del marco de lino.

—No creo que entienda nuestras historias, 'ñora.

Para la hermana Michael aquello era una discusión. La monja desapareció de la habitación antes de que Lib pudiera decirle lo que llevaba toda la tarde queriendo decirle: que a su modo de ver, porque evidentemente no podía mencionar a Byrne, Anna corría verdadero peligro.

Se mantuvo ocupada preparando la lámpara, la lata de líquido inflamable, las tijeras para la mecha, el vaso de agua, las mantas. Todo listo para la noche. Sacó la libreta de notas y le tomó el pulso a la niña. Una encantadora niña moribunda.

—¿Cómo te encuentras?

—Bastante contenta, doña Lib.

Anna tenía los ojos hundidos en el tejido hinchado circundante.

—Físicamente, quiero decir.

—Estoy flotando —dijo la niña tras un largo silencio.

«¿Vértigo?», escribió Lib.

—¿Te molesta algo más?

—Flotar no me molesta.

—¿Hay alguna otra cosa diferente hoy? —Tenía el lápiz metálico preparado para escribir.

Anna se inclinó hacia ella como para confiarle un gran secreto.

—Oigo como campanas, a lo lejos.

«Le pitan los oídos», escribió Lib.

Pulso: 104 pulsaciones por minuto.
Pulmones: 21 respiraciones por minuto.

Los movimientos de la niña eran definitivamente más lentos, comprobó Lib, ahora que buscaba pruebas; tenía las manos y los pies un poco más fríos y azulados que una semana antes. Pero el corazón le latía más rápido, como las alas de un pajarillo.

Aquella noche, Anna tenía las mejillas encendidas y la piel tan áspera en algunas zonas como un rallador de nuez moscada. Despedía un olor un poco agrio y a Lib le hubiera gustado lavarla con la esponja, pero temía enfriarla más aún.

—Te adoro, oh, preciosísima cruz... —Anna susurró la oración a Teodoro mirando fijamente el techo.

De repente, Lib perdió la paciencia.

—¿Por qué recitas esa tan a menudo?

Esperaba que Anna le dijera otra vez que era algo privado.

—Treinta y tres.

—¿Perdón?

—Solo treinta y tres veces al día —dijo Anna.

Lib hizo cálculos. Eso era más de una vez cada hora y, descontando las horas de sueño, significaba más de dos veces cada hora que pasaba despierta. ¿Qué habría preguntado Byrne si hubiera estado allí? ¿Cómo habría desentrañado la historia?

—¿Ha sido don Thaddeus quien te ha dicho que tenías que hacerlo?

Anna negó con la cabeza.

—Es la edad que tenía.

Lib tardó un poco en entenderlo.

—¿Cristo?

Un gesto de asentimiento.

—Cuando murió y resucitó.

—Pero ¿por qué tienes que rezar precisamente esa oración treinta y tres veces al día?

—Para sacar a Pat del... —Se calló.

En el umbral de la puerta estaba la señora O'Donnell ofreciéndole los brazos.

—Buenas noches, mami —dijo la pequeña.

Aquella cara pétrea; Lib percibió el dolor de la mujer desde donde estaba. ¿O era furia porque le negaban algo tan simple como un abrazo? ¿No le debía eso una hija a la madre que la había engendrado?

Rosaleen les dio la espalda y cerró de un portazo.

Sí, furia, decidió Lib; no solo contra la niña que mantenía a su madre a distancia sino también contra la enfermera que estaba siendo testigo de ello.

Se le pasó por la cabeza que quizás Anna, sin ser siquiera consciente de ello, quería hacer sufrir a la mujer.

El ayuno contra una madre que la había convertido en una especie de atracción de feria.

Al otro lado de la pared empezó el rezo del rosario con sus plañideras respuestas. Lib se dio cuenta de que Anna no había pedido participar esa noche; otro síntoma de que sus fuerzas empezaban a decaer.

La niña se acurrucó de lado. ¿Por qué decía la gente «duerme como un bebé» para referirse a alguien que dormía plácidamente? Los bebés suelen despatarrarse o bien hacerse una pelota como para retroceder en el tiempo y volver al largo olvido del que los han arrancado.

La tapó bien con las tres mantas y añadió una cuarta, porque la niña temblaba. Se irguió y esperó a que Anna se durmiera y la cantinela de la habitación contigua acabara.

—Señora Wright.

La hermana Michael volvía a estar en la puerta.

—¿Sigue aquí todavía? —le preguntó Lib, aliviada. Tenía otra oportunidad para hablar con ella.

—Me he quedado para el rosario. Podría...

—Entre, entre. —Esta vez se lo explicaría todo con la suficiente claridad para ganársela.

La hermana Michael cerró con cuidado la puerta.

—La leyenda —susurró—, la vieja historia que le estaba contando a Anna...

Lib frunció el ceño.

—¿Sí?

—Trata de la confesión. La niña de la historia no estaba siendo castigada por dejar caer al suelo la hostia, sino por mantener en secreto su equivocación toda la vida.

Lib no tenía tiempo para sutilezas teológicas.

—Me está hablando con acertijos.

—Cuando la anciana se confesó al fin, ¿sabe?, soltó su carga —susurró la monja, mirando hacia la cama.

¿Podía eso significar que la monja pensaba que Anna

tenía un terrible secreto que confesar y que la chica no era un milagro, después de todo?

Trató de recordar sus breves conversaciones de la semana anterior.

¿Realmente había dicho alguna vez la monja que creía que Anna estaba viviendo sin comer nada?

No. Simplemente, cegada por los prejuicios, ella había supuesto que pensaba eso. La hermana Michael había seguido sus consejos o había pronunciado generalidades anodinas.

Lib se le acercó mucho para susurrarle:

—Usted lo ha sabido siempre.

La hermana Michael hizo un gesto defensivo con las manos.

—Yo solo estaba...

—Sabe tanto de nutrición como yo. Las dos sabíamos desde el principio que esto tenía que ser una farsa.

—No lo sabíamos —murmuró la monja—, con seguridad, no.

—Anna se está quedando sin fuerzas a marchas forzadas, hermana. A cada día que pasa está más débil, más fría, más aturdida. ¿Le ha olido el aliento? Es su vientre consumiéndose.

A la monja se le empañaron los ojos.

—Usted y yo tenemos que descubrir la verdad —dijo Lib, agarrándola de la muñeca—. No solo porque nos han encargado esta tarea, sino porque la vida de la niña depende de ello.

La hermana Michael le dio la espalda y salió rápidamente del dormitorio.

Lib no podía perseguirla, estaba atrapada. Se lamentó para sí.

Por la mañana, sin embargo, la monja tendría que volver y la encontraría preparada.

Aquella noche, Anna se despertó varias veces. Volvía hacia un lado la cabeza o se acurrucaba hacia el otro. Faltaban seis días para que acabara la vigilancia. No, se corrigió Lib, sería así únicamente si Anna sobrevivía seis días más. ¿Cuánto tiempo podía agarrarse a la vida una criatura tomando sorbitos de agua?

«Una encantadora niña moribunda.» Tanto daba que supiera la verdad, se dijo; ahora podía actuar. En bien de Anna, no obstante, tenía que proceder con el mayor cuidado, sin arrogancia y sin volver a perder los estribos. «Recuerda que aquí eres una forastera.»

Un ayuno no era rápido; era la cosa más lenta del mundo. Rápido era un portazo. Una puerta cerrada con firmeza, rápidamente. Ayunar era aferrarse al vacío, decir no y no y no otra vez.

Anna miraba las sombras que la lámpara proyectaba en las paredes.

—¿Quieres algo?

La niña negó con la cabeza.

Los niños extraños se habían desvanecido y habían hecho un alto en el camino. Lib se sentó a observar a la pequeña. Parpadeó, porque tenía los ojos secos.

Cuando la monja asomó la cabeza por la puerta justo pasadas las cinco de la madrugada, Lib se levantó de un salto, tan rápido que se le acalambró un músculo de la espalda. Le cerró la puerta casi en las narices a Rosaleen O'Donnell.

—Escuche, hermana —dijo, articulando apenas las palabras—. Tenemos que decirle al doctor McBrearty que la pequeña se está matando debido a la pena excesiva por su hermano. Ha llegado el momento de dejar la vigilancia.

—Aceptamos el encargo —repuso débilmente la monja, como si cada sílaba saliera de un profundo agujero en la tierra.

—Pero, ¿pensó alguna vez que llegaríamos a este punto? —Lib indicó por gestos a la niña dormida.

—Anna es una niña muy especial.

—No tanto como para no morirse.

La hermana Michael se movió intranquila.

—He hecho voto de obediencia. Nuestras órdenes eran muy claras.

—Y las hemos estado siguiendo al pie de la letra, como los torturadores.

Lib vio el efecto de aquel golpe en la cara de la monja. Una sospecha la asaltó.

—¿Tiene otras órdenes, hermana? De don Thaddeus, quizás, o de su superiora en el convento.

—¿Qué intenta decir?

—¿Le han dicho que no vea nada, ni oiga nada, ni diga nada, piense lo que piense acerca de lo que está pasando en esta cabaña? ¿Le han dicho que dé fe de un milagro? —masculló.

—¡Señora Wright! —La monja estaba lívida.

—Le ruego que me perdone si estoy equivocada. —El tono de Lib era huraño, pero creía a la mujer—. Pero, entonces, ¿por qué no me acompaña y hablamos con el médico?

—Porque no soy más que una enfermera —contestó la hermana Michael.

—A mí me enseñaron lo que significa verdaderamente serlo —le espetó furiosa Lib—. ¿A usted no?

La puerta se abrió de golpe. Rosaleen O'Donnell.

—¿Puedo darle los buenos días a mi hija, al menos?

—Anna sigue durmiendo —le dijo Lib volviéndose hacia la cama.

Sin embargo, la niña tenía los ojos completamente abiertos. ¿Cuánto de lo dicho había escuchado?

—Buenos días, Anna —la saludó, insegura.

La niña casi parecía insustancial, el dibujo de un pergamino antiguo.

—Buenos días, señora Wright. Hermana. Mamá. —Su sonrisa irradiaba débilmente hacia todas partes.

A las nueve, después de esperar todo lo posible para no ser mal educada, Lib fue andando hasta la casa del médico.

—El doctor McBrearty no está en casa —dijo el ama de llaves.

—¿Adónde ha ido? —Estaba demasiado cansada para cortesías.

—¿Es la niña de los O'Donnell? ¿No está bien?

Lib miró atentamente la agradable cara de la mujer con la cofia almidonada. Anna no había tomado una comida decente desde abril, quiso gritarle, ¿cómo iba a estar bien?

—Tengo que hablar con él urgentemente.

—Lo han llamado para atender a sir Otway Blackett.

—¿Quién es?

—Un baronet —repuso la mujer, claramente sorprendida de que Lib no lo supiera—, magistrado residente.

—¿Dónde vive?

El ama de llaves se puso a la defensiva. Una enfermera persiguiendo al médico hasta allí... Estaba a varios quilómetros de distancia; la señora Wright haría mejor en volver más tarde.

Lib se bamboleó lo suficiente como para sugerir que iba a desmayarse en la puerta.

—O puede esperarlo en el saloncito de abajo, supongo —añadió la mujer.

Lib estaba segura de que dudaba acerca de la posición social de una Nightingale y que no sabía si era más conveniente llevarla a la cocina.

Estuvo sentada una hora y media con una taza de té frío delante. Si al menos hubiera tenido el respaldo de aquella dichosa monja...

—El doctor ha vuelto y la recibirá enseguida.

Era el ama de llaves.

Lib se levantó con tanta precipitación que se le nubló la vista.

El doctor McBrearty estaba en su despacho, revolviendo papeles.

—Señora Wright, qué alegría verla.

Era esencial que mantuviera la calma. La voz estridente de una mujer conseguía que los hombres hicieran oídos sordos a cuanto decía. No olvidó empezar preguntando por el baronet.

—Un dolor de cabeza. Nada grave, gracias a Dios.

—Doctor, he venido porque estoy muy preocupada por el bienestar de Anna.

—¡Ah!

—Ayer se desmayó. Tiene el pulso cada vez más acelerado y la circulación tan mala que apenas se nota los pies —dijo Lib—. Respira...

McBrearty alzó una mano para interrumpirla.

—Mmm, he estado pensando mucho en la pequeña Anna y estudiando con la mayor diligencia los datos históricos en busca de iluminación.

—¿Los datos históricos, dice?

—¿Sabe? Bueno, ¿por qué habría de saberlo? En la Edad Media, muchos santos perdían por completo el apetito durante años, durante décadas incluso. *Inedia prodigiosa*, lo llamaban, «ayuno prodigioso».

Así que incluso tenían un nombre para aquel peculiar espectáculo, como si fuera algo tan real como una piedra o un zapato. La Edad Media, en efecto; todavía duraba. Lib se acordó del faquir de Lahore. ¿Había en todos los países historias como aquella de supervivencia sobrenatural?

El anciano prosiguió animadamente.

—Aspiraban a ser como Nuestra Señora, ¿entiende? En su infancia, se dice que la amamantaban una sola vez al día. Santa Catalina, después de obligarse a tragar un poquito de comida, se metió una ramita en la garganta y la vomitó.

Con un estremecimiento, Lib pensó en cilicios y cinturones de clavos y monjes azotándose por la calle.

—Su intención era rebajar la carne y elevar el espíritu —le explicó el médico.

Pero, ¿por qué tenía que ser una cosa o la otra?, se preguntó Lib. ¿No estábamos hechos de ambas?

—Doctor, estamos en la actualidad y Anna O'Donnell no es más que una niña.

—Por supuesto, por supuesto. Pero ¿podrían encerrar algún misterio fisiológico esas viejas historias? La persistente frialdad que usted menciona... He formulado una hipótesis sobre eso. ¿Es posible que su metabolismo esté cambiando y consuma menos, que sea más reptiliano que mamífero?

—¿Reptiliano? —Lib tenía ganas de gritar.

—Todos los años los hombres de ciencia descubren fenómenos aparentemente inexplicables en puntos remotos del planeta, ¿no? Tal vez nuestra joven amiga pertenece a una rara especie que se generalizará en el futuro. —A McBrearty le temblaba la voz de la emoción—. Una que podría dar esperanza a toda la raza humana.

¿Estaba loco aquel hombre?

—¿Qué esperanza?

—¡La liberación de la necesidad, señora Wright! Si fuera posible vivir sin comida... ¿Qué motivo habría para luchar por el pan o la tierra? Eso pondría punto final al cartismo, al socialismo, a la guerra.

«¡Qué conveniente para todos los tiranos del mundo! —pensó Lib—; poblaciones enteras subsistiendo mansamente de la nada.»

El médico tenía una expresión beatífica.

—Tal vez nada sea imposible para el Gran Médico.

Lib tardó un momento en entender a quién se refería. Siempre a Dios, el verdadero tirano de aquel rincón del mundo. Hizo un esfuerzo para responderle en los mismos términos.

—Sin la comida que él nos proporciona, nos morimos.

—Hasta ahora nos hemos muerto. Hasta ahora.

Y Lib vio por fin claramente la deplorable naturaleza del sueño del anciano. Tenía que reconducir la conversación.

—Pero, en cuanto a Anna... Se está debilitando rápidamente, lo que significa que tuvo que haber conseguido comida hasta que empezamos a vigilarla. La culpa es nuestra.

Él frunció el ceño, toqueteándose las patillas de las gafas.

—No veo por qué.

—La niña que conocí el pasado lunes era vigorosa —dijo Lib—. Ahora apenas es capaz de mantenerse en pie. ¿Qué puedo deducir sino que debe dar por finalizada la vigilancia y esforzarse al máximo para persuadirla de que coma?

El médico alzó las manos apergaminadas en un gesto de protesta.

—Mi querida señora, se está extralimitando. No la hemos llamado para que deduzca nada. Aunque su instinto de protección sea muy natural —añadió, un poco más conciliador—. Supongo que el deber de una enfermera, sobre todo con una paciente tan joven, despierta el instinto maternal. Tengo entendido que su hijo murió, ¿verdad?

Lib apartó la cara para que no viera su expresión. El médico acababa de hurgar, de improviso, en una vieja herida, y el dolor la había dejado atontada. Y también la indignación; ¿la enfermera jefe se había visto realmente obligada a contarle su vida al médico?

—Pero no debe permitir que su pérdida le enturbie el juicio. —McBrearty la amonestó con un dedo torcido, de un modo casi juguetón—. Si se le da rienda suelta, esta clase de ansiedad maternal conduce al pánico irracional y a un cierto autobombo.

Lib tragó saliva.

—Por favor, doctor —le dijo con tanta suavidad femenina como fue capaz—. A lo mejor si reúne a su comité y advierte a sus miembros de la desmejoría de Anna...

El anciano la interrumpió con un gesto cortante.

—La visitaré otra vez esta misma tarde. ¿Eso la tranquilizará?

Lib fue hacia la puerta.

No había llevado bien aquella entrevista. Tendría que haber dirigido a McBrearty gradualmente hacia el tema para que creyera que era idea suya, y su deber, dar por acabada la vigilancia, al igual que la había empezado. Desde que había llegado a aquel país, hacía ocho días, Lib había cometido un error garrafal tras otro. ¡Qué avergonzada de ella habría estado la señorita N.!

A la una en punto encontró a Anna acostada con ladrillos calientes bajo las mantas, alrededor de los pies.

—Le ha hecho falta una cabezadita después de pasear por el patio —murmuró la hermana Michael, abrochándose la capa.

Lib no tenía palabras. Era la primera vez que la niña había tenido que acostarse en pleno día. Examinó el charquito del orinal. Una cucharadita de orina, como mucho, y muy oscura. ¿Hematuria?

Cuando Anna se despertó, habló con Lib de la luz del sol.

Pulsaciones por minuto: 112. El pulso más elevado que Lib había anotado.

—¿Cómo te encuentras, Anna?

—Bastante bien. —Apenas se la oía.

—¿Tienes la garganta seca? ¿Quieres un poco de agua?

—Si usted quiere... —Anna se incorporó en la cama y tomó un sorbo.

En la cuchara quedó un hilillo rojo.

—Abre la boca, por favor, ¿quieres? —Anna se la estudió, volviéndole la mandíbula hacia la luz. Varios dientes tenían un ribete escarlata. Bueno, al menos la hemorragia procedía de las encías y no del estómago. Tenía una muela extrañamente torcida. Se la empujó con la uña y se movió. Cuando se la sacó, sujeta entre el índice y el pulgar, vio que no era de leche sino de la dentadura definitiva.

Al verla, Anna se asombró. Luego miró a Lib como si la desafiara a decir algo.

Lib se metió la pieza en el bolsillo del delantal. Esperaría hasta habérsela enseñado a McBrearty. Cumpliría sus órdenes, seguiría recopilando información que apoyara el caso y esperaría el momento adecuado... pero no mucho más.

La pequeña tenía la piel oscura alrededor de los labios y bajo los ojos. Lib lo anotó todo en la libreta. El vello simiesco de las mejillas era más denso y empezaba a cubrirle el cuello. Había varias marcas marrones alrededor de la clavícula, escamosas. Incluso la piel que seguía teniendo pálida se estaba volviendo rugosa, como papel de lija. Las pupilas de Anna estaban más dilatadas que de costumbre, como si le hubieran crecido día a día tragándose el castaño claro.

—¿Qué tal la vista? ¿Ves igual de bien que antes?

—Veo lo que necesito ver.

«Merma visual», añadió Lib a su informe.

—¿Algo más..., te duele algo?

—Solo está... —Anna indicó con un gesto vago su cuerpo— pasando a través.

—¿Pasando a través de ti?

—No, de mí, no. —Lo dijo tan bajo que Lib no estuvo segura de haber oído bien.

¿El dolor no era de Anna? ¿La niña por la que pasaba el dolor no era Anna? ¿Anna no era Anna? Quizás el cerebro de la niña comenzaba a agotarse. Tal vez el suyo también.

La pequeña pasaba las páginas del Libro de los Salmos y, de vez en cuando, leía algún fragmento en voz alta.

—Tú que me levantas de las puertas de la muerte... Mantenme a salvo de las manos de mis enemigos...

Lib no sabía si Anna era capaz todavía de leer lo escrito o si lo recitaba de memoria.

—Sálvame de la boca del león y líbrame de los cuernos de [los unicornios].

¿Unicornios? Jamás había pensado que aquellas criaturas fantásticas fueran depredadoras.

Anna se estiró para dejar el libro en la cómoda y volvió a acostarse, agradecida, como si fuera otra vez de noche.

En el silencio, Lib pensó en ofrecerse para leerle algo. Los niños suelen preferir que les cuenten cuentos en lugar de leerlos, ¿no? No se le ocurría ninguno, ni tampoco ninguna canción. Anna tenía por costumbre canturrear; ¿cuándo había dejado de hacerlo?

La pequeña miraba las paredes, como si buscara una salida. Nada en lo que posarla excepto las cuatro esquinas y el rostro tenso de su enfermera.

Lib llamó a la criada desde la puerta, sosteniendo el jarrón.

—Kitty, ropa de cama limpia, por favor, y ¿podrías llenarlo de flores?

—¿Qué clase de flores?

—De colores vivos.

Kitty regresó al cabo de diez minutos con un par de sábanas y un ramo de flores y hojas. Se volvió hacia la cama para ver a la niña.

Lib estudió atentamente los rasgos anchos de la criada. ¿Había en ellos solo ternura o también culpabilidad? ¿Era posible que Kitty supiera cómo habían alimentado a Anna hasta hacía poco, aunque no lo hubiera hecho ella? ¿Cómo formularle la pregunta sin alarmarla? ¿Cómo convencerla para que revelara cualquier información que poseyera, si con ello podía salvar a Anna?

—¡Kitty! —por el tono, Rosaleen O'Donnell estaba irritada.

—¡Ya voy! —La sirvienta se apresuró a acudir a la llamada.

Lib ayudó a Anna a ir hasta una silla para cambiarle las sábanas.

La niña se entretuvo con el jarrón, arreglando el ramo. Una rama era de cornejo; Lib tenía muchas ganas de acariciar la flor cruciforme, las marcas marrones de los clavos romanos.

La pequeña acarició una hojita.

—Mire, doña Lib, incluso los dientecitos están llenos de dientecitos más pequeños.

Lib se acordó de la muela que llevaba en el delantal. Estiró muy bien las sábanas y las alisó. («Una arruga puede marcar la piel tanto como un látigo», decía siempre la señorita N.) Devolvió a Anna a la cama y la cubrió con tres mantas.

La cena, a las cuatro, consistía en una especie de estofado de pescado. Lib rebañaba el plato con pan de avena cuando apareció el doctor McBrearty. Se levantó de golpe, con tanta precipitación que a punto estuvo de derribar la silla, extrañamente avergonzada de que la pillaran comiendo.

—Buenos días, doctor —lo saludó la niña con la voz cascada, tratando de incorporarse.

Lib se apresuró a ponerle otra almohada para que apoyara la espalda.

—Bueno, Anna. Esta tarde tienes buen color.

¿Era posible que el anciano confundiera aquel rubor enfermizo con el color de la salud?

Al menos era amable con la niña. La examinó mientras hablaba como si nada del inusual buen tiempo que estaba haciendo. Seguía refiriéndose a Lib de un modo apaciguador como «la buena señora Wright aquí presente».

—A Anna acaba de caérsele un diente —dijo Lib.

—Ya veo. ¿Sabes lo que te he traído, pequeña? El mismísimo sir Otway ha tenido la amabilidad de prestarnos una silla de ruedas, para que puedas tomar el aire sin agotarte.

—Gracias, doctor.

Al cabo de un minuto se marchó, pero Lib lo acompañó hasta la puerta del dormitorio.

—Fascinante —susurró el médico.

Aquello la dejó sin palabras.

—La hinchazón de los miembros, el oscurecimiento de la piel, el tinte azulado de los labios y las uñas... Creo que

Anna está cambiando a nivel sistémico —le confió el anciano al oído—. Es lógico que una constitución impulsada por otra cosa que no sea la comida funcione de un modo distinto.

Lib tuvo que apartar la cara para que McBrearty no se diera cuenta de la rabia que sentía.

La silla del baronet estaba aparcada justo en la puerta principal. Era un armatoste voluminoso de terciopelo verde ajado con tres ruedas y capota plegable. Kitty, en la mesa larga, tenía los ojos enrojecidos y llorosos de picar cebollas.

—Sin embargo, sigo sin ver un riesgo inminente dado que no se le ha desplomado la temperatura ni sufre palor constante —prosiguió McBrearty, atusándose el bigote.

¡Palor! ¿Aquel hombre había aprendido medicina leyendo novelas francesas?

—He visto a hombres en su lecho de muerte con aspecto amarillento o enrojecido, no pálidos —le dijo Lib, alzando la voz a pesar de sus esfuerzos por controlarse.

—¿En serio? Pero Anna tampoco tiene ataques, como habrá notado, ni delira. No hace falta que le diga, por supuesto, que debe llamarme si muestra algún signo de agotamiento grave.

—¡Si ya está postrada en cama!

—Unos cuantos días de descanso le irán estupendamente. No me sorprendería que este fin de semana esté ya recuperada.

Así que McBrearty era el doble de idiota de lo que había pensado.

—Doctor —le dijo—, si no quiere dar por finalizada esta vigilancia...

El leve dejo de amenaza hizo que el hombre se cerrara en banda.

—Por un lado, tal paso requeriría el consentimiento unánime del comité —le espetó.

—Pues consúlteselo.

El médico le habló al oído y ella dio un respingo.

—Si propusiera abortar la vigilancia sobre la base de que está poniendo en peligro la salud de la niña al impedir algún método secreto de alimentación, ¿qué impresión daría? ¡Equivaldría a afirmar que mis viejos amigos, los O'Donnell, son unos viles tramposos!

—¿Qué impresión dará si sus viejos amigos permiten que su hija muera? —le susurró Lib a su vez.

McBrearty contuvo el aliento.

—¿Es así como le enseñó la señorita Nightingale a dirigirse a sus superiores?

—Me enseñó a luchar por la vida de mis pacientes.

—Señora Wright, tenga la bondad de soltarme la manga.

Lib ni siquiera se había dado cuenta de que lo tenía agarrado.

El anciano se liberó bruscamente y salió de la cabaña.

Kitty se había quedado con la boca abierta.

Cuando Lib volvió corriendo al dormitorio se encontró a Anna otra vez dormida. De la nariz respingona salía apenas aire. Seguía siendo extrañamente encantadora, a pesar de todo lo malo.

Lib, en justicia, tendría que haber hecho el equipaje y llamado al conductor del coche de paseo para que la llevara a la estación de Athlone.

Si consideraba aquella vigilancia imposible de defender, no tendría que haber seguido participando en ella.

Pero no podía marcharse.

Aquel martes por la noche, a las diez y media, en el establecimiento de los Ryan, Lib cruzó de puntillas el pasillo y llamó a la puerta de William Byrne.

No obtuvo respuesta.

¿Y si había vuelto a Dublín, asqueado por lo que ella estaba permitiendo que le pasara a Anna O'Donnell? ¿Y si otro huésped abría la puerta? ¿Cómo iba a explicar su presencia allí? De repente se vio como la verían los demás: como una mujer desesperada a la puerta del dormitorio de un hombre.

Esperaría hasta haber contado hasta tres y luego...

La puerta se abrió de par en par.

William Byrne apareció con el pelo revuelto y en mangas de camisa.

—Usted.

Lib se ruborizó tanto que le dolió la cara. Su único consuelo era que Byrne no iba en camisón.

—Por favor, discúlpeme.

—No, no. ¿Hay algún problema? ¿No quiere...? —Miró hacia la cama. Tanto su pequeña habitación como la de ella eran igualmente inadecuadas para mantener una conversación.

Lib no podía pedirle que bajara a la planta baja, porque eso habría atraído todavía más la atención a aquellas horas.

—Le debo una disculpa. Tenía usted toda la razón acerca del estado de Anna —le susurró—. Esta vigilancia es abominable. —La palabra le salió demasiado fuerte; Maggie Ryan subiría corriendo las escaleras.

Byrne asintió, pero no triunfal.

—He hablado con la hermana Michael, pero no va a dar un solo paso sin el permiso expreso de sus jefes —le contó Lib—. Le he insistido al doctor McBrearty para interrumpir la vigilancia y concentrarse en disuadir a la niña de matarse de hambre, pero me ha acusado de dejarme llevar por un pánico irracional.

—Completamente racional, diría yo.

La voz tranquila de Byrne la hizo sentir un poco mejor. ¡Qué necesario se había vuelto para ella conversar con aquel hombre, y con qué rapidez!

Él se apoyó en el quicio de la puerta.

—¿Ha hecho usted algún juramento? Como el hipocrático de los médicos, el de curar y jamás matar.

—¡El de los hipócritas, más bien!

El comentario hizo sonreír a Byrne.

—No tenemos nada así —le explicó—. Como profesión, la enfermería está en pañales.

—Entonces es para usted una cuestión de conciencia.

—Sí. —Solo entonces lo comprendió. Las órdenes no importaban; su deber iba más allá.

—Y más que eso, creo —dijo él—. Le tiene cariño a su paciente.

Byrne no la habría creído si lo hubiera negado.

—Supongo que si no se lo tuviera ya habría vuelto a Inglaterra.

Era mejor no apegarse demasiado a las cosas, había dicho Anna el otro día. La señorita N. las advertía tanto acerca del afecto como del enamoramiento. Le habían enseñado a estar atenta a cualquier forma de apego y cortarlo de raíz. Así que, ¿qué había salido mal en aquella ocasión?

—¿Alguna vez le ha dicho a Anna sin tapujos que tiene que comer? —le preguntó el periodista.

Lib trató de hacer memoria.

—Desde luego he sacado el tema, pero en general he intentado mantenerme objetiva y neutral.

—El tiempo de la neutralidad ha pasado.

Pasos en las escaleras; alguien subía.

Lib se metió rápidamente en su habitación y cerró la puerta con muchísimo cuidado para no hacer el más mínimo ruido. Con las mejillas calientes, las manos heladas y la cabeza palpitante. Si Maggie Ryan había pillado a la enfermera inglesa hablando con el periodista a esas horas de la noche, ¿qué habría pensado? ¿Habría estado equivocada?

Todo el mundo tiene secretos.

El estado de Lib era más que previsible. Habría visto el peligro antes si no hubiera estado tan preocupada por Anna.

O quizá no, porque aquello era algo nuevo para ella. Nunca lo había sentido por su marido, ni por ningún hombre.

¿Era mucho más joven que ella? Con aquella piel lechosa y su entusiasta energía...

Fue como si oyera a la señorita N. sacando conclusiones. Uno de esos deseos que germinan como semillas en el suelo seco de la vida de una enfermera. ¿No se respetaba lo más mínimo?

Estaba aturdida de cansancio, pero tardó bastante en dormirse.

Volvía a estar en la senda verde, de la mano de un niño que en cierto modo era uno de sus hermanos. En el sueño, la hierba daba paso a un pantano y el camino se desvanecía. Ella no podía mantener el ritmo; estaba atascada en la húmeda maraña y, a pesar de sus protestas, el hermano la soltaba y se le adelantaba. Cuando ya no pudo distinguir sus gritos ni diferenciarlos de los de los pájaros, se dio cuenta de que había señalado el camino con migas de pan. Más rápido de lo que podía seguir las migas, sin embargo, las aves se las llevaban lejos en sus picos afilados. Ya no quedaba rastro de ningún camino, y ella estaba sola.

El miércoles por la mañana, Lib se miró al espejo. Estaba ojerosa.

Llegó a la cabaña antes de las cinco. Habían sacado fuera la silla de ruedas y el terciopelo estaba húmedo de rocío.

Encontró a Anna dormida, con la cara marcada por las

arrugas de la almohada. En el orinal no había más que un chorrito negruzco.

—Señora Wright —empezó a decir la hermana Michael, como para justificarse.

Lib la miró directamente a los ojos.

La monja vaciló y salió sin añadir nada más.

Por la noche había decidido qué táctica usar. Había escogido el arma con la que más probablemente podría conmover a la niña: las Sagradas Escrituras. Se puso en el regazo el montón de libros de Anna y empezó a hojearlos y a marcar párrafos con tiras de papel que rasgaba de la última página de su cuaderno de notas.

Cuando la niña se despertó un poco después, no estaba lista todavía, de modo que devolvió los volúmenes al cofre del tesoro.

—Tengo una adivinanza para ti.

Anna logró sonreír y asintió.

Lib se aclaró la garganta.

Soy liso y llano en extremo,
y, aunque me falta la voz,
digo en su cara a cualquiera
la más leve imperfección.

Contesto al que me pregunta
sin lisonja ni aflicción;
si la misma cara pone,
la misma le pongo yo.

—Un espejo —dijo Anna casi de inmediato.

—Te estás volviendo demasiado lista —le dijo Lib—. Me estoy quedando sin adivinanzas. —Impulsivamente, le puso el espejo de mano delante de la cara.

La niña se encogió. Luego estudió atentamente su reflejo.

—¿Ves el aspecto que tienes ahora? —le preguntó Lib.

—Lo veo. —Se santiguó y se levantó de la cama.

Sin embargo, se tambaleaba tanto que Lib la obligó a sentarse inmediatamente.

—Deja que te cambie el camisón —le dijo, y sacó el limpio del cajón.

La niña luchaba con los diminutos botones, de modo que Lib tuvo que desabrochárselo. Cuando se lo quitó, contuvo el aliento. Las manchas marrones de la piel se habían extendido, las zonas amoratadas ya eran como monedas esparcidas. También tenía más golpes, en sitios extraños, como si unos atacantes invisibles le hubieran dado una paliza por la noche.

Cuando Anna estuvo vestida y envuelta en dos mantones para que dejara de tiritar, Lib la obligó a tomar una cucharadita de agua.

—Otro colchón, por favor, Kitty —gritó desde la puerta.

La criada tenía los brazos sumergidos hasta los codos en el barreño donde lavaban los platos.

—No tenemos más, pero la irlandesa puede quedarse el mío.

—¿Y tú qué harás?

—A la hora de acostarme ya habré encontrado algo. No importa. —El tono de Kitty era de desolación.

Lib vaciló.

—Muy bien, pues. ¿Puedes darme algo suave también, para poner encima?

La criada se secó una ceja con el antebrazo enrojecido.

—¿Una manta?

—Algo más suave. —Tiró de las tres mantas de la cama y las sacudió con tanta energía que restallaron.

«Pusimos todas las mantas de la casa en su cama», había dicho Rosaleen O'Donnell. Lib cayó en la cuenta de que aquella tenía que haber sido la cama de Pat, porque no había ninguna más, aparte de la del recoveco donde dormían los padres. Arrancó la sucia sábana bajera, dejando al descubierto el colchón. Vio las manchas indelebles. Así que Pat había muerto allí mismo; allí se había enfriado entre los brazos cálidos de su hermana pequeña.

En la silla, Anna parecía casi inexistente, como los guantes de Limerich en su cáscara de nuez. Lib oyó voces en la cocina.

Rosaleen O'Donnell entró al cabo de un cuarto de hora con el colchón de Kitty y una piel de cordero que les había pedido prestada a los Corcoran.

—¿Estás callada esta mañana, dormilona? Sostuvo las manos deformadas de su hija entre las suyas.

¿Cómo podía pensar aquella mujer que «dormilona» era la palabra adecuada para describir un letargo como el de Anna?, se preguntó Lib. ¿No veía que se estaba derritiendo como una vela?

—¡Ah, bueno! Una madre entiende lo que sus hijos no dicen, como reza el dicho. Aquí está papá.

—Buenos días, hija —saludó Malachy desde la puerta.

Anna se aclaró la garganta.

—Buenos días, papá.

El hombre se acercó a acariciarle el pelo.

—¿Cómo te encuentras hoy?

—Bastante bien.

Malachy asintió, como si estuviera convencido de ello.

Los pobres vivían al día, ¿sería eso?, se preguntó Lib. Al no tener control sobre sus circunstancias, ¿aprendían a no molestarse en ver más allá? Eso o bien aquel par de criminales sabían exactamente lo que le estaban haciendo a su hija.

Cuando se marcharon, Lib rehízo la cama con los dos colchones y extendió la piel de oveja por debajo de la sábana bajera.

—Arriba y acuéstate a descansar un poco más.

«Arriba.» Una palabra ridícula teniendo en cuenta cómo se arrastraba Anna hacia la cama.

—Qué blando —murmuró la pequeña, palmeando la superficie mullida.

—Es para prevenir las llagas —le explicó Lib.

—¿Cómo volvió a empezar, doña Lib? —Anna se había expresado con mucha seriedad.

Lib le colocó la cabeza de lado.

—Cuando se quedó viuda. Una vida completamente nueva, dijo usted.

Estaba tristemente impresionada de que la niña pudiera sobreponerse a su sufrimiento para interesarse por su pasado.

—Había una guerra espantosa en el este y quise ayudar a los enfermos y los heridos.

—¿Lo hizo?

Los hombres vomitaban, se ensuciaban, mojaban la cama, morían. Los hombres de Lib. Los hombres que la señorita N. le había asignado. A veces morían en sus brazos, pero solían hacerlo mientras ella se veía obligada a estar en otra habitación, doblando vendas o removiendo gachas.

—Creo que ayudé a unos cuantos, en cierto modo.

Al menos había estado allí. Lo había intentado. ¿Qué valor tenía eso?

—Mi maestra decía que este es el reino del infierno y que nuestro trabajo es acercarlo un poco más al cielo.

Anna asintió, como si no hiciera falta decirlo.

«Miércoles, 17 de agosto, 7.49 de la mañana —anotó Lib—. Décimo día de la vigilancia.»

Pulso: 109 pulsaciones por minuto.
Pulmones: 22 respiraciones por minuto.
Incapaz de andar.

Volvió a sacar los libros y los estudió hasta que obtuvo lo que necesitaba.

Esperaba que Anna le preguntara qué hacía, pero no. La niña estaba acostada, quieta, siguiendo con la mirada las motas de polvo que bailaban en los rayos de luz matutina.

—¿Te apetece otra adivinanza? —le preguntó finalmente.

—¡Oh, sí!

Dos cuerpos tengo, en uno solo.
Cuanto más tranquilo estoy
más rápido corro.

—Cuanto más tranquilo estoy... —repitió Anna en un murmullo—. Dos cuerpos...

Lib asintió y esperó.

—¿Lo pillas?

—Un momento.

Lib echó un vistazo al minutero del reloj.

—¿Nada?

Anna sacudió la cabeza, negando.

—Un reloj de arena. El tiempo se precipita como la arena dentro del cristal y nada puede frenarlo.

La niña la miró impertérrita.

Lib acercó mucho la silla a la cama. Había llegado la hora de la batalla.

—Anna. ¿Has llegado a convencerte de que Dios te ha escogido, de entre todos los habitantes del mundo, para no comer?

Anna tomó aire para responder.

—Escúchame, por favor. Esos libros sagrados tuyos están llenos de órdenes que lo contradicen. —Abrió *El jardín del alma* y buscó la línea que había marcado—. «Considera la carne y la bebida medicinas necesarias para tu salud.»

O aquí, en los Salmos. —Pasó las páginas hasta llegar a la que buscaba—. «Estoy mustio como la hierba y el corazón se me seca porque he olvidado comer mi pan.» ¿Y qué me dices de esto?: «Come y bebe y sé feliz.» O de este versículo que te oigo recitar constantemente: «Danos nuestro pan de cada día.»

—No es pan de verdad —murmuró Anna.

—Una niña de verdad necesita pan de verdad —le dijo Lib—. Jesús compartió las hogazas y los peces con cinco mil personas, ¿no?

Anna tragó despacio, como si tuviera una piedra en la garganta.

—Fue caritativo porque estaban débiles.

—Porque eran humanos, querrás decir. No dijo: «Ignorad el estómago y seguid escuchándome predicar.» Les dio de cenar. —Le temblaba la voz de la rabia—. Durante la Última Cena, partió el pan con sus discípulos, ¿no es cierto? ¿Qué les dijo? ¿Cuáles fueron exactamente sus palabras?

—En voz muy baja, se respondió—: «Tomad y comed.» ¡Ni más ni menos!

—Una vez consagrado, el pan ya no era pan sino Él mismo —se apresuró a responder Anna—. Como maná. —Acarició la encuadernación de piel de los Salmos como si el libro fuera un gato—. Durante meses me estuvieron alimentando con maná caído del cielo.

—¡Anna! —Lib le arrebató el libro con tanta brusquedad que el volumen cayó al suelo. Su carga de preciadas estampitas se esparció.

—¿A qué viene tanto alboroto? —Rosaleen asomó la cabeza por la puerta.

—No pasa nada —le contestó Lib, de rodillas, con el corazón desbocado, recogiendo las estampitas.

Una pausa terrible.

No quería alzar la vista del suelo. No podía permitirse mirar a los ojos a la mujer por si se le notaba lo que sentía.

—¿Va todo bien, hija? —preguntó la mujer.

—Sí, mami.

¿Por qué no le decía Anna a su madre que la inglesa había tirado al suelo su libro y que la estaba amenazando para que rompiera el ayuno? Los O'Donnell presentarían una queja contra ella, seguro, y le ordenarían que hiciera el equipaje.

Anna no dijo nada más y Rosaleen se retiró. Cuando las dos estuvieron otra vez solas, Lib se levantó y devolvió el libro al regazo de la pequeña, con las estampas amontonadas encima.

—Siento que estén descolocadas —le dijo.

—Sé dónde va cada una. —Con dedos hábiles a pesar de la hinchazón, Anna devolvió todas las estampitas al lugar correspondiente.

Lib se recordó que estaba preparada para perder aquel trabajo. ¿No habían despedido a William Byrne a los dieciséis años por las sediciosas verdades que había contado acerca de sus compatriotas hambrientos? Probablemente eso lo había hecho un hombre. No tanto la pérdida en sí como haber sobrevivido a ella, haberse dado cuenta de que era posible fallar y empezar de nuevo.

Anna inspiró profundamente y Lib oyó una levísima crepitación. «Líquido en los pulmones», anotó. Eso significaba que quedaba poco tiempo.

«Te he visto donde nunca estuviste y donde nunca estarás.»

—¿Vas a escucharme, por favor?

Estuvo a punto de añadir «querida», pero esa era la manera de hablar de la madre, con suavidad; Lib tenía que decirle las cosas a las claras.

—Seguro que te das cuenta de que empeoras.

Anna negó con la cabeza.

—¿Te duele esto? —Se inclinó hacia ella y ejerció presión donde tenía el vientre más hinchado.

El dolor agónico se reflejó en la cara de la niña.

—Lo siento —dijo Lib, sin ser del todo sincera. Le quitó el gorrito—. Mira cuánto pelo pierdes todos los días.

—«Pues aun vuestros cabellos están todos contados» —susurró la pequeña.

La ciencia era la magia más fuerte que Lib conocía. Si algo podía romper el hechizo que dominaba a aquella niña...

—El cuerpo es como una máquina —empezó, intentando usar el tono pedagógico de la señorita N.—. La digestión es la quema de combustible. Si se le niega el combustible, el cuerpo destruye sus propios tejidos. —Se sentó y apoyó la palma de la mano en el vientre de Anna, esta vez con delicadeza—. Esto es el fogón. La comida que ingeriste cuando tenías diez años, lo que creciste ese año gracias a ello, todo se ha consumido en los últimos cuatro meses. Piensa en lo que comiste a los nueve, a los ocho años. Convertido en cenizas. —Retrocedió a una velocidad de vértigo—. Cuando tenías siete, seis, cinco años. Cada comida que tu padre se esforzaba trabajando para poner en la mesa, cada bocado que tu madre cocinaba está siendo consumido ahora por el fuego salvaje que hay dentro de ti.

Anna a los cuatro años, a los tres, antes de que dijera la primera frase. A los dos años, en pañales, al año. Todo el camino de vuelta hasta su primer día de vida, hasta el primer sorbo de leche materna.

—Pero el motor no funcionará mucho más sin el combustible adecuado, ¿lo entiendes?

La calma de Anna era una lámina de cristal irrompible.

—No es solo que queda menos de ti día a día —le dijo Lib—, es que todos tus mecanismos pierden potencia, empiezan a detenerse.

—Yo no soy una máquina.

—Como una máquina, quiero decir. No insulto a tu Creador. Piensa en él como en el ingeniero más ingenioso de todos.

Anna sacudió la cabeza.

—Soy su niña.

—¿Podemos hablar en la cocina, señora Wright? —Rosaleen estaba en el umbral de la puerta, con los largos brazos en jarras.

¿Cuánto habría oído?

—No es un buen momento.

—Debo insistir, 'ñora.

Lib se levantó con un suspiró.

Iba a incumplir la norma de no dejar a Anna sola en su cuarto, pero ¿qué importaba ya? No imaginaba a la niña levantándose de la cama para raspar migajas de algún escondrijo y, sinceramente, si eso sucedía, se alegraría. «Engáñame, embáucame, siempre y cuando comas.»

Cerró la puerta al salir para que Anna no pudiera oír nada.

Rosaleen O'Donnell estaba sola, mirando por la ventanita de la cocina. Se volvió blandiendo un periódico.

—John Flynn lo ha conseguido en Mullingar esta mañana.

Había pillado a Lib por sorpresa. Así que no quería hablarle de lo que le acababa de decir a la niña. Miró el periódico abierto por una de las páginas. El encabezamiento lo identificaba como el *Irish Times*. Vio inmediatamente el artículo de Byrne sobre el declive de Anna. Gracias a un afortunado y fugaz encuentro con la niña que ayuna...

—¿Cómo es que este fanfarrón llegó a encontrarse casualmente con mi hija, si puedo preguntárselo? —inquirió Rosaleen.

Lib sopesó cuánto admitir.

—¿Y de dónde ha sacado esta tontería de que está en grave peligro? He pillado a Kitty llorando desconsoladamente y cubriéndose la cara con el delantal esta mañana porque la ha oído decirle algo al médico sobre un lecho de muerte.

Lib decidió atacar.

—¿Y cómo lo llamaría usted, señora O'Donnell?

—¡Qué descaro!

—¿Se ha fijado en su hija últimamente?

—¡Oh! Usted sabe más que el médico de la niña, ¿verdad? ¡Usted, que no sabe distinguir un niño muerto de uno vivo! —se burló Rosaleen, indicando la fotografía de la repisa de la chimenea.

Aquello le dolió.

—McBrearty cree que su hija se está convirtiendo en algo parecido a un lagarto. Esa es la clase de viejo chocho al que le está confiando la vida de la niña.

La mujer tenía los puños apretados y los nudillos blancos.

—Si no la hubiera nombrado el comité, la echaría ahora mismo de mi casa.

—¿Para que Anna se muera lo más rápido posible?

Rosaleen O'Donnell se le echó encima.

Sorprendida, Lib se apartó para evitar el golpe.

—¡No sabe nada de nosotros! —le gritó la mujer.

—Sé que Anna está demasiado hambrienta para levantarse de la cama.

—Si la niña está... sufriendo un poco es solo por la tensión de verse observada como una prisionera.

Lib soltó un bufido. Se acercó más a la mujer, con el cuerpo completamente rígido.

—¿Qué clase de madre permite que se llegue a esto?

Rosaleen hizo lo último que Lib esperaba: rompió a llorar.

Lib se la quedó mirando.

—¿No lo he hecho lo mejor que he podido? —gimió la mujer, con las lágrimas corriendo por las arrugas de su rostro—. ¿Acaso no es carne de mi carne, mi última esperanza? ¿No la he traído al mundo y la he criado con ternura? ¿No la he alimentado mientras me dejó hacerlo?

Por un momento, Lib vislumbró lo que tenía que haber sido. Ese lejano día de primavera, cuando la niñita de los O'Donnell había cumplido once años e, inexplicablemente, se había negado a tomar otro bocado, para sus padres tenía que haber sido un horror tan espantoso como la enfermedad que se había llevado a su hijo el otoño anterior. Para Rosaleen O'Donnell, el único modo de encontrar sentido a esas catástrofes era convenciéndose de que formaban parte del plan de Dios.

—Señora O'Donnell, le aseguro que...

Pero la otra huyó y se metió en el recoveco que había detrás de la cortina de saco.

Lib regresó al dormitorio temblando. La confundía sentir tanta simpatía por una mujer a la que detestaba.

Anna no parecía haber oído la pelea. Estaba recostada en las almohadas, absorta en las estampitas.

Trató de sobreponerse. Miró por encima del hombro de Anna la imagen de la niña flotando en una balsa en forma de cruz.

—El mar es muy distinto a un río, ¿sabes?

—Es más grande —dijo Anna. Tocó con un dedo la estampa, como para notar la humedad.

—Infinitamente más grande. Además, el río se mueve en una sola dirección, mientras que el mar parece que respira. Sube y baja, sube y baja.

Anna inhaló, esforzándose por llenar los pulmones.

Lib consultó el reloj: era casi la hora. «A mediodía.» Eso era lo único que había escrito en la nota que había deslizado bajo la puerta de Byrne antes de amanecer. No le gustaba el aspecto de aquellas nubes color gris pizarra, pero no podía evitarlas. Además, el clima irlandés cambiaba cada cuarto de hora.

A las doce en punto, en la cocina se elevó el clamor del ángelus. Contaba con ello como distracción.

—¿Damos un paseíto, Anna?

Rosaleen y la criada estaban de rodillas.

—Y el ángel del Señor anunció a María...

Lib se apresuró a traer la silla de ruedas, que estaba fuera de la casa.

—Ahora y en la hora de nuestra muerte, amén.

La empujó por la cocina. Una rueda trasera chirriaba.

Anna había conseguido levantarse de la cama y arrodillarse al lado.

—Que sea en mí según tu voluntad —estaba rezando.

Lib cubrió la silla con una manta y la ayudó a sentarse. Luego la tapó con otras tres, envolviéndole los pies hinchados, empujó la silla rápidamente por delante de los adultos que rezaban y salieron fuera.

El verano se terminaba; algunas flores amarillas estrelladas de tallo largo adquirían un tono broncíneo.

Una masa nubosa se partió, como a lo largo de una costura, y la luz se derramó por la brecha.

—Ha salido el sol —dijo Anna, con la voz ronca y la cabeza apoyada en el acolchado de la silla.

Lib se apresuró por el sendero. La silla daba tumbos debido a los surcos y las piedras. Enfilaron la carretera y allí estaba William Byrne, a pocos pasos de distancia.

No sonreía.

—¿Está inconsciente?

Lib se dio cuenta entonces de que Anna estaba hundida en la silla con la cabeza caída hacia un lado. Le dio un golpecito en la mejilla y movió el párpado, para su alivio.

—Solo duerme —le respondió.

Aquel día Byrne no estaba para charlas intrascendentes.

—Y bien, ¿han sido de alguna utilidad sus argumentos?

—Le resbalan —admitió ella, dando la espalda al pueblo y empujando la silla para que la niña siguiera durmiendo—. Este ayuno es el sostén de Anna, su tarea diaria, su vocación.

Él asintió gravemente.

—Si sigue empeorando tan rápidamente...

¿Qué iba a decirle?

Byrne tenía los ojos oscuros, casi azul marino

—¿Se plantearía obligarla a comer?

Lib se imaginó la escena: sujetando a Anna, metiéndole un tubo por la garganta y alimentándola. Alzó la cabeza hacia él y se encontró con su mirada ardiente.

—No creo que pudiera. No por aprensión —le aseguró.

—Sé lo que le costaría.

Eso tampoco, o no del todo. No era capaz de explicarlo.

Caminaron un minuto, dos. A Lib se le ocurrió que los tres podían pasar por una familia que tomaba el aire.

Byrne volvió a hablar con más brusquedad.

—Bueno, al final resulta que el cura no está detrás del fraude.

—¿Don Thaddeus? ¿Cómo puede estar seguro?

—O'Flaherty, el maestro, dice que puede que fuera Mc-Brearty quien habló con todos para formar este comité, pero que fue el sacerdote quien insistió en que se vigilara a la niña y en que lo hicieran enfermeras con experiencia.

Lib se quedó desconcertada. Byrne tenía razón; ¿por qué habría querido un hombre culpable que observaran a Anna? Tal vez se había precipitado respaldando las sospechas de Byrne acerca de Thaddeus debido a la poca confianza que le inspiraban los sacerdotes.

—También he averiguado más sobre esa misión que mencionó Anna —dijo Byrne—. La primavera pasada, los Redentoristas de Bélgica se abalanzaron...

—¿Los Redentoristas?

—Los misioneros redentoristas. El papa los manda por toda la cristiandad, como sabuesos, para reunir a los fieles y olisquear la heterodoxia. Les machacan la cabeza a los campesinos con las reglas, les meten de nuevo el temor de Dios en el alma —le explicó él—. Así que, durante tres semanas, tres veces al día, estos Redentoristas atormentaron a los hombres de estos pantanos. —Indicó el paisaje multicolor—. Según Maggie Ryan, un sermón era un auténtico espectáculo que enardecía: el fuego del infierno y el azufre llovían, los niños chillaban y después la gente hacía cola tan impaciente por confesarse que un tipo fue pisoteado por la multitud, que le aplastó las costillas. La misión terminó con un Quarantore multitudinario...

—¿Con qué? —preguntó Lib, perdida de nuevo.

—Significa cuarenta horas: el tiempo que Nuestro Señor pasó en la tumba. —Byrne simuló un fuerte acento irlandés—. ¿No sabe nada, pagana?

Eso la hizo sonreír.

—Durante cuarenta horas el Santísimo Sacramento estuvo expuesto en todas las capillas de varios kilómetros a la redonda y una muchedumbre de fieles se estuvo dando empujones para postrarse ante él. El jaleo culminó con la confirmación de todos los niños y niñas.

—Incluida Anna —aventuró Lib.

—El día antes de su undécimo cumpleaños.

La confirmación: el momento de la decisión. El final de la infancia, como lo había descrito Anna. Sobre la lengua la Sagrada Hostia: su Dios en forma de disco de pan.

Pero, ¿cómo podía haber tomado la terrible resolución de hacer de ella su última comida? ¿Podía haber entendido mal algo de lo que los sacerdotes extranjeros habían dicho para enfebrecer a la multitud?

Lib estaba tan asqueada que tuvo que parar un momento y apoyarse en las asas de piel de la silla de ruedas.

—¿De qué trataba el sermón que causó el tumulto? ¿Se ha enterado usted?

—De la fornicación, ¿de qué si no?

Lib apartó la cara al oír la palabra.

—¿Eso es un águila? —La vocecita les hizo dar un respingo.

—¿Dónde? —le preguntó Byrne a Anna.

—Ahí, muy arriba, por encima de la senda verde.

—Creo que no es más que el rey de todos los cuervos.

—Recorrí la llamada senda verde el otro día —dijo Lib, para trabar conversación—. La excursión fue una completa pérdida de tiempo.

—Fue un invento inglés, en realidad —comentó Byrne.

Lo miró de reojo. ¿Era una de sus bromitas?

—En invierno del 47 Irlanda estuvo cubierta por una capa de nieve tan espesa que llegaba hasta el pecho por primera vez en su historia. Puesto que se consideraba que la caridad corrompía —ironizó—, se invitó a los hambrientos a participar en las obras públicas. Por estos lares esto significaba construir un camino de ninguna parte a ninguna parte.

Lib frunció el ceño y ladeó la cabeza hacia la niña.

—¡Oh! Estoy seguro de que ha oído todas estas historias. —Pero se inclinó para echarle un vistazo a Anna.

Había vuelto a dormirse, con la cabeza apoyada en un borde de la silla. Lib la arropó con las mantas.

—Así que los hombres picaban piedra y la troceaban. Cada cesta valía por una comida —prosiguió él en voz baja—. Las mujeres cargaban con las cestas y colocaban las piezas. Los niños...

—Señor Byrne —protestó Lib.

—Es usted quien quería saber más acerca de la senda.

¿Estaba resentido con ella por el mero hecho de ser inglesa? De haber sabido lo que sentía por él, ¿habría respondido con desprecio? ¿Con lástima, incluso? La lástima habría sido peor.

—Seré breve. A los que caían debido al frío o al hambre o a la fiebre y no volvían a levantarse los enterraban al borde del camino, dentro de un saco, a escasos cinco centímetros de profundidad.

Lib pensó en sus botas pisando el blando borde florido de la senda verde. El pantano nunca olvidaba; mantenía las cosas en un notable estado de conservación.

—Ya basta —le rogó—, por favor.

Un compasivo silencio se instaló entre ambos, por fin.

Anna se movió y volvió la cara hacia el raído terciopelo.

Una gota de lluvia, luego otra. Lib agarró la capota negra de la silla. Las bisagras estaban llenas de herrumbre y Byrne la ayudó a desplegarla para cubrir a la niña dormida un momento antes de que cayera el chaparrón.

No podía dormir en su habitación del establecimiento de los Ryan, ni leer, ni hacer nada aparte de mortificarse. Tendría que haber cenado algo, lo sabía, pero era incapaz de tragar nada.

A medianoche la lámpara ardía apenas sobre la cómoda de Anna y la niña era un puñado de pelo oscuro en la almohada. Su cuerpo apenas se notaba bajo las sábanas. Se había pasado toda la noche hablando con la niña, un monólogo, más bien, hasta quedarse ronca.

Ahora estaba sentada junto a la cama pensando en una sonda. Una sonda muy delgada, flexible y engrasada, no más gruesa que una pajita, pasando entre los labios de la niña, tan despacio, con tanto cuidado como para que Anna siguiera durmiendo. Se imaginó vertiendo leche por esa sonda hasta el estómago de la pequeña, poquito a poco.

Porque, ¿y si la obsesión de Anna era tanto el resultado de su ayuno como su causa? Al fin y al cabo, ¿quién piensa con claridad teniendo el estómago vacío? A lo mejor, paradójicamente, la niña solo volvería a sentir hambre cuando hubiera ingerido algo. Si Lib la alimentaba por sonda, la estaría fortaleciendo, de hecho. Apartando a Anna del borde del abismo, dándole tiempo para recuperar la cordura. No estaría usando la fuerza sino asumiendo su responsabilidad; la enfermera Wright, la única entre todos los adultos lo bastante valiente para hacer lo necesario para salvar a Anna O'Donnell de sí misma.

Apretó tanto la mandíbula que le dolió.

¿No suelen hacerles los adultos cosas dolorosas a los niños por su propio bien? O las enfermeras a sus pacientes. ¿No había desbridado ella quemaduras y extraído metralla de las heridas, arrastrando a más de unos cuantos pacientes de vuelta a la tierra de los vivos por medios dolorosos? Al fin y al cabo, los lunáticos y los prisioneros sobrevivían porque los alimentaban a la fuerza varias veces al día.

Se imaginó a Anna despertándose, empezando a forcejear, tosiendo, tratando de vomitar, con los ojos húmedos de rabia por la traición. Ella le sujetaría la naricita y le presionaría la cabeza contra la almohada. «Estate quieta, querida.» «Déjame.» «Tienes que hacerlo.» Empujando el tubo, inexorable.

¡No! Lo pensó con tanta intensidad que no estuvo segura de haberlo gritado.

No funcionaría. Eso tendría que haberle dicho a Byrne aquella tarde.

Fisiológicamente, sí. Hacer bajar a la fuerza comida por la garganta de Anna le aportaría energía, pero no la mantendría con vida. En todo caso aceleraría su distanciamiento del mundo. Quebraría su espíritu.

Contó las respiraciones durante un minuto entero de reloj.

Veinticinco, demasiadas, una respiración peligrosamente rápida. Completamente regular, a pesar de todo.

A pesar del debilitamiento del cabello, de las manchas, de las llagas en las comisuras de los labios, Anna era tan hermosa como cualquier niña dormida.

«Durante meses me estuvieron alimentando con maná caído del cielo.» Eso le había dicho aquella mañana. «Vivo del maná caído del cielo», les había dicho a sus visitantes espiritistas una semana antes. Pero esta vez, Lib era consciente de ello, lo había dicho de un modo distinto, en pasado, con nostalgia: «Durante meses me estuvieron alimentando con maná caído del cielo.»

A menos que ella lo hubiera oído mal. Cuatro meses, ¿era eso lo que había dicho? «Me estuvieron alimentando cuatro meses con maná caído del cielo.» Anna había empezado a ayunar cuatro meses antes, en abril, y subsistido a base de maná, fuera cual fuese el medio oculto de alimentación al que se refería, hasta la llegada de las enfermeras.

Pero no, eso no tenía sentido, porque en tal caso habría empezado a mostrar los síntomas de un ayuno completo apenas un par de días más tarde. Lib no había advertido ningún deterioro hasta que Byrne se lo había hecho notar el lunes de la segunda semana. ¿Podía haber aguantado una criatura siete días sin decaer?

Releyó las páginas de su cuaderno de notas, una serie de despachos telegráficos desde un lejano campo de batalla. La primera semana, todos los días habían sido prácticamente iguales hasta...

Hasta que se había negado a que su madre la saludara.

Miró lo que había escrito con pulcritud. Sábado por la mañana, seis días de vigilancia. Ningún apunte médico; Lib había anotado eso simplemente porque era un cambio inexplicable del comportamiento de la niña.

¿Cómo podía haber estado tan ciega?

No solo la saludaba dos veces al día; con su abrazo la huesuda mujerona ocultaba la cara de la niña. Un beso, como el de un gran pájaro alimentando a sus polluelos. Incumpliendo la norma de la señorita N., despertó a Anna, que parpadeó y apartó la cara de la luz cruda de la lámpara.

—Cuando te alimentaban con maná, ¿quién te lo traía?

No le había dicho «quién te lo daba» porque habría dicho que el maná provenía de Dios.

Esperaba resistencia por parte de la niña, que lo negara, alguna historia rocambolesca acerca de los ángeles.

—Mami —murmuró Anna.

¿Había estado desde el principio dispuesta a responder con tanta candidez si se lo preguntaban? Si hubiera despreciado un poco menos las historias piadosas, habría prestado más atención a lo que la niña trataba de decirle.

Recordó el modo en que Rosaleen O'Donnell se colaba para darle el permitido abrazo mañana y noche, sonriente pero extrañamente muda. Tan charlatana otras veces pero no cuando iba a abrazar a su hija. Sí. Rosaleen no abría la boca hasta haber abrazado a su hija con todo el cuerpo.

Lib acercó la suya a la orejita de Anna.

—¿Lo pasaba de su boca a la tuya?

—Con un beso sagrado —dijo Anna, asintiendo, sin ninguna vergüenza.

La furia le encendió la sangre. Así que la madre masticaba comida en la cocina y luego alimentaba a Anna delante de las narices de las enfermeras, dos veces al día, dejándolas en ridículo.

—¿A qué sabe el maná? ¿A leche o a gachas de avena?

—Tiene un sabor celestial —dijo Anna, como si la respuesta fuera obvia.

—¿Te decía ella que provenía del cielo?

La pregunta desconcertó a Anna.

—De ahí viene el maná.

—¿Lo sabe alguien más? ¿Kitty? ¿Tu padre?

—No creo. Nunca lo he contado.

—¿Por qué? ¿Te lo ha prohibido tu madre? ¿Te ha amenazado?

—Es un secreto.

Un secreto compartido, demasiado sagrado para expresarlo con palabras. Sí, a Lib no le costaba imaginar a una mujer de carácter convenciendo a su pequeña de eso. Sobre todo a una niña como Anna, criada en un mundo de misterios. Los jóvenes confían mucho en los adultos en cuyas manos están. ¿Habría empezado el día que había cumplido once años o había ido desarrollándose gradualmente desde mucho antes? ¿Era una especie de juego de manos? La madre le leía a la hija el episodio bíblico del maná y la confundía con enigmas místicos. O quizás ambas habían contribuido tácitamente a la invención de aquel juego mortal. Al fin y al cabo, la niña era más inteligente que la madre y más leída. Todas las familias tienen peculiaridades que los de fuera no captan.

—Entonces, ¿por qué me lo cuentas? —le preguntó Lib.

—Eres mi amiga.

La forma en la que Anna adelantó la barbilla le rompió el corazón.

—Ya no tomas maná, ¿verdad? No has tomado desde el sábado.

—No me hace falta.

«¿No la he alimentado mientras me dejó hacerlo?», había gritado Rosaleen.

Lib había notado el dolor y los remordimientos de la mujer, pero, aun así, no lo había entendido.

La madre había puesto a Anna en un pedestal para que iluminara el mundo como un faro. Su intención había sido mantener con vida su hija indefinidamente con su aporte secreto de comida. Había sido Anna la que había dicho basta cuando llevaban una semana vigilándola.

¿Había intuido la niña las consecuencias? ¿Las entendía ahora?

—Lo que tu madre te metía en la boca era comida de la cocina —le dijo Lib con premeditada dureza—. Han sido esas dosis de papilla lo que te ha mantenido con vida todos estos meses. —Hizo una pausa, esperando alguna reacción, pero la niña tenía la mirada perdida—. Tu madre te ha mentido, ¿no lo ves? Necesitas comer como todo el mundo. No tienes nada de especial. —Las palabras le salían como una lluvia de insultos—. Si no comes, niña, vas a morirte.

Anna la miró a los ojos, asintió y sonrió.

5

Turno

Turno
un cambio, una alteración,
    un periodo de trabajo,
    un recurso, el medio para alcanzar un fin,
    un movimiento, un comienzo.

El jueves trajo un calor abrasador. El cielo de agosto era de un azul deslumbrante. Cuando William Byrne entró en el comedor a mediodía, Lib estaba sola mirando fijamente la sopa. Alzó la vista y trató de sonreírle.

—¿Cómo está Anna? —le preguntó él, sentándose frente a ella, con las rodillas contra su falda.

Lib no supo qué responderle.

William indicó con un gesto el cuenco de sopa.

—Si no duerme, tiene que reponer fuerzas.

La cuchara hizo un ruido metálico cuando Lib la alzó. Se la llevó casi hasta los labios, pero volvió a dejarla en el cuenco con un leve chapoteo.

Byrne se inclinó por encima de la mesa.

—Cuéntemelo.

Lib apartó el cuenco de sopa. Vigilando la puerta por si volvía la chica de los Ryan, le explicó lo del maná caído del cielo que le proporcionaba con disimulo su madre con cada abrazo.

—¡Dios mío! —exclamó él, asombrado—. ¡Qué audaz es esa mujer!

«¡Oh, qué alivio poder contarlo!»

—Ya es lo bastante malo que Rosaleen O'Donnell haya estado obligando a subsistir a su hija con dos bocados al día —dijo Lib—, pero hace ya cinco que Anna se niega a tomar el maná, y su madre no ha dicho ni pío.

—Supongo que no sabe cómo decirlo sin acusarse.

Lib sintió una repentina aprensión.

—No puede publicar nada de esto, todavía no.

—¿Por qué no?

¿Cómo era posible que tuviera que preguntárselo?

—Soy consciente de que su profesión consiste en divulgarlo todo —le espetó—, pero lo que importa es salvar a la niña.

—Ya lo sé. ¿Y qué hay de su profesión? En todo el tiempo que ha pasado con Anna, ¿hasta qué punto ha llegado?

Lib se cubrió la cara con las manos.

—Lo siento. —Byrne le agarró los dedos—. Es la frustración la que habla por mí.

—Es completamente cierto.

—Aun así, perdóneme.

Lib recuperó sus manos. Le ardía la piel.

—Créame —le dijo él—, es por el bien de Anna que hay que gritar a los cuatro vientos que se trata de un engaño.

—¡Pero un escándalo no la hará comer!

—¿Cómo está tan segura?

—Ahora Anna está completamente sola en esto. —La voz le tembló—: Acoge con agrado la perspectiva de la muerte.

Byrne se apartó los rizos de la cara.

—Pero ¿por qué?

—Porque su religión le ha llenado la cabeza de tonterías morbosas, quizá.

—¡Quizá porque confunde las tonterías morbosas con la auténtica religión!

—No sé por qué lo hace —admitió Lib—, solo que tiene algo que ver con la pérdida de su hermano.

Él frunció el ceño, desconcertado.

—¿Ya le ha contado a la monja lo del maná?

—Esta mañana no he tenido ocasión de hacerlo.

—¿Y a McBrearty?

—No se lo he contado más que a usted.

Byrne la miró de un modo que la hizo desear no habérselo dicho.

—Bueno. Esta noche podrá compartir lo que ha descubierto con todo el comité.

—¿Esta noche? —repitió ella, confundida.

—¿No las han convocado a usted y a la hermana? A las diez se reunirán en la trastienda. —Indicó con la barbilla el empapelado que se despegaba—. A petición del médico.

A lo mejor McBrearty había tenido en cuenta algo de lo que ella le había dicho el día anterior, después de todo.

—No —repuso con sarcasmo—. No somos más que enfermeras. ¿Por qué iban a escucharnos? —Apoyó la barbilla en las manos—. A lo mejor si voy a verlo ahora y le cuento lo del truco del maná...

Byrne cabeceó.

—Es mejor que vaya a la reunión y anuncie ante todo el comité que ha tenido éxito en la labor por la que la contrataron.

«¿Éxito? Más bien un fracaso garrafal.»

—¿En qué ayudará eso a Anna?

—Cuando cese la vigilancia, tendrá tiempo, intimidad, la oportunidad de cambiar de idea.

—No mantiene el ayuno para impresionar a los lectores del *Irish Times* —le dijo Lib—. Es algo entre ella y el ávido Dios de ustedes.

—No lo culpe a Él de las locuras de sus fieles. Lo único que nos pide es que vivamos.

Se miraron.

Una sonrisa iluminó la cara de Byrne.

—¿Sabe? Nunca había conocido a una mujer, a nadie, de hecho, tan blasfemo como usted.

Mientras la observaba, una oleada de calor la recorrió.

El sol en los ojos. El uniforme ya se le había pegado a los costados. Llegó a la cabaña decidida a asistir a la reunión del comité aquella noche, con o sin invitación.

Cuando cruzó el umbral, Rosaleen O'Donnell y la criada desplumaban un pollo escuálido en la mesa larga. ¿Habían estado trabajando así, en tenso silencio, o habían estado hablando, quizá de la enfermera inglesa, hasta que la habían oído llegar?

—Buenos días —las saludó.

—Buenos días —dijeron ambas, sin apartar los ojos del pollo.

Lib miró la espalda ancha de Rosaleen y pensó: «Te he descubierto, fanática.» Era una sensación casi dulce disponer de la única arma que podía demoler la burda impostura de la mujer.

Todavía no, sin embargo. No habría vuelta atrás; si Rosaleen la echaba de la cabaña, ya no tendría ninguna oportunidad de hacer cambiar de idea a Anna.

En el dormitorio, la niña estaba acurrucada en la cama, de cara a la ventana. Las costillas le subían y le bajaban. Respiraba con dificultad por la boca agrietada. En el orinal no había nada.

La monja tenía la cara demacrada. «Está peor», le indicó mientras recogía la capa y la bolsa.

Lib le tocó el brazo para impedir que se fuera.

—Anna ha confesado —le dijo al oído, en voz apenas audible.

—¿Se ha confesado con el cura?

—Conmigo. Hasta el sábado pasado su madre la estuvo alimentando con comida que masticaba y le pasaba cuando la besaba. La había convencido de que era maná.

La hermana Michael palideció y se santiguó.

—El comité se reunirá en el establecimiento de los Ryan

esta noche, a las diez —prosiguió Lib—. Tenemos que hablar con ellos.

—¿Eso ha dicho el doctor McBrearty?

Lib estuvo tentada de mentir.

—Ese hombre delira —le dijo en cambio—. ¡Cree que Anna se está convirtiendo en una criatura de sangre fría! No. Tenemos que presentar nuestro informe al resto del comité.

—El domingo, como nos dijeron.

—¡Tres días más es demasiado tiempo! Puede que Anna no dure tanto —le susurró—, y usted lo sabe.

La monja evitó mirarla a la cara.

—Hablaré yo, pero usted tiene que estar conmigo.

—Mi sitio está aquí —dijo la hermana con la voz entrecortada.

—Seguro que puede encontrar a alguien para que vigile a Anna una hora —le dijo Lib—. La chica de los Ryan, quizá.

La monja negó con la cabeza.

—En lugar de espiar a Anna deberíamos hacer todo lo posible para inducirla a comer. A vivir —dijo Lib.

La otra siguió bamboleando la cabeza cubierta con la toca como una campana.

—Esas no son las órdenes que nos dieron. Todo esto es espantosamente triste pero...

—¿Triste? —Mordaz, Lib había alzado demasiado la voz—. ¿Eso le parece?

La hermana Michael frunció el rostro.

—Las buenas enfermeras cumplen las normas —protestó Lib—, pero las mejores saben cuándo incumplirlas.

La monja huyó de la habitación.

Lib inspiró profunda y entrecortadamente antes de sentarse junto a Anna.

Cuando la niña se despertó, su pulso era como la cuerda de un violín vibrando a flor de piel.

«Jueves, 18 de agosto, 1.03 de la tarde.»

«Pulso a 129, débil», anotó, con la letra tan clara como siempre.

«Le cuesta respirar.»

Llamó a Kitty y le dijo que reuniera todas las almohadas de la casa.

Kitty la miró fijamente antes de marcharse corriendo para hacerlo.

Lib las apiló detrás de Anna para que la niña pudiera estar casi erguida en la cama. En esa postura parecía que le costaba un poco menos respirar.

—Tú que me levantas de las puertas de la muerte... —murmuraba Anna con los ojos cerrados—. Rescátame de las manos de mis enemigos...

Lib lo hubiera hecho gustosa si hubiera sabido cómo librarla de sus ataduras.

—¿Más agua? —Le acercó la cuchara.

A Anna le temblaron los párpados pero no los abrió; negó con la cabeza.

—He terminado con eso.

—Puede que no tengas sed, pero necesitas beber igualmente.

Le costó abrir los labios para tomar una cucharada de agua porque los tenía pegajosos.

Sería más fácil hablar con franqueza fuera de la cabaña.

—¿Te gustaría volver a salir en la silla? La tarde es preciosa.

—No, gracias, doña Lib.

Lib lo apuntó también: «Demasiado débil para ir en silla de ruedas.»

Su libreta de notas ya no iba solo a apoyar su informe.

Era la prueba de un crimen.

—Esta barca es lo bastante grande para mí —farfulló Anna.

¿Era una metáfora caprichosa para referirse a la cama, la única herencia de su hermano, o tenía el cerebro afectado por el ayuno?

«¿Ligera confusión?», escribió Lib.

Luego se le ocurrió que tal vez había entendido mal lo que la niña farfullaba.

—Anna. —Tomó una de sus manos hinchadas entre las suyas. Fría, como una muñeca de porcelana—. Conoces el pecado del suicidio.

La niña abrió los ojos color avellana, pero volvió la cara para no mirarla.

—Deja que te lea un fragmento de *El examen de conciencia* —le dijo Lib, agarrando el misal y buscando la página que había marcado el día anterior—. ¿Ha hecho algo para acortar su vida o precipitar su muerte? ¿Ha deseado su propia muerte por pasión o impaciencia?

Anna sacudió la cabeza.

—Volaré y descansaré en paz.

—¿Estás segura de eso? ¿Los suicidas no van al infierno? —Lib se obligó a proseguir—. Ni siquiera te enterrarán con Pat sino fuera del recinto del cementerio.

Anna apoyó la mejilla en la almohada como un niño pequeño con dolor de oído. Lib pensó en el primer acertijo que le había planteado: «Ni me ves ni me tocas.» Se inclinó más cerca y le susurró—: ¿Por qué estás tratando de morir?

—De entregarme —la corrigió Anna en lugar de negarlo. Empezó a murmurar de nuevo su oración a Teodoro, una y otra vez: «Te adoro, oh, preciosísima cruz, adornada con los miembros tiernos, delicados y venerables de Jesús, mi Salvador, salpicada y manchada de su preciosa sangre.»

A la postrera luz de la tarde, Lib ayudó a la niña a sentarse en una silla para poder airear la cama y alisar las sábanas.

Anna se quedó sentada con la barbilla apoyada en las rodillas. Se acercó al orinal, pero solo le salieron unas gotas de líquido oscuro. Luego volvió a la cama, moviéndose como una anciana, como la anciana que nunca llegaría a ser.

Lib caminó por la habitación mientras la pequeña dormía. No podía hacer nada aparte de pedir más ladrillos calientes, porque todo el calor del día no habría bastado para calmar la tiritona de Anna.

La sirvienta tenía los ojos ribeteados de rojo un cuarto de hora más tarde, cuando trajo cuatro ladrillos, todavía cenicientos por haber estado en el fuego, y los metió bajo las mantas de Anna. La niña ya estaba profundamente dormida.

—Kitty —le dijo Lib antes de saber siquiera que iba a hablarle. El corazón le retumbaba. Si se equivocaba, si la sirvienta era tan mala como la señora O'Donnell y estaba en el ajo con ella, entonces aquel intento sería más perjudicial que beneficioso. ¿Por dónde empezar? No con una acusación, ni siquiera dándole información. Compasión: eso tenía que despertar en la joven—. Tu prima se está muriendo.

A Kitty se le llenaron inmediatamente los ojos de lágrimas.

—Todos los hijos de Dios necesitan comer. —Bajó aún más la voz—. Hasta hace unos días, Anna se ha mantenido con vida gracias a un truco, a una estafa criminal. —Se arrepintió de lo de «criminal» porque el miedo se reflejaba en los ojos de la joven—. ¿Sabes lo que voy a decirte?

—¿Cómo voy a saberlo? —le preguntó Kitty con la mirada de un conejo que huele un zorro.

—Tu señora... —¿Su tía, una prima de algún tipo?, se preguntó Lib—. La señora O'Donnell ha estado alimentando a la niña de su propia boca, fingiendo besarla, ¿entiendes? —Se le ocurrió de repente que Kitty podía culpar a la chica—. En su inocencia, Anna pensó que estaba recibiendo el maná sagrado del cielo.

Los amplios ojos se estrecharon de repente. Un sonido gutural.

Lib se inclinó hacia delante. «¿Qué dijiste?»

Sin respuesta.

La chica, que hasta entonces había tenido los ojos muy abiertos, los achicó de repente y emitió un sonido gutural.

Lib se inclinó hacia ella.

—¿Qué has dicho?

La otra no respondió.

—Tiene que ser todo un golpe, lo sé...

—¡Usted!

Esta vez Lib entendió perfectamente lo que decía y también vio la furia que le contorsionaba la cara.

—Te estoy diciendo que puedes ayudarme a salvarle la vida a tu primita.

Un par de manos fuertes le asieron la cara y luego le taparon la boca.

—Cierre esa bocaza de mentirosa.

Lib se tambaleó hacia atrás.

—Como una enfermedad entró en esta casa, esparciendo su veneno. Sin Dios, sin corazón, ¿no tiene vergüenza?

La niña se movió en la cama, como si las voces la hubieran molestado, y ambas mujeres se quedaron petrificadas.

Kitty bajó los brazos, dio dos pasos hacia la cama, se inclinó y le dio un beso muy suave en la sien a Anna. Cuando se irguió, tenía las mejillas arrasadas de lágrimas.

Salió y cerró de un portazo.

«Lo has intentado», se recordó Lib, de pie, muy quieta.

Esta vez no sabía en qué se había equivocado. Tal vez era inevitable que Kitty se pusiera ciegamente de parte de los

O'Donnell; eran todo cuanto tenía en el mundo: su familia, su hogar, su único medio de ganarse la vida.

¿Era mejor haberlo intentado que no haber hecho nada? Mejor para su conciencia, suponía; para la niña que se mataba de hambre no había ninguna diferencia.

Tiró las flores mustias y guardó el misal en su caja. Luego, impulsivamente, lo sacó otra vez y volvió a hojearlo, buscando la oración a Teodoro. De todas las que había, ¿por qué Anna recitaba esa treinta y tres veces al día?

Allí estaba. La oración del Viernes Santo por las almas tal como le fue revelada a santa Brígida. El texto no le aportó nada nuevo: «Te adoro, oh, preciosísima cruz, adornada con los miembros tiernos, delicados y venerables de Jesús, mi Salvador, salpicada y manchada de su preciosa sangre.» Se esforzó por leer las notas en letra pequeña impresas debajo. «Si se reza treinta y tres veces en ayunas un viernes, serán liberadas tres almas del purgatorio, pero si se reza en Viernes Santo, la cosecha será de treinta y tres almas.» Un bono de Pascua que multiplicaba por once la recompensa. Lib estaba a punto de cerrar el libro cuando se fijó en dos palabras: «en ayunas».

«Si se reza treinta y tres veces en ayunas.»

—Anna. —Se inclinó para tocarle la mejilla—. ¡Anna!

La pequeña parpadeó.

—Esa oración tuya: «Te adoro, oh, preciosísima cruz.» ¿Es por eso que no comes?

La sonrisa de Anna fue de lo más extraña: alegre con un matiz lúgubre.

«Al fin —pensó Lib—, al fin», pero no con satisfacción sino con mucha pena.

—¿Te lo ha dicho Él? —le preguntó la niña.

—¿Quién?

Anna señaló hacia el techo.

—No —dijo Lib—. Lo he adivinado.

—Cuando adivinamos es porque Dios nos está diciendo cosas.

—Intentas llevar a tu hermano al cielo.

Anna asintió con infantil certeza.

—Si rezo la oración, ayunando, treinta y tres veces al día...

—Anna —gimió Lib—. Rezarla ayunando... Estoy segura de que eso significa saltarse una sola comida un viernes para salvar tres almas, o treinta y tres si es Viernes Santo.

—¿Por qué concedía credibilidad a esas cifras absurdas repitiéndolas como si fueran datos de un libro de contabilidad?—. En el libro no pone que dejes de comer por completo.

—Las almas necesitan mucha limpieza. —A Anna le brillaban los ojos—. Sin embargo, para Dios nada es imposible, así que no me rendiré, seguiré rezando la oración y rogándole que se lleve a Pat al cielo.

—Pero tu ayuno...

—Eso es para reparar el daño hecho. —Se esforzó por respirar.

—Nunca había oído hablar de un trato tan absurdo y horrible —le dijo Lib.

—Nuestro Padre Celestial no hace tratos —la reconvino Anna—. No me ha prometido nada. Pero tal vez tenga piedad de Pat e incluso de mí también —agregó—. Entonces Pat y yo podremos estar juntos de nuevo. Hermana y hermano.

El plan era extrañamente plausible, tenía una especie de lógica aplastante para una niña de once años.

—Antes tienes que vivir —le insistió Lib—. Pat esperará.

—Ya lleva esperando nueve meses, ardiendo.

Con las mejillas aún secas como la tiza, Anna dejó escapar un sollozo. ¿Ya no le quedaba líquido suficiente para fabricar lágrimas?

—Piensa en lo mucho que te echarán de menos tu padre y tu madre —fue lo único que se le ocurrió decir.

¿Había tenido Rosaleen O'Donnell la más mínima idea de adónde la llevaría cuando había empezado el espantoso juego de fingimiento?

A la pequeña se le desencajó el rostro.

—Sabrán que Pat y yo estamos a salvo ahí arriba. —Se corrigió—: Si Dios quiere.

—En la tierra húmeda; ahí es donde vas a estar —le dijo Lib, dando golpecitos con el tacón en el suelo de tierra apisonada.

—Solo el cuerpo —dijo la niña con cierto desprecio—. El alma simplemente... —Se rebulló.

—¿Qué? ¿Qué hace?

—Abandona el cuerpo, como un abrigo viejo.

A Lib se le pasó por la cabeza que ella era la única persona en el mundo que sabía con certeza que aquella niña pretendía morirse. Era como llevar una capa de plomo sobre los hombros.

—Tu cuerpo... Cada cuerpo es una maravilla. Un prodigio de la creación

Trató de encontrar las palabras adecuadas; estaba usando un idioma distinto al suyo. No tenía que hablarle de placer ni de felicidad a aquella pequeña fanática, solo de deber. ¿Qué había dicho Byrne?

—El día que abriste los ojos por primera vez, Anna, Dios solo pidió una cosa: que vivieras —le dijo Lib.

Anna la miró.

—He visto nacer niños muertos y a otros que han sufrido durante semanas o meses antes de perder la batalla. —Se le quebró la voz a su pesar—. Sin causa ni razón para ello.

—Es Su plan —jadeó Anna.

—Muy bien, pues; también debe ser su plan que sobrevivas.

Lib se acordó de la fosa común del cementerio.

—Cientos de miles, puede que millones de tus compatriotas murieron cuando tú eras pequeña. Eso significa que es tu sagrado deber seguir adelante. Seguir respirando, comer como el resto de nosotros, realizar el trabajo diario de vivir.

Solo vio un leve movimiento de la barbilla de la niña, negando, siempre negando.

Un gran cansancio se apoderó de ella. Bebió medio vaso de agua y se sentó con la mirada perdida.

Esa noche, a las ocho, cuando Malachy O'Donnell llegó para darle las buenas noches a Anna, la niña dormía profundamente. El hombre deambuló por la habitación, con manchas de sudor en las axilas.

Haciendo un gran esfuerzo, Lib se levantó. Cuando él iba ya hacia la puerta, aprovechó la oportunidad.

—Debo decirle, señor O'Donnell —le susurró—, que a su hija no le queda mucho.

El terror se reflejó en los ojos de Malachy.

—El doctor ha dicho... —adujo.

—Se equivoca. Tiene el pulso acelerado, su temperatura está cayendo y se le están anegando los pulmones.

—¡Criatura! —Miró el cuerpecito perfilado por las mantas.

Lib tuvo que reprimirse para no contarle toda la historia del maná. Meterse entre un hombre y su mujer era una cosa seria, y arriesgada, porque ¿cómo iba Malachy a fiarse de la inglesa antes que de Rosaleen? Si Kitty se había indignado por la acusación contra su señora, ¿no lo haría también Malachy? Al fin y al cabo, Lib no tenía pruebas concluyentes. No podía despertar a Anna y forzarla a repetirle la historia a su padre. Además, dudaba mucho que tuviera éxito.

No. Lo que importaba no era la verdad sino Anna.

«Atente a lo que puede ver por sí mismo ahora que has alzado el velo. Dile solo lo suficiente para despertar su instinto paterno de protección.»

—Anna pretende morir —le dijo—, con la esperanza de sacar a su hijo del purgatorio.

—¿Qué?

—Es una especie de trueque —prosiguió Lib. ¿Le estaba explicando bien aquella pesadilla?—. Un sacrificio.

—Que Dios nos asista —murmuró el hombre.

—Cuando despierte, ¿le dirá que se equivoca?

Se cubrió el rostro con una manaza, amortiguando su respuesta.

—¿Perdón?

—Claro que no.

—No sea ridículo. Es una niña —insistió Lib—. Su hija.

—Tiene muchas más luces que yo —dijo Malachy—. No sé de quién las ha heredado.

—Bueno, pues va a perderla si no actúa rápido. Sea firme con ella. Sea un padre.

—Solo su padre terrenal —puntualizó tristemente el hombre—. Solo le escuchará a Él —añadió, mirando hacia arriba.

La monja estaba en la puerta. Las nueve en punto.

—Buenas noches, señora Wright.

Malachy salió apresuradamente, dejando a Lib perpleja. ¡Qué gente!

Cuando se estaba poniendo la capa se acordó de la penosa reunión.

—Tengo la intención de hablar con el comité esta noche —le recordó a la hermana Michael.

Un gesto de asentimiento. Lib se dio cuenta de que la monja no había traído ninguna sustituta a la cabaña. Eso quería decir que persistía en su negativa de asistir a la reunión.

—El vapor de una olla de agua hirviendo le facilitará la respiración —le recomendó al salir.

Esperó en su habitación del primer piso, con el estómago encogido. No solo por los nervios de irrumpir descaradamente en una reunión de sus patrones sino por una espantosa ambivalencia. Si Lib convencía al comité de que había cumplido el propósito de la vigilancia, si contaba lo del engaño del maná, era muy posible que la despidieran inmediatamente. Gracias y adiós. En tal caso, dudaba que tuviera siquiera la oportunidad de despedirse de Anna antes de marcharse a Inglaterra. (No se imaginaba volviendo a su antigua vida en el hospital.) La pérdida en lo personal era irrelevante, se dijo; todas las enfermeras tenían que despedirse de los pacientes, una y otra vez. Pero, ¿y Anna? ¿Quién se ocuparía de ella entonces? ¿Quién o qué la persuadiría para que renunciara a su condenado ayuno? Se daba cuenta de lo irónico de la situación: no había conseguido que la niña comiera ni una sola migaja, pero estaba convencida de ser la única capaz de hacerlo. ¿Estaba siendo arrogante hasta el delirio? No hacer nada era el más mortal de los pecados; eso le había dicho Byrne en relación con sus artículos sobre la hambruna.

Consultó la hora. Eran las diez y cuarto; a pesar de que los irlandeses llegaban siempre tarde, el comité ya estaría reunido. Se levantó, se arregló el uniforme gris y se alisó el pelo.

En la trastienda, esperó fuera de la habitación donde se celebraba la reunión hasta que reconoció algunas voces: la del médico y la del cura. Entonces llamó a la puerta.

No obtuvo respuesta. Quizá no la habían oído. ¿Era una voz de mujer lo que escuchaba? ¿Había conseguido finalmente la hermana Michael asistir a la reunión? Cuando entró, la primera persona a la que vio fue Rosaleen O'Donnell. Se miraron fijamente. Malachy estaba detrás de su mujer. Los dos parecían alterados por la aparición de la enfermera.

Lib se mordió el labio inferior. No esperaba que los padres estuvieran allí.

Un hombre bajo y narigudo vestido de brocado ocupaba la silla grande de respaldo tallado, presidiendo una mesa improvisada con tres caballetes. Sir Otway Blackett, supuso; un oficial retirado, por su porte. Vio el *Irish Times* sobre la mesa; ¿discutían acerca del artículo de Byrne?

—¿Y esta es? —preguntó sir Otway.

—La enfermera inglesa, que está aquí sin que nadie se lo haya pedido —dijo John Flynn, que ocupaba el asiento contiguo.

—Esta reunión es privada, señora Wright —le dijo el doctor McBrearty.

El señor Ryan, su casero, adelantó la barbilla, como queriendo decirle que volviera al piso de arriba.

El único al que no conocía Lib era un hombre de pelo engominado. Tenía que ser O'Flaherty, el maestro. Los miró a todos a la cara, sin dejarse amedrentar. Empezaría pisando fuerte con las anotaciones de su libreta.

—Señores, perdónenme. Me ha parecido que deben oír las últimas noticias acerca de la salud de Anna O'Donnell.

—¿Qué noticias? —se burló Rosaleen—. La he dejado durmiendo tranquilamente hace menos de media hora.

—Ya he presentado mi informe, señora Wright —la amonestó el doctor McBrearty.

A él se dirigió.

—¿Le ha dicho al comité que Anna está tan hinchada por la hidropesía que ya no puede andar? Está débil y helada y se le caen los dientes. —Hojeó sus notas, no porque las necesitara, sino para demostrar que todo aquello constaba por escrito—. El pulso se le acelera cada vez más y le crepitan los pulmones porque se le están encharcando. Tiene la piel llena de costras y moratones y el pelo se le cae a puñados, como a una anciana...

Demasiado tarde, se dio cuenta de que sir Otway había alzado una mano para detenerla.

—Ya vemos por dónde va, 'ñora.

—Siempre he dicho que esto es un disparate. —Había sido Ryan, el tabernero, quien había roto el silencio—. Vamos. ¿Quién puede vivir sin comer?

Si realmente había sido tan escéptico desde el principio, ¿por qué se había avenido a cofinanciar aquella vigilancia?, le hubiera gustado a Lib preguntarle.

John Flynn se volvió hacia él.

—Cierre la boca.

—Soy tan miembro de este comité como lo es usted.

—Dejémonos de discusiones —dijo el cura.

—Don Thaddeus —dijo Lib, avanzando un paso hacia él—. ¿Por qué no le ha dicho a Anna que deje de ayunar?

—Creo que usted me oyó decírselo —repuso el párroco.

—¡No fue siquiera una sugerencia! He descubierto que se está matando de hambre con la loca esperanza de salvar el alma de su hermano. —Miró sucesivamente a los hombres para asegurarse de que la habían entendido—. Por lo visto con la bendición de sus padres. —Los señaló.

—¡Hereje ignorante! —estalló Rosaleen.

¡Oh, el placer de decir por fin lo que uno piensa!

Lib se volvió hacia don Thaddeus.

—Usted representa la Iglesia de Roma en este pueblo, así que ¿por qué no le ordena a Anna que coma?

El hombre montó en cólera.

—La relación entre un cura y sus feligreses es una relación sagrada, 'ñora, que usted no está en ningún modo cualificada para entender.

—Si Anna no le hace caso, ¿no puede llamar a un obispo?

Los ojos estuvieron a punto de salírsele de las órbitas.

—No quiero... No debo involucrar a mis superiores de la Iglesia en este caso.

—¿Involucrar? ¿Qué quiere decir con eso? —le dijo Flynn—. ¿No será para gloria de la Iglesia cuando Anna haya demostrado subsistir solo por medios espirituales? ¿No podría esta niña ser la primera santa de Irlanda canonizada desde el siglo XIII?

Thaddeus alzó las manos a modo de barrera protectora.

—Ese proceso aún no ha comenzado. Solo después de

haber reunido muchos testimonios y de que todas las posibles explicaciones alternativas hayan sido descartadas puede enviar una delegación para investigar si la santidad de un individuo ha obrado un milagro. Hasta entonces, en ausencia de cualquier prueba, debe mantenerse escrupulosamente al margen.

Se refería a la Iglesia, se dio cuenta Lib. Nunca había oído hablar tan fríamente al afable sacerdote. Era como si leyera un manual. En ausencia de cualquier prueba. ¿Estaba insinuando a todo el grupo que las afirmaciones de los O'Donnell eran falsas? Quizá tenía al menos un partidario entre aquellos hombres. Aunque era amigo de la familia, recordó, había sido Thaddeus quien había presionado al comité para que financiara una investigación exhaustiva. El sacerdote contrajo sus gordas facciones, como si supiera que había dicho demasiado.

John Flynn se inclinó hacia él, señalándolo, con la cara roja.

—¡No es usted digno ni de abrocharle un zapatito!

«Una bota grande», lo corrigió Lib; hacía mucho que Anna tenía los pies demasiado hinchados para usar otra cosa que no fueran las botas de su hermano muerto. Para aquellos hombres la niña era un símbolo; ya no tenía cuerpo.

Tenía que aprovechar aquel revuelo.

—Tengo algo más que decirles, caballeros, de una naturaleza urgente y grave, que espero que disculpe el hecho de que haya venido sin invitación.

No se volvió hacia Rosaleen O'Donnell por si la mirada furtiva de la mujer la acobardaba.

—He descubierto por qué medios la niña ha sido...

Un crujido de la puerta, que se abrió y se cerró casi del todo, como si hubiera entrado un fantasma. Luego apareció una figura oscura en el umbral y la hermana Michael entró empujando la silla de ruedas.

Lib enmudeció. Ella le había insistido para que viniera, pero ¿con Anna?

La diminuta niña estaba recostada en la silla del baronet, envuelta en mantas, con la cabeza ladeada de un modo extraño, pero con los ojos abiertos.

—Papá —murmuró—. Mamá. Doña Lib. Don Thaddeus.

Malachy O'Donnell tenía las mejillas húmedas.

—Pequeña —dijo don Thaddeus—, nos han dicho que estás pachucha.

Un eufemismo irlandés de los peores.

—Estoy muy bien —dijo Anna con un hilo de voz.

Lib supo inmediatamente que no podía contarles nada del maná. Allí no. No en aquel momento. En definitiva no sería más que un relato en diferido de lo que había contado la niña. Rosaleen O'Donnell gritaría que la inglesa se había inventado toda aquella blasfema historia por despecho. Los miembros del comité se volverían hacia Anna y le exigirían que dijera si era cierto. ¿Y entonces qué?

Obligar a la niña a elegir entre su enfermera y Rosaleen habría sido demasiado arriesgado; ¿qué niño no se pondría de parte de su madre? Además, habría sido terriblemente cruel.

Cambiando de táctica, le hizo un gesto de asentimiento a la monja y se acercó a la silla de ruedas.

—Buenas noches, Anna.

La pequeña sonrió apenas.

—¿Puedo apartar las mantas para que estos señores te vean mejor?

Un leve asentimiento. La respiración sibilante, con la boca abierta.

Lib la destapó y acercó la silla a la mesa para que la luz de las velas le iluminara el camisón blanco. Para que el comité viera perfectamente su grotesca desproporción: las manos y las piernas de un gigante pegadas al cuerpo de un elfo. Los ojos hundidos, la flaccidez, el rubor enfermizo, los dedos azulados, las sobrecogedoras marcas de los tobillos y del cuello. El cuerpo destrozado de Anna era un testimonio mucho más elocuente que cualquiera que ella pudiera dar.

—Caballeros, mi compañera enfermera y yo hemos presenciado la lenta ejecución de una niña. Dos semanas son un periodo de tiempo arbitrario, ¿no es así? Les ruego que pongan fin a la vigilancia esta misma noche y dediquen todos los esfuerzos a salvarle la vida a Anna.

Siguió un silencio prolongado. Nadie decía nada. Lib observaba a McBrearty. La fe en su teoría acababa de recibir un golpe, le pareció; los labios secos le temblaban.

—Ya hemos visto lo suficiente, creo —dijo sir Otway Blackett.

—Sí. Ahora debería llevarse a Anna a casa, hermana —dijo McBrearty.

Sumisa como siempre, la monja asintió y se llevó la silla.

O'Flaherty mantuvo abierta la puerta para que salieran.

—Y ustedes deben dejarnos, señor y señora O'Donnell.

Rosaleen parecía poco dispuesta a obedecer, pero salió con Malachy.

—Y, señora Wright... —Don Thaddeus le indicó con un gesto que se fuera también.

—No me iré hasta que acabe esta reunión —le dijo ella entre dientes.

La puerta se cerró detrás de los O'Donnell.

—Estoy convencido de que todos coincidimos en la necesidad de estar muy seguros para cambiar nuestro curso de acción e interrumpir la vigilancia —dijo el baronet.

Murmullos y balbuceos generalizados.

—Supongo que solo serán dos días más —dijo Ryan.

Gestos de asentimiento de todos los presentes.

No estaban diciendo que para el domingo solo faltaban tres días y que bien podían dar por finalizada la vigilancia inmediatamente, comprendió Lib con una sensación de vértigo. Estaban hablando de continuar con ella hasta el domingo. ¿Acaso no habían visto a la pequeña?

El baronet y John Flynn divagaron acerca del procedimiento y el peso de las pruebas.

—A fin de cuentas, la vigilancia es el único modo de averiguar la verdad de una vez por todas —les estaba recordando McBrearty a los miembros del comité.

Lib perdió la paciencia. Alzó la voz, señalando al médico.

—Le quitarán la licencia para ejercer. —Era un farol. No tenía ni idea de lo que había que hacer para que a un médico se le prohibiera practicar la medicina—. Todos ustedes... Su negligencia puede ser considerada criminal. Fracaso a la hora de cubrir las necesidades básicas de la niña —improvisó, señalando con un dedo acusador a un hombre tras otro—. Conspiración para entorpecer a la justicia. Complicidad en un suicidio.

—'Ñora —ladró el baronet—, ¿tengo que recordarle que se la contrató por un estipendio diario más que generoso durante un periodo de quince días? Su último testimonio acerca de si ha observado o no a la niña tomar algún tipo de alimento se le pedirá el domingo.

—¡El domingo Anna habrá muerto!

—Domínese, señora Wright —le pidió el cura.

—Está violando los términos de su contrato —señaló Ryan.

John Flynn asintió.

—Si faltaran más de tres días propondría que la sustituyéramos.

—Sin ninguna duda —convino el baronet—. Está peligrosamente desequilibrada.

Lib salió a trompicones de la habitación.

En el sueño, ruido de arañazos. Las ratas se agolpaban en la sala del hospital, llenaban el pasillo, saltaban de catre en catre, lamiendo la sangre fresca.

Los hombres gritaban, pero se imponía a sus voces aquel ruido de arañazos que Lib oía, la fricción de las garras contra la madera...

No. La puerta. Arañaban su puerta, en el piso de arriba del establecimiento de los Ryan.

Alguien que no quería despertar a nadie más que a ella.

Saltó de la cama y buscó a tientas la bata.

Abrió un poco la puerta.

—¡Señor Byrne!

Él no se disculpó por molestarla. Se miraron a la luz temblorosa de la vela que él llevaba. Lib echó un vistazo al hueco oscuro de la escalera; podía subir alguien en cualquier momento. Le indicó por señas que entrara.

Byrne lo hizo con decisión. Olía como si hubiera estado cabalgando. Lib le indicó la única silla disponible y él se sentó. Ella lo hizo en la cama deshecha, lo bastante lejos de las piernas de él pero lo bastante cerca para poder hablar en voz baja.

—Me he enterado de lo de la reunión —empezó Byrne.

—¿Quién se lo ha contado?

—Maggie Ryan.

Lib sintió una absurda punzada de celos por el hecho de que tuviera un trato tan íntimo con la chica.

—Solo ha pillado parte de lo que se ha dicho, pero tiene la sensación de que se le han echado todos encima como una manada de lobos.

A Lib le dieron ganas de reír.

Se lo contó todo: la perversa esperanza de Anna de expiar los pecados juveniles de su hermano haciendo de sí misma una ofrenda; que suponía que el sacerdote la había traído a aquel país porque esperaba que la vigilancia demostrara que no había ningún milagro y salvar a su preciosa Iglesia de la vergüenza de una falsa santa; la obstinada negativa de los miembros del comité a cambiar de planes.

—Olvídelos —le dijo Byrne.

Lib se lo quedó mirando.

—No creo que a estas alturas ninguno de ellos pueda sacar a la niña de su locura. Pero usted... A ella le gusta usted. Tiene influencia sobre ella.

—No la suficiente.

—Si no quiere verla estirada en una caja, use esa influencia.

Por un momento Lib se imaginó el cofre del tesoro, pero luego se dio cuenta de que se refería a un ataúd.

Ciento dieciséis centímetros, recordó de cuando había medido a Anna por primera vez. Poco más de diez centímetros por cada año pasado en este mundo.

—He estado acostado en mi cama preguntándome cosas acerca de usted, Lib Wright.

Lib se enojó.

—¿Qué cosas?

—Hasta dónde está dispuesta a llegar para salvar a esa niña.

Hasta que él no se lo preguntó no se dio cuenta de que sabía la respuesta.

—Nada me detendrá.

Arqueó una ceja, escéptico.

—No soy como usted cree, señor Byrne.

—¿Cómo creo que es?

—Una tiquismiquis, una quisquillosa, una viuda mojigata. Cuando la verdad es que no soy ni siquiera viuda —se le escapó sin querer.

El irlandés se sentó derecho.

—¿No ha estado casada? —¿Era curiosidad o asco lo que reflejaba su cara?

—Lo estuve. Sigo estándolo, por lo que yo sé.

Apenas podía creer que estuviera contando su peor secreto, y nada menos que a un periodista. Pero aquella extraña sensación de estar poniendo toda la carne en el asador era fantástica.

—¿Wright no murió? ¿Él...?

¿Se fugó? ¿Se largó? ¿Huyó?

—Se marchó.

—¿Por qué? —preguntó con rabia Byrne.

Lib se encogió tanto de hombros que le dolió.

—Entonces, da por supuesto que tuvo un motivo —le dijo al periodista.

Podría haberle contado lo del bebé, pero no quería, no en aquel momento.

—¡No! Me está entendiendo mal, me está...

Intentó recordar si había visto alguna vez a aquel hombre quedarse sin palabras.

—¿Qué puede haberle dado a un hombre para dejarla?

A Lib se le llenaron los ojos de lágrimas. La indignación por ella la había pillado desprevenida.

Sus padres no la habían compadecido. Que Lib hubiera tenido la desgracia de perder a un marido menos de un año después de pillarlo los había horrorizado, más bien. (Pensaban que había sido negligente hasta cierto punto, aunque nunca lo hubieran dicho abiertamente.) Habían sido lo bastante leales con ella como para ayudarla a mudarse a Londres y hacerse pasar por viuda. Aquella conspiración había afectado tanto a su hermana que nunca más había vuelto a hablarles, a ninguno de los tres. Sin embargo, la pregunta que ni su madre ni su padre le habían hecho a ella era: «¿Cómo ha podido hacerte esto?»

Parpadeó porque no soportaba la idea de que Byrne pensara que estaba llorando por su marido, que de hecho no merecía ni una sola lágrima. Esbozó una sonrisa forzada.

—¡Y los ingleses nos llaman estúpidos a nosotros, los irlandeses! —añadió él.

A Lib se le escapó una carcajada y se tapó la boca con la mano.

William Byrne la besó. Tan rápido y con tanto ímpetu que casi la tumbó.

Ni una palabra, solo un beso. Luego se marchó de la habitación.

Curiosamente, Lib se durmió, a pesar del clamor de su cabeza.

Cuando despertó, buscó a tientas el reloj en la mesilla y pulsó el botón. Sonaron en su puño las horas: una, dos, tres, cuatro. Viernes por la mañana. Solo después se acordó de cómo la había besado Byrne. No, de cómo se habían besado los dos.

El sentimiento de culpa la hizo levantarse. ¿Cómo podía estar segura de que Anna no había empeorado durante la noche, de que no había exhalado su último aliento? «No me desampares ni de noche ni de día, no me dejes sola que me perdería.» Deseó estar en aquella pequeña habitación en la que faltaba el aire. ¿Iban los O'Donnell a dejarla entrar aquella mañana, después de lo que había dicho en la reunión?

Se vistió sin encender la vela. Tanteó las paredes para bajar la escalera y luchó con la puerta de entrada hasta que pudo levantar la barra y salir fuera.

Era aún de noche; los girones de una nube cubrían la luna menguante. Todo estaba muy tranquilo, muy solitario, como si una gran catástrofe hubiera devastado el país y Lib fuera la última en recorrer sus caminos fangosos.

Había una luz en la ventanita de la cabaña de los O'Donnell que ya llevaba encendida once días y once noches, como un ojo espantoso que había olvidado cómo parpadear. Lib se acercó al cuadrado brillante y se asomó.

La hermana Michael estaba sentada junto a la cama, mirando el perfil de Anna, la carita trasfigurada por la luz. La bella durmiente; la inocencia preservada; una niña que parecía perfecta, tal vez porque no se movía, porque no pedía nada, porque no causaba ninguna molestia.

Una ilustración sacada de un periódico barato: *La última vigilia* o *El último descanso del angelito*.

O Lib se movió o bien la hermana Michael tenía la habilidad de notar que la observaban, porque la monja alzó la cabeza y la saludó con un débil gesto de asentimiento.

Lib se acercó a la puerta principal y entró, preparada para el rechazo.

Malachy O'Donnell tomaba un té junto al fuego. Rosaleen y Kitty estaban rebañando el contenido de un cazo y echándolo en otro. La criada siguió con la cabeza gacha. La señora miró a Lib, pero lo hizo brevemente, como si hubiera notado una corriente de aire. Así que los O'Donnell no iban a desafiar al comité impidiéndole entrar en la cabaña, al menos no aquel día.

En el dormitorio, Anna estaba tan profundamente dormida que parecía una figura de cera.

Lib le estrechó la mano fría a la hermana Michael. Eso sorprendió a la monja.

—Gracias por venir anoche.

—Pero si no sirvió de nada, ¿no?

—Aun así.

El sol salió a las seis y cuarto. Como si la luz la hubiera llamado, Anna apartó la almohada y estiró el brazo hacia el orinal vacío. Lib se apresuró a dárselo.

Lo que la niña vomitó era amarillo como el sol pero transparente.

¿Cómo podía salir de aquel estómago completamente vacío algo que no fuera agua?

Anna se estremeció, contrayendo los labios como para escupir.

—¿Te duele? —le preguntó Lib. Seguramente eran los últimos días.

Anna escupió una vez y luego otra antes de recostar la cabeza en la almohada y volverla hacia la cómoda.

Lib anotó en su libreta:

Ha vomitado bilis; ¿200 ml?
Pulso: 128 pulsaciones por minuto.
Pulmones: 30 respiraciones por minuto; crepitación húmeda bilateral.
Venas del cuello dilatadas.
Temperatura muy baja.
Ojos vidriosos.

Anna envejecía como si el tiempo se estuviera acelerando. Tenía la piel arrugada como un pergamino y manchada como si le hubieran escrito en ella mensajes con tinta y luego se los hubieran restregado. Se frotó la clavícula y Lib notó que la piel no se le alisaba. Había hebras rojas esparcidas por la almohada que Lib recogió y se guardó en el bolsillo del delantal.

—¿Tienes el cuello agarrotado, pequeña?

—No.

—Entonces, ¿por qué lo doblas así?

—Entra demasiada luz por la ventana —dijo Anna.

«Use su influencia», le había dicho Byrne. Pero ¿qué nuevos argumentos podía usar?

—Dime, ¿qué clase de Dios tomaría tu vida a cambio del alma de tu hermano? —le preguntó.

—Dios me quiere —susurró Anna.

Kitty trajo el desayuno en una bandeja y habló con voz temblorosa sobre el tiempo extraordinario que estaba haciendo.

—¿Cómo te encuentras hoy, nena?

—Muy bien —le dijo Anna a su prima, jadeando.

La criada se cubrió la boca con una mano enrojecida. Volvió a la cocina.

El desayuno consistía en tortitas con mantequilla dulce. Lib pensó en san Pedro, de pie en las puertas del cielo, esperando una tortita con mantequilla. Sabía a ceniza. «Ahora y en la hora de nuestra muerte, amén.» Asqueada, devolvió al plato la tortita y dejó la bandeja junto a la puerta.

—Todo se estira, doña Lib —dijo Anna en un murmullo catarral.

—¿Se estira?

—La habitación. El exterior encaja en el interior.

¿Empezaba a delirar?

—¿Tienes frío? —le preguntó Lib, sentándose al lado de la cama.

Anna negó con la cabeza.

—¿Calor?

—Nada de nada. Ninguna diferencia.

Aquellos ojos vidriosos le recordaban la mirada pintada

de Pat O'Donnell en el daguerrotipo. De vez en cuando parpadeaba. Problemas de vista, tal vez.

—¿Ves lo que tienes justo delante?

Anna vaciló.

—Prácticamente.

—¿Quieres decir que ves la mayor parte de lo que hay?

—Todo —la corrigió Anna—, casi siempre.

—Pero ¿a veces no ves?

—Se vuelve todo negro. Pero veo otras cosas —repuso la niña.

—¿Qué clase de cosas?

—Cosas hermosas.

«Esto es por el hambre», Lib deseaba gritarle. Pero, ¿quién diablos hacía cambiar de idea a un niño gritándole? No, necesitaba hablar con más elocuencia que nunca.

—¿Otra adivinanza, doña Lib? —le pidió la pequeña.

Aquello la sorprendió, pero supuso que incluso a los moribundos les gusta un poco de entretenimiento para pasar el rato.

—Bueno, veamos... Sí, creo que tengo otra. ¿Qué es...? ¿Qué cosa resulta más aterradora cuanto más pequeña es?

—¿Aterradora? —repitió Anna—. ¿Un ratón?

—Una rata asusta a la gente igual sino más, a pesar de que es varias veces más grande —señaló Lib.

—Vale. —La niña jadeó—. Algo que da más miedo si es más pequeño.

—Más bien más fino —se corrigió Lib—, más estrecho.

—Una flecha —murmuró Anna—, ¿un cuchillo? —Otra respiración entrecortada—. Por favor, una pista.

—Imagínate andando por encima.

—¿Me haría daño?

—Solo si te salías.

—Un puente —gritó Anna.

Lib asintió. Por alguna razón se estaba acordando del beso de Byrne. Nada podría quitárselo; durante el resto de su vida tendría aquel beso. Eso le dio valor.

—Anna —dijo—, ya has hecho bastante.

La niña la miró y parpadeó.

—Ya has ayunado bastante, ya has rezado bastante. Estoy segura de que Pat ya es feliz en el cielo.

—No puede estar segura —susurró la pequeña.

Lib probó otra táctica.

—Todos tus dones: tu inteligencia, tu amabilidad, tu fuerza. Todos son necesarios en este mundo. Dios quiere que hagas su obra aquí.

Anna sacudió la cabeza.

—Te estoy hablando como una amiga. —Le tembló la voz—. Te he cogido mucho cariño, eres la niña que más quiero del mundo.

Una leve sonrisa.

—Me rompes el corazón.

—Lo siento, doña Lib.

—¡Pues come! Por favor. Aunque sea un bocado. Toma un sorbo. Te lo ruego.

La mirada de Anna era seria, inexorable.

—¡Por favor! Por mi bien. Por el bien de todos los que...

—Está aquí don Thaddeus —anunció Kitty desde la puerta.

Lib saltó de la silla.

El cura parecía incómodo de calor debajo de aquellas capas de tela negra.

¿Había conseguido que le remordiera la conciencia en la reunión de la noche anterior? Saludó a Anna sonriente, pero con pesadumbre en la mirada.

Lib refrenó su aversión por el hombre. Al fin y al cabo, si alguien podía convencer a Anna de lo absurdas que eran sus ideas religiosas, era naturalmente su párroco.

—Anna, ¿te gustaría hablar a solas con don Thaddeus?

La niña negó levemente.

Los O'Donnell estaban detrás de él.

El cura le siguió la corriente a Lib.

—¿Deseas confesarte, hija?

—Ahora no.

Rosaleen O'Donnell entrelazó los dedos nudosos.

—¿Qué pecado puede haber cometido, aquí acostada como un querubín?

«Lo que tienes es miedo de que le cuente lo del maná —pensó Lib—. ¡Monstruo!»

—¿Cantamos un himno, pues? —le propuso entonces don Thaddeus.

—Buena idea —comentó Malachy O'Donnell, frotándose la barbilla.

—Estupendo —jadeó Anna.

Lib le ofreció un vaso de agua, que la niña rechazó.

Kitty también había entrado furtivamente en el dormitorio. Ocupada por seis personas, la habitación estaba insoportablemente llena.

Rosaleen O'Donnell entonó la primera estrofa.

> *Desde la tierra de mi exilio*
> *yo te invoco.*
> *María, madre mía,*
> *mírame sin enojo.*

Lib se preguntó por qué Irlanda era la tierra del exilio.

Los demás se sumaron al coro: el marido, la criada, el cura, incluso Anna desde la cama.

> *María, ten piedad,*
> *mírame desde el cielo.*
> *Es la voz de tu hijo*
> *la que te está llamando.*

La rabia era como una espina clavada en la nuca de Lib. No. Es tu hija la que necesita tu ayuda, le dijo mentalmente a Rosaleen O'Donnell.

Kitty cantó la siguiente estrofa con una voz de contralto sorprendentemente dulce. Toda la cara se le suavizó.

> *En la tristeza, en la oscuridad,*
> *quédate a mi lado;*

mi luz y mi refugio,

mi guardia y mi faro.

Las trampas me rodean,

pero ¿qué he de temer?

Por débil que yo sea

mi madre está conmigo.

Entonces Lib lo entendió: el mundo entero era la tierra del exilio.

Toda satisfacción, todo interés que la vida podía ofrecer era considerado una trampa para el alma empeñada en correr al cielo.

«Pero las trampas están aquí. Esta cabaña hecha de estiércol y sangre, pelo y leche es una trampa para sujetar y exprimir a una niña.»

—Te bendigo, hija mía —le dijo don Thaddeus a Anna—. Volveré mañana para verte.

¿Eso era todo lo que podía hacer? ¿Un himno y una bendición y adiós muy buenas?

Los O'Donnell y Kitty salieron detrás del sacerdote.

No había rastro de Byrne en la licorería. Cuando Lib llamó a su puerta no obtuvo respuesta. ¿Era posible que lamentara haberla besado?

Se pasó toda la tarde acostada sobre las mantas, con los ojos secos.

El sueño era un país lejano.

«Cumple con tu deber mientras el mundo gire», le había ordenado su maestra.

¿Cuál era su deber con Anna ahora? «Rescátame de las manos de mis enemigos», había rezado Anna. ¿Era ella su salvadora u otra enemiga? «Nada me detendrá», había alardeado ella la noche anterior ante Byrne. Pero ¿qué podía hacer para salvar a una niña que se negaba a ser rescatada?

A las siete había bajado a cenar, porque se sentía débil.

Ahora la liebre asada le pesaba en el estómago como el plomo.

La noche de agosto era sofocante. Cuando llegó a la cabaña el oscuro horizonte se estaba tragando el sol. Llamó a la puerta, tensa de miedo. Entre un turno y el siguiente Anna podía haber caído en la inconsciencia.

La cocina olía a gachas de avena y al fuego de leña que nunca se apagaba.

—¿Cómo está? —le preguntó a Rosaleen O'Donnell.

—Bastante igual, el angelito.

Ángel no, una niña humana.

Anna estaba extrañamente amarillenta en contraste con las sábanas.

—Buenas noches, hija. ¿Puedo examinarte los ojos?

La niña los abrió, parpadeando.

Lib tiró de un párpado inferior para comprobar si la esclerótica tenía el matiz mantecoso de un narciso. Sí. Miró de reojo a la hermana Michael.

—El médico ha confirmado que es ictericia cuando la ha

examinado esta tarde —murmuró la monja abrochándose la capa.

Lib se volvió hacia Rosaleen O'Donnell, que estaba de pie en la puerta.

—Esto es una señal de que todo el organismo de Anna se está desmoronando.

La madre no tuvo ni una palabra que decir a eso; se lo tomó como el anuncio de una tormenta o una guerra lejana.

El orinal estaba seco. Lib lo inclinó.

La monja sacudió la cabeza.

Ya no producía nada de orina, pues. Aquel era el punto al que todas las mediciones conducían. Todo dentro de Anna se estaba deteniendo.

—Habrá una misa votiva mañana por la tarde a las ocho y media —anunció Rosaleen O'Donnell.

—¿Votiva? —inquirió Lib.

—Dedicada a un fin particular —le explicó la hermana Michael en voz baja.

—Para Anna. ¿Verdad que es bonito, hija? —dijo la madre—. Don Thaddeus va a ofrecer una misa especial porque no estás bien a la que todos asistirán.

—Estupendo. —Anna respiraba como si hacerlo requiriera toda su atención.

Lib sacó el estetoscopio y esperó a que las otras dos se fueran.

Creyó escuchar algo distinto en el corazón de Anna esa noche, una especie de galope. ¿Se lo estaba imaginando?

Escuchó con más atención. Ahí estaba: tres sonidos en lugar de los dos habituales.

Luego contó las respiraciones. Veintinueve por minuto; iban en aumento. La temperatura de Anna era también más baja, a pesar del calor que imperaba desde hacía dos días.

Se sentó y le cogió la mano escamosa.

—Tu corazón empieza a saltar. ¿Lo has notado?

Por el modo en que la niña permanecía tumbada, con los brazos y las piernas tan quietos...

—Debes de estar sufriendo.

—No lo diría así —susurró Anna.

—¿Cómo quieres decirlo, entonces?

—La hermana dice que es el beso de Jesús.

—¿Qué es eso? —le preguntó Lib.

—Si algo me duele, dice ella, significa que estoy lo bastante cerca de su cruz para que Él pueda inclinarse a besarme.

La monja lo había dicho para consolarla, sin duda, pero Lib se quedó horrorizada.

Un aliento crepitante.

—Ojalá supiera cuánto tardaré.

—¿En morir, quieres decir?

La niña asintió.

—A tu edad la muerte no es natural. Los niños tienen mucha vida. —Era la conversación más rara que Lib había mantenido con un paciente—. ¿Tienes miedo?

Una vacilación y luego un pequeño gesto de asentimiento.

—No creo que realmente quieras morirte.

Vio entonces una gran tristeza en la cara de la pequeña. Nunca antes Anna había dejado traslucir esa tristeza.

—Hágase tu voluntad —susurró la niña, santiguándose.

—No es la voluntad de Dios —le recordó Lib—. Es la tuya.

Los párpados aletearon y se cerraron. La pesada respiración se suavizó y se estabilizó.

Lib siguió sosteniéndole la mano hinchada. El sueño, un alivio temporal. Esperó que durara toda la noche.

El rezo del rosario empezó al otro lado de la pared. Esta vez apagado; la cantinela casi no se oía. Lib esperó a que terminara y que todo en la cabaña se apaciguara cuando los O'Donnell se retiraran a su agujero en el muro y Kitty se acomodara en la cocina. La desaparición de todos los ruiditos.

Al final la única despierta fue ella. La vigilante. «No me desampares ni de noche ni de día.» Se le ocurrió preguntarse por qué quería que Anna sobreviviera a aquella noche del viernes, y a la siguiente, y tantas noches como quedaban. Por compasión, ¿no tendría que haber deseado que aquello terminara? Al fin y al cabo, todo lo que había hecho para que Anna estuviera más cómoda, un sorbo de agua, otra almohada, no hacía más que prolongar su sufrimiento.

Por un momento se imaginó llevándola hasta ese final: levantando y doblando una manta, poniéndola encima de la cara de la niña y ejerciendo presión con todo el peso de su cuerpo. No sería difícil; no le llevaría más que un par de minutos. Sería un acto de misericordia, en realidad.

Un asesinato.

¿Cómo había llegado a contemplar la idea de matar a un paciente?

Culpó de ello a la falta de sueño, a la incertidumbre. Era un embrollo tremendo. Una selva pantanosa, una niña perdida, y Lib corriendo a trompicones tras ella.

«Nunca desesperes», se ordenó. ¿No era uno de los pecados imperdonables? Recordó una historia de un hombre que luchaba contra un ángel toda la noche y era derrotado una y otra vez. Nunca ganaba, pero nunca se rendía.

«Piensa, piensa.» Se esforzó por utilizar su mente entrenada. ¿Qué clase de historia podía tener una criatura? Eso le había preguntado Rosaleen O'Donnell en respuesta a sus preguntas, aquella primera mañana. Pero, cada enfermedad era una historia con un principio, un desarrollo y un final. ¿Cómo desandar todo el camino hasta ese inicio?

Sus ojos vagaron por la habitación. Cuando se posaron en el cofre del tesoro de Anna, recordó el candelabro que había roto y el rizo de pelo oscuro. El hermano, Pat O'Donnell, a quien ella solo conocía por la fotografía con los ojos pintados. ¿Cómo había llegado su hermanita al convencimiento de que tenía que comprar su alma con la suya?

Lib se esforzó para entender la lucha de Anna desde el punto de vista de la niña, para ponerse en el lugar de una criatura para quien aquellas historias antiguas eran la verdad en sentido literal. Cuatro meses y medio de ayuno; ¿cómo podía no ser suficiente tamaño sacrificio para reparar los pecados de un muchacho?

—Anna —susurró. Luego alzó la voz—: ¡Anna!

La niña se despertó apenas.

—¡Anna!

Movió los pesados párpados.

Lib le acercó mucho la boca al oído.

—¿Hizo Pat algo malo?

No obtuvo respuesta.

—¿Hizo algo que nadie más que tú sabe?

Esperó. Observó el temblor de las pestañas de la niña. «Déjalo —se dijo, repentinamente agotada—. ¿Qué importa ya todo eso?»

—Dijo que estaba bien. —Anna apenas pronunció las palabras, con los ojos aún cerrados, como si siguiera soñando.

Lib esperó, conteniendo el aliento.

—Dijo que era doble.

Aquello intrigó a Lib.

—Que era doble, ¿qué?

—El amor. —Un mero soplo de aliento, los labios juntos para la «m», otro soplo, una levísima vibración para la «r».

«Mi amor es mío y yo soy suya»: uno de los himnos de Anna.

—¿Qué intentas decirme?

Anna había abierto los ojos.

—Se casó conmigo por la noche.

Lib parpadeó una vez, dos. La habitación estaba quieta, pero el mundo giraba vertiginosamente a su alrededor.

«Viene a mí en cuanto me duermo —le había dicho Anna, pero no se refería a Jesús—. Él me quiere.»

—Yo era su hermana y su novia —susurró la niña—, las dos cosas.

Lib estaba asqueada. No había ningún otro dormitorio; los hermanos tenían que haber compartido aquel. El biombo que había sacado el primer día había sido lo único que separaba la cama de Pat, aquella cama, su lecho de muerte, del colchón de Anna en el suelo.

—¿Cuándo fue eso? —le preguntó. Las palabras le dolieron en la garganta.

Un leve encogimiento de hombros.

—¿Qué edad tenía Pat? ¿Te acuerdas?

—Trece años, tal vez.

—¿Y tú?

—Nueve.

A Lib se le crispó la cara.

—Esto ocurrió una sola vez, Anna..., en una sola ocasión o...

—El matrimonio es para siempre.

¡Oh, qué terrible inocencia la de aquella criatura! Lib la animó a proseguir con un leve sonido gutural.

—«Cuando los hermanos y las hermanas se casan, es un misterio sagrado. Un secreto entre nosotros y el cielo», me dijo Pat. Pero luego se murió —dijo Anna, con la voz cascada y los ojos fijos en Lib—. Me pregunté si no habría estado equivocado.

Lib asintió.

—A lo mejor Dios se llevó a Pat por lo que hicimos. Eso no es justo, doña Lib, porque Pat está soportando todo el castigo.

Lib apretó los labios para que la niña siguiera hablando.

—Luego, en la misión... —se le escapó un sollozo—. El cura belga, en su sermón, dijo que entre hermano y hermana es pecado mortal, la segunda peor de las seis clases de lujuria. ¡El pobre Pat no lo sabía!

¡Oh, sí! El pobre Pat sabía lo bastante como para tejer una red de ocultación alrededor de lo que le estaba haciendo a su hermanita una noche sí y otra también.

—Se murió tan deprisa que no pudo confesarse —gimió la niña—. Puede que fuera directo al infierno. —Sus ojos húmedos parecían verdosos con aquella luz, y las palabras le salían a trompicones—. Las llamas del infierno no son para limpiar, son para torturar y no tienen fin.

—Anna. —Lib ya había oído bastante.

—No sé si puedo sacarlo de ahí, pero tengo que intentarlo. Seguramente, Dios puede tirar de alguien...

—¡Anna! Tú no hiciste nada malo.

—Sí que lo hice.

—No sabes lo que dices —insistió Lib—. Fue algo malo que tu hermano te hizo a ti.

Anna sacudió la cabeza, negando.

—Yo también le amé doblemente.

Lib no supo qué decir.

—Si Dios lo permite, volveremos a estar juntos pronto,

esta vez sin cuerpo. No nos casaremos. Solo como hermano y hermana otra vez.

—Anna, no soporto esto, yo... —Lib estaba encogida al borde de la cama, cegada por las lágrimas mientras la habitación se convertía en agua.

—No llore, doña Lib. —Tendió los brazos para abrazarle la cabeza y tirar de ella hacia sí—. Querida doña Lib.

Ahogó el llanto en las mantas, sobre la dura cresta del regazo de la niña. El mundo al revés: ser consolada por una niña, y una niña así.

—No se preocupe, está bien —murmuró Anna.

—¡No, no lo está!

—Todo está bien. Todo estará bien.

«Ayúdala —Lib estaba orando a un Dios en el que no creía—. Ayúdame. Ayúdanos a todos.»

Solo escuchó silencio.

En plena noche, porque no podía esperar, cruzó la cocina, pasando por delante de la criada dormida. Tenía la piel de las mejillas todavía tensa y salada por el llanto.

—Señora O'Donnell —susurró cuando tanteó la cortina áspera que cubría el recoveco.

Un movimiento.

—¿Es Anna? —preguntó Rosaleen con la voz ronca.

—No, duerme profundamente. Tengo que hablar con usted.

—¿Qué pasa?

—En privado, por favor.

Tras horas de meditación, había llegado a la conclusión de que tenía que revelar el secreto de Anna, pero solo a una persona, por desgracia a aquella en la que menos confiaba: Rosaleen O'Donnell. Su esperanza era que aquella revelación despertara por fin un sentimiento de misericordia por la atormentada niña en la mujer. Esa historia era de la familia, y la madre de Pat y Anna tenían derecho, si alguien lo tenía, a saber la verdad sobre el daño que uno de sus miembros le había infligido a otro.

El himno a María le rondaba la cabeza: «Madre, mírame sin enojo.»

Rosaleen apartó la cortina y salió de la diminuta alcoba. Sus ojos eran extraños a la luz rojiza del fuego.

Lib le hizo señas para que se acercara y la mujer cruzó el duro suelo de tierra. Cuando abrió la puerta de la calle, Rosaleen dudó un instante antes de salir detrás de ella.

Con la puerta cerrada, Lib habló rápidamente, antes de que la otra perdiera los nervios.

—Sé todo lo del maná —empezó, para tomar ventaja.

Rosaleen la miró sin pestañear.

—No se lo he contado al comité, sin embargo. El mundo no necesita una explicación de cómo ha vivido Anna todos estos meses. Lo que importa es si seguirá viva. Si ama a su hija, señora O'Donnell, ¿por qué no hace todo lo posible para que coma?

Nada. Después, con un hilo de voz:

—La ha elegido.

—La ha elegido —repitió Lib, hastiada—. ¿Se refiere a Dios? ¿Dios la ha llamado al martirio a la edad de once años?

—Ella ha hecho su elección —la corrigió Rosaleen.

Lib se quedó sin palabras. Aquello era absurdo.

—¿No entiende lo desesperada, lo agobiada de culpa que está Anna? No está eligiendo esto más de lo que elegiría caer en un agujero de turba del pantano.

Ni una palabra.

—No está intacta. —Encontró el eufemismo estúpidamente puritano.

Rosaleen achicó los ojos.

—Debo decirle que le han hecho tocamientos obscenos y que fue su hijo. —Así, tal cual, sin edulcorar—. Empezó a manosearla cuando solo tenía nueve años.

—Señora Wright —dijo la mujer—, no voy a quedarme para oír más chismorreos.

¿Era un horror demasiado inconcebible para Rosaleen? ¿Necesitaba creer que Lib se lo había inventado?

—Es la misma falsedad con la que Anna me salió después del funeral de Pat —prosiguió Rosaleen—. Le dije que no calumniara a su pobre hermano.

Lib tuvo que apoyarse en la pared arenosa de la cabaña. Así que aquello no era ninguna novedad para la mujer, en absoluto. Una madre entiende lo que sus hijos no dicen, ¿no rezaba así el proverbio? Pero Anna lo había dicho. El dolor por la muerte de Pat le había dado valor para confesarle la vergonzosa historia a su madre, ya en noviembre. Rosaleen la había llamado mentirosa y eso mismo sostenía ahora mientras observaba morir a su hija.

—No diga una palabra más —rugió Rosaleen—, y que el diablo la lleve. —Le dio la espalda y entró en casa.

El sábado por la mañana, justo después de las seis, Lib deslizó una nota por debajo de la puerta de Byrne. Luego salió de la licorería y se apresuró por el campo enfangado a la luz de la luna menguante. Aquel era el reino del infierno, que se alejaba irremediablemente de la órbita del cielo.

El cornejo del diminuto pozo sagrado se alzaba ante ella, con sus harapos desintegrándose y bailando empujados por el aliento del viento cálido. Lib entendía ahora aquella superstición. De haber existido un ritual que le ofreciera una oportunidad de salvar a Anna, ¿no lo habría probado?

Se habría inclinado ante un árbol o una roca o la talla de un nabo por el bien de la niña. Pensó en todas las personas que se habrían alejado de aquel árbol a lo largo de los siglos, tratando de creer que habían dejado atrás sus cuitas y sus dolores. Años más tarde, algunos pensarían: «Si sigo sintiendo el dolor es porque el trapo todavía no se ha podrido del todo.»

Anna quería dejar su cuerpo, abandonarlo como si fuera un abrigo viejo. Mudar de piel, de nombre, de historia; acabar con todo. Sí, a Lib eso le habría gustado para la niña, y mucho más: que Anna naciera de nuevo, como creía posible la gente del Lejano Oriente. Despertar al día siguiente y descubrir que era otra persona. Una niña a la que no habían hecho ningún daño, sin deudas, capaz de comer y con derecho a saciarse.

Entonces una silueta se acercó corriendo, recortada contra el cielo del amanecer, y Lib supo de inmediato lo que no había sabido hasta aquel momento: que las necesidades físicas son incuestionables.

William Byrne llevaba los rizos despeinados y se había abrochado mal el chaleco. Tenía su nota en la mano.

—¿Lo he despertado? —le preguntó Lib tontamente.

—No estaba durmiendo —le dijo él, cogiéndole la mano.

A pesar de todo, sintió una oleada de calidez.

—Anoche, en el establecimiento de los Ryan —le dijo—, nadie hablaba de otra cosa que de Anna. Corre el rumor de que usted le dijo al comité que está apagándose rápidamente. Creo que todo el pueblo asistirá a la misa.

¿Qué locura colectiva había hecho presa del pueblo?

—Si les preocupa que se esté permitiendo a una niña matarse, ¿por qué no asaltan la cabaña?

Byrne se encogió de hombros enfáticamente.

—Los irlandeses poseemos el don de la resignación o, dicho de otro modo, del fatalismo.

La cogió del brazo y caminaron bajo los árboles. El sol había salido y parecía que sería otro día tremendamente fantástico.

—Ayer estuve en Athlon —le contó Byrne—, discutiendo con la policía. El agente, un apático pomposo con sombrero y mosquete, se limitó a atusarse el bigote y decirme que la situación era considerablemente delicada. No era cosa del Cuerpo, me dijo, invadir un santuario doméstico sin tener ninguna prueba de que se haya cometido un crimen.

Lib asintió. Realmente, ¿qué podría haber hecho la policía? Sin embargo, apreciaba el intento de Byrne de hacer algo, lo que fuera.

Cómo deseaba poder decirle todo lo que había sabido la noche anterior, no solo por el alivio de compartirlo, sino porque Anna le importaba tanto como a ella.

No. Habría sido una traición revelar el secreto que la niña llevaba dentro de su cuerpo insignificante a un hombre, a cualquier hombre, incluso al que era el defensor de Anna. ¿Cómo podría después mirar Byrne a esa niña inocente de la misma manera? Mantendría la boca cerrada. Se lo debía a Anna.

Tampoco podía contárselo a nadie más. Si la madre de Anna la había tachado de mentirosa, lo más probable era que el resto del mundo lo hiciera también. No podía someter a Anna a la violación de un examen médico; aquel cuerpo ya había soportado demasiado que lo tocaran. Además, incluso si el hecho podía ser probado, a lo que Lib consideraba una violación incestuosa otros lo llamarían seducción. ¿No solía ser a la mujer, por joven que esta fuera, a la que se achacaba la culpa de haber incitado con una mirada al abusador?

—He llegado a una terrible conclusión —le dijo a Byrne—. Anna no puede vivir con esa familia.

William frunció el ceño.

—Pero si es todo lo que tiene. No conoce otra cosa. ¿Qué es un niño, sin familia?

«Al pájaro, su nido», había alardeado un día Rosaleen O'Donnell. Pero ¿y si un polluelo de raro plumaje se encontraba en el nido equivocado y la madre volvía su afilado pico contra él?

—Créame, no son una familia —le dijo Lib—. No levantarán un dedo para salvarla.

Byrne asintió, pero ¿estaba convencido?

—He visto morir a una criatura y no puedo ver morir a otra.

—En su trabajo...

—No. No lo entiende. A mi niña. A mi hija.

Byrne se la quedó mirando y le apretó el brazo.

—Tres semanas y tres días, eso fue lo que duró.

Llorando, quejándose. En su leche debía de haber algo agrio, porque el bebé la rechazaba o la escupía, y lo poco que tomaba conseguía que disminuyera de tamaño como si fuera lo opuesto de la comida, una poción mágica que encogía.

Byrne no le dijo: «Estas cosas pasan.» No comentó que la pérdida de Lib no era más que una gota en el océano del dolor humano.

—¿Fue entonces cuando Wright se marchó?

Lib asintió.

—«No tengo nada por lo que quedarme», eso fue lo que dijo. —Lib añadió—: No es que me importara mucho en aquel momento.

Un gruñido de desaprobación.

—No la merecía.

Ah. Pero no era una cuestión de merecer o no. No merecía haber perdido a su hija; Lib lo sabía incluso en los días de mayor desolación. No había hecho nada indebido, a pesar de las insinuaciones malintencionadas de Wright; no había dejado de hacer nada de lo que debía.

El destino no tiene rostro, la vida es arbitraria, el cuento de un idiota.

Excepto en raros momentos como aquel, cuando vislumbraba un modo de luchar mejor. Le pareció oír a la señorita N.: «¿Será capaz de mantenerse en la brecha?»

Lib se agarró al brazo de Byrne como a una cuerda de salvación. En aquel momento tomó una decisión.

—Voy a llevarme a Anna —le dijo a William.

—¿Adónde?

—A cualquier otro lugar. —Recorrió con los ojos el llano horizonte—. Cuanto más lejos mejor.

Byrne se volvió a mirarla.

—¿Y con eso va a convencer a la niña de que coma?

—No estoy segura y no puedo explicarlo, pero sé que tiene que abandonar este lugar y a esta gente.

—Está comprando puñeteras cucharas —comentó con ironía.

Por un momento, Lib se quedó desconcertada. Luego se acordó de las cien cucharas de Scutari y le hizo gracia.

—Hablemos claro —le dijo él, de nuevo con toda corrección—. Quiere secuestrar a la niña.

—Supongo que ellos lo llamarían secuestro —dijo Lib con aspereza debido al miedo—, pero yo nunca la obligaría.

—Entonces, ¿Anna iría con usted de buen grado?

—Creo que lo haría si se lo planteo bien.

Byrne tuvo el tacto suficiente para no decirle que eso era poco probable.

—¿Cómo se propone viajar? ¿Va a contratar a un conductor? La detendrán antes de llegar al condado vecino.

De repente, el cansancio la venció.

—Lo más probable es que acabe en la cárcel, que Anna muera y que nada de esto haya servido de nada.

—Pero quiere intentarlo.

Se esforzó por responderle.

—«Es mejor ahogarse entre las olas que quedarse de brazos cruzados en la orilla.»

¡Qué absurdo citar a la señorita N., que se habría horrorizado al enterarse de que una de sus enfermeras había sido arrestada por secuestrar a una niña! Sin embargo, a veces la enseñanza aporta más de lo que cree el maestro.

Lo que Byrne dijo a continuación la dejó de piedra.

—Entonces tiene que ser esta noche.

Cuando Lib llegó para iniciar su turno el sábado, a la una, la puerta del dormitorio estaba cerrada. La hermana Michael, Kitty y los O'Donnell estaban arrodillados en la cocina; Malachy tenía la gorra en la mano.

Lib se disponía a accionar el picaporte cuando Rosaleen la detuvo.

—No abra. Don Thaddeus le está administrando a Anna el sacramento de la penitencia.

Penitencia. Era otro modo de referirse a la confesión, ¿no?

—Forma parte de la extremaunción —le susurró la hermana Michael.

¿Se estaba muriendo la niña? Se balanceó y creyó que iba a caerse.

—No solo ayuda al paciente a tener una *bona mors* —le aseguró la monja.

—¿Una qué?

—Una buena muerte. También sirve para cualquiera que esté en peligro. Incluso se sabe que restaura la salud, si Dios quiere.

Más cuentos de hadas.

Una campanilla repicó en el dormitorio y don Thaddeus abrió la puerta.

—Deberían venir para la unción.

El grupo se levantó y siguió a Lib.

Anna estaba tendida en la cama, destapada. La cómoda estaba cubierta con un paño blanco sobre el que había una vela blanca, un crucifijo, platos dorados, una hoja seca de algún tipo, bolitas blancas, un pedazo de pan, platillos con agua y aceite y un polvo blanco.

Don Thaddeus sumergió el pulgar derecho en el aceite.

—*Per istam sanctam unctionem et suam piissima misericor-*

diam —entonó—. *Indulgeat tibi Dominus quidquid per visum, auditum, gustum, odoratum, tactum et locutionem, gressum deliquisti.* —Tocó los párpados, las orejas, los labios, la nariz, las manos y, por último, las plantas de los pies deformes de Anna.

—¿Qué está haciendo? —le preguntó en un susurro Lib a la hermana Michael.

—Limpiar las manchas. Los pecados que ha cometido con cada parte de su cuerpo —le dijo al oído la monja, con los ojos fielmente fijos en el sacerdote.

La furia que sentía Lib aumentó. «¿Qué pasa con los pecados cometidos contra Anna?»

Luego el cura cogió el plato de las bolitas blancas y enjugó cada mancha de aceite con una. ¿Algodón? Dejó el plato y frotó el pan con el pulgar.

—Que esta santa unción traiga consuelo y felicidad —le dijo a la familia—. Recuerden que Dios enjugará todas sus lágrimas.

—Que Dios le bendiga, don Thaddeus —lloró Rosaleen O'Donnell.

—Ya sea dentro de poco o dentro de muchos años —dijo, en un tono cantarín—, todos nos reuniremos de nuevo para siempre en un mundo donde el dolor y la separación se acaban.

—Amén.

Se lavó las manos en el plato de agua y se las secó con el paño.

Malachy O'Donnell se acercó a su hija y se inclinó para

besarle la frente. Sin embargo, se reprimió, como si Anna fuera demasiado sagrada para tocarla.

—¿Necesitas algo, hija?

—Solo las mantas, por favor, papi —le respondió Anna. Le castañeteaban los dientes.

Él la arropó hasta la barbilla.

Don Thaddeus guardó todos sus artículos en la bolsa y Rosaleen lo acompañó a la puerta.

—Espere, por favor —lo llamó Lib, cruzando la habitación—. Tengo que hablar con usted.

Rosaleen O'Donnell la agarró de la manga con tanta fuerza que saltó un punto de la costura.

—No entretenemos a un cura con conversaciones ociosas cuando lleva la Santa Eucaristía.

Lib se soltó y corrió tras él.

Ya fuera, lo llamó desde el patio.

—¡Don Thaddeus!

—¿Qué pasa? —El hombre se detuvo y apartó de un puntapié a una gallina que andaba picoteando.

Lib quería enterarse de si Anna acababa de contarle su plan de rescatar a Pat con su propia muerte.

—¿Le ha hablado Anna de su hermano?

El suave rostro del cura se tensó.

—Señora Wright, solo su ignorancia de nuestra fe excusa su intento de inducirme a romper el secreto de confesión.

—Así que lo sabe.

—Una calamidad así no debe salir de la familia —le dijo

él—, no hay que difundirla. Anna nunca debería haberle hablado a usted del tema.

—Pero si razona con ella, si le explica que Dios nunca...

El cura la interrumpió.

—Llevo meses diciéndole a la pobre niña que sus pecados están perdonados y, además, solo debemos hablar bien de los muertos.

Lib se lo quedó mirando. Los muertos. No estaba hablando del plan de Anna para intercambiar su vida por la redención de su hermano. Sus pecados: don Thaddeus se refería a lo que Pat le había hecho. «Llevo meses diciéndoselo a la pobre niña.» Eso significaba necesariamente que, después de la misión, la primavera anterior, Anna le había abierto el corazón a su párroco y le había contado su confusión por el matrimonio secreto, su mortificación. Significaba que, a diferencia de Rosaleen O'Donnell, el hombre había tenido la lucidez de creerla. Sin embargo, el único consuelo que le había ofrecido había sido decirle que sus pecados estaban perdonados y que no volviera a mencionar aquello jamás.

El sacerdote estaba a medio camino cuando Lib se recuperó. Lo observó desaparecer detrás del seto. ¿Cuántas calamidades había en cuántas otras familias sobre las que don Thaddeus había corrido un tupido velo? ¿Era todo lo que sabía hacer con el dolor de una criatura?

Dentro de la cabaña llena de humo, Kitty arrojaba el contenido de los platillos al fuego: la sal, el pan, incluso el agua, que chisporroteó.

—¿Qué haces? —le preguntó Lib.

—Conserva trazas de los santos óleos —le dijo la sirvienta—, así que hay que enterrarlo todo o quemarlo.

Solo en aquel país quemarían el agua.

Rosaleen colocaba latas de té y azúcar en una estantería forrada de papel.

—¿Y al doctor McBrearty? ¿Ha pensado en mandarlo llamar antes que al sacerdote?

—¿No ha estado aquí esta mañana? —preguntó la mujer sin volverse.

Kitty se mantuvo ocupada rascando las gachas quemadas y echándolas en un cubo.

Lib insistió.

—¿Y qué ha dicho de Anna?

—Que ahora está en manos de Dios.

—Como todos —añadió Rosaleen en un murmullo.

La rabia sacudió a Lib como una descarga eléctrica: rabia por el médico, la madre, la criada y los miembros del comité.

Sin embargo, tenía una misión, se recordó, y no debía permitir que nada la distrajera.

—La misa especial de esta noche, a las ocho y media —le dijo a Kitty con tanta calma como pudo—, ¿cuánto dura una ceremonia así?

—No sé.

—¿Duran más que las misas ordinarias?

—¡Oh, sí, mucho más! Dos horas, o tres, quizá.

Lib asintió como si estuviera impresionada.

—Estaba pensando que podría quedarme yo esta noche

hasta tarde para que la hermana pueda acompañaros a la misa.

—No hace falta —terció la monja, apareciendo en la puerta de la habitación.

—Pero hermana... —protestó Lib con la garganta atenazada por el pánico. Improvisando, se volvió hacia Malachy O'Donnell, que leía taciturno el periódico junto al fuego—. ¿No debería ir también la hermana Michael, ya que la niña la quiere tanto?

—Pues sí que debería.

La monja dudó, con el ceño fruncido.

—Sí —dijo Rosaleen O'Donnell—, tendría que estar con nosotros, hermana, dándonos ánimos.

—Con mucho gusto —convino la monja, todavía con cara de desconcierto.

Lib entró apresuradamente en el dormitorio, antes de que les diera tiempo a cambiar de idea.

—Buenos días, Anna —saludó, en un tono extrañamente alegre por el alivio de haber conseguido quedarse hasta tarde, al menos.

La niña estaba macilenta, pálida.

—Buenos días, doña Lib. —Estaba inerte, como si los tobillos hinchados la sujetaran a la cama. Solo se estremecía de vez en cuando. Respiraba pesadamente.

—¿Un poco de agua?

Anna negó con la cabeza.

Lib llamó a Kitty para que trajera otra manta. Cuando se la llevó, la criada tenía las facciones rígidas.

«Aguanta», tenía ganas de susurrarle Lib al oído a Anna. Espera solo un poquito más, solo hasta esta noche. No podía arriesgarse a decirle nada, sin embargo. Todavía no.

Nunca se le había hecho un día tan largo, a pesar de que en la casa reinaba un cierto ajetreo. Los O'Donnell y la criada rondaban por la cocina hablando en murmullos pesarosos, echándole de vez en cuando un vistazo a Anna. Lib se ocupó de sus tareas, ahuecándole las almohadas, humedeciéndole los labios con un paño. Su propia respiración se le estaba acelerando.

A las cuatro, Kitty le trajo un cuenco de verduras guisadas e hizo el esfuerzo de tomárselo.

—¿Quieres algo, nena? —le preguntó la criada en un tono incongruentemente animado—. ¿Esta cosita? —sostuvo en alto el taumatropo.

—Enséñamelo, Kitty.

La sirvienta hizo girar los cordeles y el pájaro se metió en la jaula y luego quedó libre.

Anna inspiró con dificultad.

—Puedes quedártelo.

A la joven se le ensombreció la cara, pero no le preguntó a Anna a qué se refería; se limitó a dejar el juguete.

—¿Quieres que te ponga tu cofre del tesoro en el regazo?

Anna negó con la cabeza.

Lib la ayudó a incorporarse un poco.

—¿Agua?

Otra negativa.

—Aquí está otra vez el tipo de las fotos —dijo Kitty, mirando por la ventana.

Lib saltó de la silla y fue a comprobarlo asomándose por encima del hombro de la joven. «Reilly & Hijos, fotógrafos», ponía el carricoche. No había oído detenerse el caballo.

Imaginó cómo, ingeniosamente, Reilly colocaría las figuras de la escena del lecho de muerte: luz suave lateral, la familia de rodillas alrededor de Anna, la enfermera uniformada al fondo, con la cabeza inclinada.

—Dile que se esfume.

Kitty se extrañó, pero no protestó; se marchó del dormitorio.

—Mis estampas sagradas, los libros y demás —murmuró Anna, mirando el cofre.

—¿Quieres verlo? —le preguntó Lib.

La niña sacudió la cabeza, negando.

—Serán para mamá. Después.

Lib asintió. Había en aquello una cierta justicia poética, santos de papel para sustituir a una niña de carne y hueso. ¿Acaso no había estado empujando Rosaleen a Anna hacia la tumba todo el tiempo, quizás incluso desde la muerte de Pat, el noviembre anterior?

Cuando la perdiera a lo mejor sería capaz de amarla sin esfuerzo. A diferencia de una hija viva, una hija muerta era impecable.

Eso era lo que Rosaleen O'Donnell había elegido, se dijo Lib: ser la triste y orgullosa madre de dos ángeles.

Al cabo de cinco minutos, el carricoche de Reilly se alejó

despacio. Lib, mirando por la ventana, pensó: «volverá». Seguramente una composición póstuma sería más fácil de arreglar.

Una hora más tarde, Malachy O'Donnell entró y se arrodilló pesadamente junto a la cama donde dormía su hija. Entrelazó los dedos enrojecidos de las manos. Los nudillos se le marcaban, blancos. Murmuró un padrenuestro.

Contemplando su cabeza inclinada y encanecida, Lib vaciló. Aquel hombre no era maligno como su esposa y amaba a Anna, a su manera pasiva. Si hubiera podido salir de su estupor, luchar por su hija... A lo mejor Lib le debía una última oportunidad.

Rodeó la cama y se inclinó para hablarle al oído.

—Cuando su hija se despierte —le dijo—, ruéguele que coma, por su bien.

Malachy no protestó. Se limitó a sacudir la cabeza.

—Se le atragantaría, seguro.

—¿Un poco de leche? Si tiene la misma consistencia que el agua.

—No puedo hacerlo.

—¿Por qué no?

—Usted no lo entiende, 'ñora.

—¡Pues explíquemelo!

Malachy soltó un largo suspiro entrecortado.

—Se lo prometí.

Lib se lo quedó mirando.

—¿Que no le pediría que comiera? ¿Cuándo?

—Hace meses.

¡Qué niña tan lista! Anna le había atado las manos a su padre.

—Pero eso fue cuando la creía usted capaz de vivir sin comer, ¿no es cierto?

Un leve gesto de asentimiento.

—Entonces tenía buena salud. Mírela ahora —dijo Lib.

—Lo sé —murmuró Malachy O'Donnell—. Lo sé. Aun así, le prometí que nunca le pediría eso.

¿Quién sino un idiota podía haber llegado a semejante pacto? Sin embargo, no serviría de nada insultarlo, pensó Lib. Era mejor concentrarse en el presente.

—Su promesa la está matando. ¿Eso no la invalida?

Malachy se encogió de dolor.

—Fue un juramento solemne, sobre la Biblia, señora Wright. Se lo cuento solo para que no me culpe.

—Pues sí —dijo Lib—, los culpo a todos ustedes.

El hombre dejó caer la cabeza como si fuera demasiado pesada para su cuello. Un buey aturdido. Valiente a su absurda manera; se arriesgaba a cualquier consecuencia antes que romper la promesa que le había hecho a su hija, comprendió Lib. Vería morir a Anna antes que traicionarla.

Una lágrima le resbaló por la mejilla sin afeitar.

—Todavía no he perdido la esperanza.

¿La esperanza de qué? ¿De que Anna pidiera comida de repente?

—Hubo otra irlandesita tiesa en su cama, de once años.

¿Se trataba de una vecina o de una historia sacada de los periódicos?

—¿Y sabe lo que Nuestro Señor le dijo al padre? —prosiguió Malachy, con la sombra de una sonrisa—. «No temas. No temas, solo cree, y ella estará a salvo.»

Lib se apartó, asqueada.

—Jesús dijo que solo estaba dormida, le cogió una mano, ¿y no se despertó y cenó?

Aquel hombre estaba sumido en un sueño tan profundo que Lib no podría despertarlo.

Se aferraba a su inocencia, se negaba a saber, a preguntar, a pensar, a poner en duda la promesa que le había hecho a Anna, a hacer nada. Ser padre, ¿no implicaba actuar, acertada o equivocadamente, en lugar de esperar un milagro?

Como su esposa, a la que tan poco se parecía, decidió Lib, Malachy merecía perder a su hija.

El pálido sol estaba muy bajo. ¿Nunca se pondría? Las ocho en punto. Anna temblaba.

—Cuánto falta —murmuró—, ¿cuánto?

Lib tenía los paños calientes frente al fuego, en la cocina, y se los puso encima, ajustándoselos por ambos lados. Percibió un olor acre. «A ti —pensó—. Valoro cada defecto tuyo, cada parte hinchada o escamosa, cada centímetro de la niña real y mortal que eres.»

—¿Estarás bien si nos vamos a la misa votiva, hija? —preguntó Rosaleen O'Donnell, acercándose e inclinándose sobre Anna.

La niña asintió.

—¿Seguro? —le preguntó su padre desde la puerta.

—Marchaos —jadeó Anna.

«¡Largaos, largaos!», pensó Lib.

Sin embargo, cuando la pareja salió, corrió tras ella.

—Despídanse —graznó en voz baja.

Los O'Donnell la miraron con los ojos muy abiertos.

—Puede ocurrir en cualquier momento —susurró Lib.

—Pero...

—No siempre avisa.

El rostro de Rosaleen era una máscara desgarrada. Volvió junto a la cama.

—Creo que quizá no deberíamos salir esta noche, hija.

Lib se maldijo. Su única oportunidad, el único momento que tenía para poner en práctica su plan, y lo había echado a perder. Le faltaban agallas, ¿era eso?

No; sentía culpabilidad por lo que estaba a punto de intentar. Lo único que sabía era que tenía que permitir que los O'Donnell se despidieran adecuadamente de su hija.

—Vete, mamá. —Anna alzó pesadamente la cabeza de la almohada—. Asistid a la misa por mí.

—Lo haremos.

—Un beso. —Con las manos hinchadas atrajo hacia sí la cabeza de su madre.

Rosaleen dejó que tirara de ella y le plantó un beso en la frente.

—Adiós, cariño.

Lib estaba sentada hojeando *All the Year Round*, haciendo ver que leía para que nadie se diera cuenta de lo mucho que deseaba que aquello terminara.

Malachy se inclinó hacia su mujer y su hija.

—Reza por mí, papá.

—Siempre —dijo él con la voz espesa—. Luego nos vemos.

Anna asintió y dejó caer la cabeza en la almohada.

Lib esperó a que entraran en la cocina. Sus voces, la de Kitty. Luego el ruido de la puerta de entrada. Bendito silencio.

Manos a la obra.

Observó cómo subía y bajaba el pecho estrecho de Anna. Escuchó el crepitar de sus pulmones.

Corrió a la cocina desierta y encontró una lata de leche.

La olió para asegurarse de que fuera fresca y buscó una botella limpia. La llenó hasta la mitad de leche, la tapó con un corcho y escogió una cuchara de hueso. Había sobrado una tortita y cogió un pedazo. Lo envolvió todo en una servilleta. Volvió al dormitorio y acercó mucho la silla a Anna.

¿Era por pura arrogancia que se creía capaz de tener éxito en lo que todos los demás habían fracasado?

Deseó haber tenido más tiempo y un poder mayor de persuasión. «¡Oh, Dios! Si por casualidad existe un Dios, enséñame a hablar con la lengua de los ángeles.»

—Anna —dijo—, escúchame. Tengo un mensaje para ti.

—¿De quién?

Lib señaló al techo. También alzó la mirada, como si viera visiones en él.

—Pero si usted no cree —dijo Anna.

—Tú me has hecho cambiar —le dijo Lib, con bastante sinceridad—. ¿No me dijiste una vez que Él podía escoger a cualquiera?

—Es verdad.

—El mensaje es este. ¿Y si pudieras ser otra niña en lugar de ser tú?

Anna abrió los ojos como platos.

—Si pudieras despertarte mañana siendo otra, una niña que no hubiera hecho nunca nada malo. ¿Eso te gustaría?

Anna asintió con la cabeza como una criatura pequeña.

—Bueno. Esto es leche sagrada. —Lib sostuvo en alto la botella, con tanta solemnidad como un cura ante el altar—. Un regalo especial de Dios.

La niña no parpadeaba.

Lib hablaba de un modo convincente porque todo era cierto. ¿No era el divino sol lo que absorbía la divina hierba? ¿No se comía la divina vaca la divina hierba? ¿No daba divina leche por el bien de su divino ternero? ¿No era todo aquello un regalo? Lib recordó cómo manaba la leche de sus pechos cada vez que oía los lamentos de su hija.

—Si te bebes esto —prosiguió—, ya no serás Anna O'Donnell. Anna morirá esta noche, y Dios aceptará su sacrificio y los recibirá a ella y a Pat en el cielo.

La niña no movía ni un músculo. Tenía la cara inexpresiva.

—Serás otra niña. Una niña nueva. En cuanto te tomes una cucharada de esta leche sagrada. Es tan poderosa que tu vida empezará de nuevo —le aseguró Lib. Hablaba tan rápido que se trababa—. Vas a ser una niña llamada Nan, que solo tiene ocho años y vive lejos, muy lejos de aquí.

La mirada de Anna era enigmática.

Ya estaba. Todo se iría al traste. Claro. La niña era lo bastante lista para descubrir el engaño, si así lo quería. En lo único que Lib podía confiar era en su instinto, que le decía que Anna tenía que estar desesperada por encontrar una salida, deseando un pasado distinto, con ganas de probar algo tan improbable como atar una tira de tela en un árbol milagroso.

Pasó un momento, y otro, y otro más. Lib contenía el aliento.

Por fin los ojos turbios de la pequeña se iluminaron como fuegos artificiales.

—Sí.

—¿Estás lista?

—¿Anna morirá? —En un susurro—: ¿Me lo promete?

Lib asintió.

—Anna O'Donnell muere esta noche.

Se le pasó por la cabeza que la niña, tan lógica a su manera, quizá creía que Lib le estaba administrando un veneno.

—Pat y Anna, ¿estarán juntos en el cielo?

—Sí.

¿Qué había sido Pat al fin y al cabo sino un chico ignorante y solitario? Un pobre hijo desterrado de Eva.

—Nan —dijo Anna, repitiendo el nombre con deleite—. Ocho años. Muy muy lejos.

—Sí. —Lib era muy consciente de que se estaba aprovechando de una niña en su lecho de muerte. No era su amiga en aquel momento. Era más bien una inesperada maestra—. Confía en mí.

Cuando sacó la botella de leche y llenó la cuchara, Anna se apartó un poco.

Ningún consuelo, ahora, solo rigor.

—Es el único modo. —¿Qué había dicho Byrne de la emigración?—. El precio de una nueva vida. Deja que te dé de comer. Abre la boca.

Lib era la tentadora, la corruptora, la bruja. Tal era el daño que aquel sorbo de leche le haría a Anna, encadenando su espíritu a su cuerpo otra vez. Tal la necesidad, tales los anhelos y los dolores, el riesgo y el arrepentimiento, todo el caos sin consagrar de la vida.

—Espere. —La niña alzó una mano.

Lib se estremeció de miedo. «Ahora, en la hora de nuestra muerte.»

—Las gracias —dijo Anna—. Antes tengo que dar las gracias.

«La gracia de comer —Lib se acordó del cura rezando por eso—. Concédele la gracia.»

Anna agachó la cabeza.

—Bendícenos, oh, Señor, y bendice estos tus dones que vamos a tomar gracias a tu bondad. Amén.

Luego separó los labios agrietados para tomar la cucharada, tan fácil como eso.

Lib no dijo ni una palabra mientras le vertía la leche en la boca. Observó cómo le descendía por el cuello como una ola. Estaba preparada para que tosiera, para que tuviera arcadas o espasmos.

Anna tragó. Ya estaba. Había roto el ayuno.

—Ahora un poco de tortita de avena.

Lo poco que podía pellizcar entre el índice y el pulgar se lo puso Lib en la lengua amoratada y esperó a que se lo tragara.

—Ha muerto —susurró Anna.

—Sí, Anna ha muerto.

Impulsivamente, le cerró los párpados hinchados con la palma de la mano.

Esperó un rato.

—Despierta, Nan —le ordenó luego—. Ha llegado el momento de empezar una nueva vida.

La niña abrió los ojos acuosos.

«Por mi culpa, por mi culpa.» Era Lib quien tenía toda la culpa por haber atraído a aquella radiante niña hacia la tierra del exilio. Por haber hecho descender su espíritu y haberlo anclado a la tierra sin brillo.

Le hubiera gustado darle más comida inmediatamente, para llenar aquel cuerpo menguado con cuatro meses de comidas. Sin embargo, sabía lo peligroso que era sobrecargar el estómago, así que se guardó la botella y la cuchara en el delantal con el trocito de tortita envuelto en la servilleta.

Paso a paso; la salida de la mina era tan larga como la entrada. Le acarició la frente con mucha suavidad.

—Tenemos que irnos.

Un estremecimiento. ¿Pensaba en la familia a la que abandonaba? Luego un gesto de asentimiento.

Lib la envolvió en la capa caliente de la cómoda, le puso dos pares de calcetines en los pies deformes y luego las botas del hermano, mitones en las manos y tres mantones, convirtiéndola en un fardo oscuro.

Abrió la puerta de la cocina y las dos secciones de la puerta principal de la cabaña. Al oeste, el sol era rojo sangre. La tarde era cálida y una gallina solitaria picoteaba en el patio. Volvió al dormitorio y cogió en brazos a la pequeña. No pesaba nada. (Se acordó de su hijita, de aquel minuto en sus brazos, tan ligera como una rebanada de pan.) Sin embargo, cargando con Anna para rodear la casa, notó que le temblaban las piernas.

Allí estaba William Byrne, sujetando su yegua, saliendo de la oscuridad. Aunque Lib esperaba encontrarlo, dio un respingo. ¿Le había faltado la fe de que estuviera allí como le había prometido?

—Buenas noches, pequeña... —dijo él.

—Nan —lo cortó Lib antes de que pudiera estropearlo todo pronunciando su antiguo nombre—. Se llama Nan. —Ya no había vuelta atrás.

—Buenas noches, Nan —la saludó Byrne, pillándolo inmediatamente—. Vamos a dar un paseo con *Polly*. Creo que ya la conoces. No tengas miedo.

Con los ojos muy abiertos, la niña no dijo ni una sola palabra. Respirando con dificultad, se agarró fuerte a los hombros de Lib.

—No pasa nada, Nan —le dijo Lib—. Podemos fiarnos del señor Byrne. —Lo miró a los ojos—. Va a llevarte a un lugar seguro y esperará contigo. Yo me reuniré con los dos dentro de poco.

¿Era eso cierto? Lo decía en serio, si con eso bastaba; lo deseaba con toda el alma.

Byrne montó y se inclinó para coger a la niña. Lib olió el caballo.

—¿Lo han visto marcharse esta tarde? —le preguntó, retrasándolos un momento.

Él asintió y dio unas palmaditas en el morral.

—Cuando estaba ensillando, me he quejado a Ryan de que me habían llamado para que volviera a Dublín cuanto antes.

Lib soltó por fin su carga.

La niña se aferró a ella antes de soltarse.

Byrne la colocó en la silla, delante de él.

—Está bien, Nan.

Sujetó las riendas con una mano y miró a Lib de un modo extraño, como si nunca la hubiera visto. No, pensó ella: como si la estuviera viendo por última vez y memorizando sus rasgos.

Si su plan salía mal, tal vez nunca volverían a encontrarse.

Metió la comida en el morral de William.

—¿Ha comido? —articuló él, sin emitir ningún sonido.

Lib asintió.

Su sonrisa iluminó el cielo oscuro.

—Otra cucharada dentro de una hora —le susurró Lib. Luego se puso de puntillas y le besó lo único a lo que llegaba: el dorso cálido de la mano. Dio unas palmaditas tranquilizadoras en la manta de la niña.

—Hasta muy pronto, Nan. —Les dio la espalda.

Cuando Byrne chasqueó la lengua y *Polly* echó a andar por el campo, alejándose del pueblo, Lib volvió solo la cabeza y contempló la escena un momento, como si fuera un cuadro. El caballo y los jinetes, los árboles, al oeste lo que quedaba del sol poniente. Incluso el pantano con sus zonas encharcadas. Allí, en el centro exacto, una especie de belleza.

Volvió corriendo a la cabaña, asegurándose de que seguía llevando el cuaderno de notas en el delantal.

Lo primero que hizo fue derribar las dos sillas del dormitorio. Luego echó encima su bolsa de enfermera. Cogió *Notas sobre enfermería* y se obligó a añadir el libro al montón. Aterrizó abierto como las alas de un pájaro. No podía salvar nada si quería que su historia resultase convincente. Aquello era todo lo opuesto a su trabajo de enfermera: un rápido y eficiente trabajo para desatar el caos.

Después fue a la cocina y cogió la botella de whisky que había en el hueco, junto a la chimenea. Derramó el contenido sobre las almohadas y tiró la botella. Cogió la lata de líquido inflamable y roció la cama, el suelo, las paredes, la cómoda con el cofre abierto encima, enseñando sus tesoros. Volvió a taparla pero sin cerrarla bien.

Le olían las manos a líquido inflamable; ¿cómo iba a explicar eso luego? Se las frotó bien con el delantal.

Luego no importaba. ¿Ya estaba todo a punto?

«No temas. Solo cree, y ella estará a salvo.»

Eligió una estampita con el borde troquelado del cofre

del tesoro, de un santo desconocido, y le prendió fuego con la lámpara. Un halo de fuego rodeó la imagen sagrada.

«Limpio con fuego, solo con fuego.»

Lib la acercó al colchón, que cobró vida. La vieja paja siseó y chisporroteó.

Una cama en llamas, como un milagro en colores pastel.

La vaharada de calor en la cara le recordó las hogueras de la Noche de Guy Fawkes.*

Pero ¿ardería toda la habitación? Esa era su única posibilidad de conseguir que el fraude colara. ¿La cubierta de paja estaría lo bastante seca después de tres días de sol? Miró fijamente el techo bajo. Las viejas vigas parecían demasiado resistentes, las gruesas paredes, demasiado fuertes. No podía hacer nada más; balanceó la lámpara y la arrojó hacia las vigas.

Cayó una lluvia de vidrio y fuego.

Lib corrió por el corral, con el delantal en llamas, un dragón del que no podía escapar. Lo golpeó con las manos. Oyó un chillido que sonaba como si procediera de otra boca que no fuera la suya. Salió a trompicones del camino y se lanzó al húmedo abrazo del pantano.

* Se celebra en el Reino Unido la noche del 5 de noviembre para conmemorar el fracaso del atentado de 1605 conocido como «la conspiración de la pólvora», con el que una facción de católicos, entre los que se encontraba Guy Fawkes, intentaron destruir el palacio de Westminster, la sede del Parlamento en Londres. *(N. de la T.)*

Había llovido toda la noche. La policía había enviado a dos hombres desde Athlone, a pesar de que era sábado; en aquel momento estaban registrando los sucios restos de la cabaña de los O'Donnell.

Lib esperaba en el pasillo, detrás de la licorería, con las manos quemadas vendadas y pringosas de ungüento. Todo dependía de la lluvia, pensó a través de oleadas de agotamiento.

Cuando había empezado a llover, la noche anterior, ¿habría apagado el fuego antes de que las vigas se derrumbaran? ¿Había quedado reducido el pequeño dormitorio a cenizas indescifrables o contaba, tan clara como el agua, la historia de la desaparición de una niña?

Sentía dolor, pero eso no era lo que la tenía en vilo. Era el miedo; por ella, por supuesto, pero también por la chica. (Nan, la llamó mentalmente, tratando de acostumbrarse al nuevo nombre.) Había un punto de desnutrición a partir del cual era imposible recuperarse. El cuerpo olvida cómo usar la comida; los órganos se atrofian. También era posible que los pequeños pulmones de la niña hubieran sufrido demasiado, o que su corazón estuviera exhausto.

«Por favor, permite que se despierte esta mañana.» William Byrne estaría a su lado para cuidarla, en el alojamiento más anodino de las callejas de Athlone. Su plan no iba más lejos. «Por favor, Nan, toma otro sorbo, otra migaja.»

Cayó en la cuenta de que había transcurrido la quincena entera. Desde el principio el domingo tenía que ser el día en que las enfermeras presentaran su informe ante el comité.

Hacía dos semanas, recién llegada, se había imaginado

impresionando a los lugareños con su meticulosa exposición de un engaño, no con el aspecto que tenía en aquel momento: cenicienta, incapacitada, temblorosa.

No se hacía ilusiones sobre las conclusiones a las que los miembros del comité probablemente llegarían. Si podían la convertirían en el chivo expiatorio. Pero, exactamente, ¿de qué la acusarían? ¿De negligencia? ¿De provocar un incendio? ¿De asesinato? O, si la policía no encontraba ni rastro de un cadáver entre los restos embarrados del fuego, de secuestro y fraude.

«Me reuniré con los dos en Athlone mañana o pasado», le había asegurado a Byrne. ¿Lo había engañado con su fingida confianza? Tendía a creer que no. Como ella, se había hecho el valiente, pero sabía que era más que probable que Lib acabara entre rejas. Él y la niña se embarcarían como padre e hija y Lib nunca volvería a saber de ellos.

Comprobó la libreta de notas, con la cubierta ennegrecida. ¿Eran plausibles los últimos detalles?

Sábado, 20 de agosto, 8.32 de la noche.
Pulso: 139.
Pulmones: 35 respiraciones; crepitaciones húmedas.
Nada de orina en todo el día.
No ha tomado agua.
Inanición.
8.47: delirios.
8.59: respiración muy dificultosa, pulso irregular.
9.07: fallecimiento.

—Señora Wright.

Lib cerró la libreta.

La monja estaba a su lado, con profundas ojeras.

—¿Qué tal sus quemaduras esta mañana?

—No tienen importancia —repuso Lib.

Había sido la hermana Michael, que volvía de la misa votiva, quien la había encontrado la noche anterior, la había sacado a rastras del pantano, la había llevado al pueblo y le había vendado las manos.

El estado de Lib era tal que no había tenido que fingir.

—Hermana, no sé cómo darle las gracias.

La monja cabeceó con la mirada gacha.

Una de las muchas cosas que le pesarían sobre la conciencia sería haberle pagado a la hermana sus atenciones con crueldad. La hermana Michael se pasaría el resto de la vida convencida de que al final no habían conseguido impedir la muerte de Anna O'Donnell. Bueno, no podía evitarlo. Lo único que importaba era la niña.

Por primera vez comprendió la lobuna fiereza con que las madres defienden a sus hijos. Cayó en la cuenta de que, si por algún milagro pasaba la prueba de aquel día y llegaba a la habitación de Athlone donde la esperaba William Byrne se convertiría en la madre de Anna, o en algo muy parecido.

«Tómame en lugar de a mi hijo.» ¿No era así el himno? En un futuro, si Nan-que-había-sido-anteriormente-Anna culpaba a alguien sería a ella. Eso formaba parte de la maternidad, suponía, cargar con la responsabilidad de empujar al niño a salir de la cálida oscuridad hacia la luminosidad aterradora de una nueva vida.

Don Thaddeus llegó con O'Flaherty. Estaba mustio; se notaba lo viejo que era. Saludó con una inclinación de cabeza a las enfermeras, sombrío y abstraído.

—No hay necesidad de que el comité la interrogue —le dijo Lib a la monja—. Usted no sabe nada. —Lo dijo con demasiada brusquedad—. Quiero decir que no estaba allí al final, que estaba en la capilla.

La hermana Michael se santiguó.

—Que Dios la tenga en su seno, pobre criatura.

Se apartaron para dejar sitio al baronet.

—No debo hacerlos esperar —dijo Lib, yendo hacia la habitación trasera.

Sin embargo, la monja le puso una mano en el brazo, por encima del vendaje.

—Es mejor que no haga ni diga nada hasta que se lo pidan. Humildad, señora Wright, y penitencia.

Lib parpadeó, sorprendida.

—¿Penitencia? —exclamó, gritando un poco—. ¿No son ellos quienes deberían hacer penitencia?

La hermana Michael le indicó que bajara la voz.

—Bienaventurados los mansos.

—Pero se lo dije hace tres días...

La monja se le acercó.

—Sea mansa, señora Wright, y puede que la dejen irse —le susurró al oído.

Era un buen consejo; Lib cerró la boca.

John Flynn llegó con paso decidido y cara adusta.

¿Qué consuelo podía ofrecerle ella a la hermana Michael a cambio?

—Anna tuvo... ¿Cómo lo expresó usted el otro día? Tuvo una buena muerte.

—¿Se fue de buena gana, sin oponer resistencia? —Había preocupación en aquellos enormes ojos, a menos que Lib se lo estuviera imaginando. Había algo más que pena. ¿Duda? ¿Sospecha, quizá?

Se le hizo un nudo en la garganta.

—De bastante buena gana —le aseguró a la monja.

—¿Estaba dispuesta a irse?

El doctor McBrearty llegó apresuradamente, con el rostro demudado, jadeando como si hubiera estado corriendo. Ni siquiera miró a las enfermeras.

—Lo siento, hermana —dijo Lib con voz temblorosa—. Lo siento muchísimo.

—Calle —volvió a pedirle la monja, con suavidad, como si hablara con una criatura—. Entre usted y yo, señora Wright, tuve una visión.

—¿Una visión?

—Una especie de ensoñación. Volví de la capilla pronto, ¿sabe?, porque temía por Anna.

A Lib le dio un vuelco el corazón.

—Iba por el camino cuando me pareció ver... Creí ver un ángel que se marchaba a caballo con la niña.

Lib se quedó boquiabierta. «Lo sabe. —Pensó con la fuerza de un grito—: tiene nuestro destino en sus manos. La her-

408

mana Michael ha hecho voto de obediencia; ¿cómo es posible que no confiese lo que vio al comité?»

—¿Diría usted que fue una visión auténtica? —le preguntó la monja, atravesándola con la mirada.

No pudo hacer otra cosa que asentir.

Un silencio terrible.

—Los caminos del Señor son inescrutables —dijo por fin la hermana.

—Lo son —convino Lib con la voz ronca.

—¿Ha ido la niña a un lugar mejor? ¿Puede prometerme eso al menos?

Otro gesto de asentimiento.

—Señora Wright. —Era Ryan quien la llamaba—. Es la hora.

Lib dejó a la monja sin decirle adiós.

Apenas podía creerlo. Seguía preparada para la posibilidad de una acusación a gritos, pero no llegó. No pudo evitar echar un vistazo por encima del hombro. La monja tenía las manos juntas y la cabeza gacha. «Nos está dejando libres.»

En la habitación trasera había un taburete colocado delante de las mesas de caballete del comité, pero Lib se quedó de pie, para parecer humilde, como le había recomendado la hermana Michael.

McBrearty cerró la puerta.

—¿Sir Otway? —dijo con deferencia el cantinero.

El baronet hizo un débil ademán.

—Puesto que no estoy aquí en calidad de magistrado sino que soy un miembro más del comité...

—Empezaré yo, pues. —Había sido Flynn quien había hablado en tono pesimista.

—Enfermera Wright.

—Caballeros. —Apenas se la oyó. No tenía que esforzarse para que le temblara la voz.

—¿Qué demonios pasó anoche?

Lib se ajustó el vendaje de una mano, a la altura de la muñeca, y notó una punzada de dolor. Cerró los ojos y agachó la cabeza, como si estuviera abrumada, con una serie de sollozos entrecortados.

—'Ñora, no se hace ningún bien perdiendo así la compostura —dijo el baronet con ironía.

¿Ningún bien en el aspecto legal o solo se refería a su salud?

—Simplemente díganos lo que le pasó a la pequeña —dijo Flynn.

—Anna solo, ella no... —gritó Lib—. Anoche estaba cada vez más débil. Mis notas. —Se acercó a McBrearty y le dejó delante la libreta, abierta por la última página con anotaciones—. Nunca creí que se iría tan rápido. Temblaba y luchaba por respirar... hasta que, de repente, dejó de hacerlo. —Lib contuvo el aliento. Que los seis hombres pensaran en el sonido del último aliento de una criatura.

»Grité pidiendo ayuda, pero supongo que no había nadie lo bastante cerca para oírme. Los vecinos seguramente estaban en la iglesia. Intenté hacerle beber un poco de whisky. Estaba consternada; corría como una loca.

Si hubieran sabido algo acerca de las enfermeras a las que la señorita Nightingale preparaba, se habrían dado cuenta de lo improbable que era aquello.

—Al final intenté levantarla, ponerla en la silla para empujarla hasta el pueblo e ir a buscarlo a usted, doctor Mc-Brearty, para ver si podía reanimarla. —Lo miró fijamente a los ojos. Luego se dio cuenta de lo que acababa de decir—. Quiero decir que estaba completamente muerta, pero lo esperaba contra toda esperanza.

El anciano se había tapado la boca con la mano, como si estuviera a punto de vomitar.

—Pero la lámpara... Seguramente la volqué con la falda. No me di cuenta de que se había prendido fuego hasta que me llegó a la cintura. —Las manos vendadas le palpitaban y las mantuvo en alto como prueba—. Para entonces las mantas ya ardían. Tiré de su cuerpo para sacarlo de la cama pero no pude. Vi las llamas lamiendo la lata...

—¿Qué lata? —preguntó O'Flaherty.

—La de líquido inflamable —le dijo don Thaddeus.

—Es mortal —gruñó Flynn—. Yo no lo quiero en casa.

—Había rellenado la lámpara, para que hubiera luz en la habitación y poder ver bien. Para vigilar cada minuto. —Lib lloraba en serio. Qué raro. Era aquel detalle lo que no soportaba recordar: la luz constante sobre la niñita dormida—. Sabía que la lata explotaría, así que corrí. Que Dios me perdone —añadió por más seguridad. Las lágrimas le caían de la barbilla; la verdad y las mentiras estaban tan mezcladas que no habría sabido diferenciarlas—. Salí corriendo de la cabaña. Oí que estallaba detrás de mí y un rugido espanto-so. No me detuve a mirarlo. Simplemente corrí para salvar la vida.

Imaginaba con tanta claridad la escena que le parecía haberla vivido realmente. Pero ¿la creerían aquellos hombres?

Se tapó la cara y se preparó para su respuesta.

«Que la policía no esté examinando las vigas ennegreci-das, ni examinando la madera de la cama y de la cómoda, ni hurgando en los restos cenicientos. Que sean perezosos y resignados. Que lleguen a la conclusión de que los huesecitos calcinados están irremediablemente enterrados en las ruinas.»

Fue sir Otway quien habló.

—Si no hubiera sido tan imperdonablemente descuida-da, señora Wright, podríamos haber llegado al fondo del asunto, al menos.

Descuido. ¿Ese era el único cargo al que se enfrentaba? El asunto... ¿Se refería a la muerte de la niña?

—Un examen *post mortem* habría determinado sin duda si los intestinos contenían comida a medio digerir —añadió el baronet—. ¿Verdad, doctor?

Así que la verdadera cuestión era que no había niña a la que diseccionar para satisfacer la curiosidad general.

McBrearty se limitó a asentir, como si fuera incapaz de hablar.

—Pues claro que habría habido comida —murmuró Ryan—. Lo del milagro era una completa tontería.

—O por el contrario, al no encontrar nada en los intestinos de Anna —estalló John Flynn—, los O'Donnell habrían limpiado su nombre. Un par de buenos cristianos han perdido a su última hija... ¡Una pequeña mártir! ¡Y esta imbécil ha destruido las pruebas de su inocencia!

Lib mantuvo la cabeza gacha.

—Pero las enfermeras no son responsables de la muerte de la niña.

Era don Thaddeus quien había hablado por fin.

—Desde luego que no. —McBrearty había recuperado el habla—. Solo trabajaban para este comité, siguiendo mis órdenes como médico de la niña.

El cura y el médico por lo visto intentaban que no se culpara a Lib y a la monja tachándolas de burras descerebradas. Se mordió la lengua porque, en aquel momento, eso no tenía ninguna importancia.

—Esta no debería cobrar todo el sueldo, sin embargo, por el incendio —dijo el maestro.

Lib reprimió un grito. Si aquellos hombres le ofrecían aunque fuera una sola moneda de Judas se la tiraría a la cara.

—No merezco cobrar nada, caballeros.

LA COMPAÑÍA DE TELÉGRAFOS
INGLESA E IRLANDESA
Recibió el siguiente mensaje
el 23 de agosto de 1859

De: William Byrne
Para: el editor del Irish Times
Adjunto último artículo. He aceptado puesto de secretario particular de caballero destinado Cáucaso. Perdón por falta de noticias. Buen cambio para descansar etcétera. Agradecido,
W. B.

Sigue a continuación el último artículo de dicho corresponsal sobre la niña que ayuna de Irlanda:

Siete minutos después de las nueve de la noche del sábado, mientras prácticamente toda la población católica romana de su aldea se apretujaba en la pequeña capilla blanca para orar por ella, Anna O'Donnell expiró, es de suponer que de hambre. La causa fisiológica exacta de la muerte no ha podido determinarse *post mortem* debido al espantoso final de esta historia, que le contó a este corresponsal alguien que asistió a la última reunión del comité.

La enfermera que la atendía, lógicamente angustiada por la muerte repentina de la niña, adoptó medidas extraordinarias para reanimarla, en el curso de las cuales accidentalmente tiró la lámpara. El burdo artilugio prestado por un vecino había sido adaptado para funcionar no con aceite de ballena sino con un producto más barato conocido como «líquido inflamable» o «Camphine». (Esta mezcla de alcohol adulterado con trementina en una proporción de cuatro a uno y un poco de éter añadido es notablemente inflamable y se sabe que ha causado más muertes en Estados Unidos que los accidentes ferroviarios y de barco de vapor juntos.)

La lámpara se rompió contra el suelo, las llamas engulleron el lecho y el cadáver de la niña, y aunque la enfermera hizo valerosos intentos por extinguirlo, hiriéndose gravemente, fue en vano. La lata entera de líquido inflamable estalló en una explosión y la enfermera se vio obligada a huir del infierno.

Al día siguiente, Anna O'Donnell fue declarada muerta *in absentia*, ya que sus restos no pudieron ser desenterrados de las ruinas. Según la policía, no se han presentado ni es probable que se presenten cargos.

Esto no da el asunto por zanjado. Debe ser considerado juego sucio que se haya permitido (no, que la superstición popular haya incitado) a una muchacha que no padecía ninguna enfermedad física morirse de hambre en medio de la abundancia durante el próspero reinado de Victoria sin que nadie sea castigado ni asuma siquiera ninguna responsabilidad.

Ni el padre, que eludió la suya, tanto legal como moral; ni la madre, que fue en contra de las leyes de la naturaleza quedándose hasta el final sin mover un dedo mientras su pequeña se debilitaba; ni el excéntrico médico septuagenario, desde luego, a cuyo supuesto cuidado Anna O'Donnell se malogró; ni el párroco, que no utilizó los poderes de su ministerio para disuadir a la niña de continuar con su letal ayuno; ni ningún otro miembro del autoproclamado comité de vigilancia que escuchó las pruebas de que la niña estaba en su lecho de muerte y se negó a creerlo.

No hay peor ciego que el que no quiere ver. Lo mismo puede decirse de los muchos habitantes de la localidad que, llevando flores y otras ofrendas a las ruinas ennegrecidas de la cabaña estos últimos días, expresan la ingenua convicción de que lo que pasó allí fue la apoteosis de una santa local en lugar del indecente asesinato de una niña.

Lo que nadie puede negar es que la vigilancia que se llevó a cabo durante la pasada quincena puso en marcha el mecanismo de la muerte, seguramente porque impidió que se siguiera alimentando a la niña a escondidas, y contribuyó a la destrucción de la pequeña objeto de estudio.

El último acto del comité antes de disolverse fue declarar que la muerte había sido un acto de Dios debido a causas naturales. Sin embargo, ni el Creador ni la naturaleza deben ser culpados por lo que las manos humanas han hecho.

Querida enfermera jefe:

Ya debe haberse enterado del trágico fin de mi reciente empleo. Debo confesar que estoy tan conmovida, tan completamente destrozada, que no preveo volver al hospital. He aceptado una invitación para quedarme con los contactos que me quedan en el norte.

Sinceramente,

ELIZABETH WRIGHT

ANNA MARY O'DONNELL

7 DE ABRIL DE 1848 - 20 DE AGOSTO DE 1859

SE HA IDO A CASA

Epílogo

A sesenta grados por debajo del ecuador, al suave sol de finales de octubre, la señora Eliza Raitt le deletreó su nombre al capellán. Se ajustó los guantes con los que siempre se cubría las cicatrices de las manos.

El hombre pasó a la siguiente línea de su registro.

—Wilkie Burns. ¿Ocupación?

—Hasta hace poco, gerente de una empresa editorial —repuso ella.

—Muy bien. ¿Pretende fundar una en Nueva Gales del Sur? ¿Editar un periódico para los mineros, tal vez?

Se encogió de hombros como una dama.

—No me sorprendería.

—Una viuda y un viudo —murmuró el capellán mientras escribía. Miró hacia el este, sobre las olas—. «Sacudir el polvo de la tristeza en pastos nuevos» —citó sentenciosamente.

Eliza asintió con una leve sonrisa.

—Súbditos británicos, Iglesia de Inglaterra...

—El señor Burns y su hija son católicos —lo corrigió Eliza—. Celebraremos otra ceremonia en la iglesia cuando desembarquemos.

Había pensado que el capellán se opondría a eso, pero asintió con benevolencia. Ella observó el hombro del hombre mientras anotaba el nombre del buque, la fecha, la latitud y la longitud exactas. (Recordó haber arrojado su libreta de notas a las olas un mes antes.)

—Y, Nan Burns, ¿sigue teniendo dolor de estómago y melancolía? —le preguntó el capellán.

—El aire del mar le sienta bien —le aseguró.

—¡Ya no será huérfana de madre! Una historia encantadora, el modo en que usted y la niña se conocieron en la biblioteca del barco con la facilidad que permiten las costumbres del mar y todo lo que siguió a continuación...

Eliza sonrió con modestia, sin hacer ningún comentario.

Allí estaban, acercándose por la cubierta, el irlandés barbudo con el pelo rojo muy corto llevando de la mano a la niña. Nan llevaba un rosario de cuentas de vidrio y un ramo de flores de papel que debía de haber hecho ella, con la pintura todavía húmeda.

Eliza creyó que se echaría a llorar. «Nada de lágrimas —pensó—, hoy no.»

—Permítame que sea el primero en felicitarla, señorita Nan —la saludó el capellán.

Tímida, la niña apretó la cara contra el vestido de Eliza,

que la abrazó fuerte y supo que le daría a Nan la piel de su cuerpo si tuviera que hacerlo, los huesos de sus piernas.

—¿No se aburre demasiado en este gran clíper? —le preguntó el capellán a la pequeña. Señaló por encima de sus cabezas—. ¡Once mil metros de velas! Y doscientas cincuenta almas a bordo.

Nan asintió.

—Aunque a lo mejor tiene ganas de conocer su futuro hogar. ¿Qué es lo que más la atrae de Australia?

—¿Se lo dices? —le susurró al oído Eliza.

—Las nuevas estrellas —dijo Nan.

Aquello complació al capellán.

Wilkie le cogió la mano a Eliza y le dio un apretón cálido. Estaba muy ansioso, pero no más que ella. Hambriento de futuro.

—Le estaba diciendo a su novia, señor Burns, que tiene mucho encanto el pequeño romance de su familia a bordo. ¡Incluso podría pensar en publicarlo!

El novio sacudió la cabeza, sonriente.

—Preferimos no escribir sobre nuestra vida —dijo Eliza.

Wilkie agachó la cabeza para mirar a los ojos a la niña y luego la alzó hacia Eliza.

—¿Empezamos? —preguntó.

Unas palabras de la autora

El prodigio es una historia inventada. Sin embargo, está inspirada en casi cincuenta casos de «niñas de ayuno», que aseguraron sobrevivir sin comida durante largos periodos en Gran Bretaña, Europa Occidental y Norteamérica entre los siglos XVI y XX.

Estas niñas y mujeres variaban mucho en edad y origen social. Algunas (protestantes o católicas) aducían un motivo religioso, pero muchas otras no. También hubo casos de hombres, aunque muchos menos. Algunas fueron sometidas a vigilancia durante semanas enteras; algunas volvieron a comer, voluntariamente o después de ser coaccionadas, encarceladas, hospitalizadas o alimentadas a la fuerza; algunas murieron; otras vivieron durante décadas afirmando no necesitar comida.

Gracias por sus cruciales sugerencias a mis agentes Kathleen Anderson y Caroline Davidson y a mis editores:

Iris Tupholme, en Harper Collins, Canadá; Judy Clain en Little, Brown, y Paul Baggaley en Picador. Tana Wollen y Cormac Kinsella me ayudaron amablemente a usar con corrección tanto el inglés de Hibernia como el británico, y la corrección de estilo de Tracy Roe como siempre, no tiene precio. La doctora Lisa Godson, del Colegio Nacional de Arte y Diseño de Dublín, compartió conmigo sus conocimientos acerca de los objetos devocionales católicos del siglo XIX. Mis Amigos Sinéad McBrearty y Katherine O'Donnell prestaron el apellido a algunos de mis personajes, y otro lleva el nombre de la generosa Maggie Ryan, recaudadora de fondos para el Kaleidoscope Trust.

Índice